KB147795

매일 1%의 노력으로 만든

아주 작은
성장의 힘

"평범한 사람들이비범해지는 유일한 방법은
평범한 것을 지속하는 것이다!"

매일 1%의 노력으로 만든

아주 작은 성장의 힘

초판인쇄	2021년 01월 13일
초판발행	2021년 01월 19일
지은이	임정민, 구자호, 전현미, 황상열, 이혜정, 김종민
발행인	조현수
펴낸곳	도서출판 더로드
마케팅	최관호
IT 마케팅	조용재 백소영
교정교열	권현덕
디자인 디렉터	오종국 Design CREO
ADD	경기도 고양시 일산동구 백석2동 1301-2 넥스빌오피스텔 704호
전화	031-925-5366~7
팩스	031-925-5368
이메일	provence70@naver.com
등록번호	제2015-000135호
등록	2015년 06월 18일
ISBN	979-11-6338-126-6-03810

정가 15,000원

파본은 구입처나 본사에서 교환해드립니다.

매일 1%의 노력으로 만든

아주 작은 성장의 힘

임정민 구자호 전현미
황상열 이혜정 김종민 공저

"평범한 사람들이 비범해지는 유일한 방법은
평범한 것을 지속하는 것이다!"

"당신은 포로입니까? 프로입니까?"

오랜만에 신문을 보다가 흥미로운 칼럼을 발견했다. '인생에서 성공하기 위한 키워드' 라는 제목으로 여러 유명인사의 명언을 정리한 글이다. 거기에서 두 단어가 내 눈에 확 띄었는데, 바로 '포로' 와 '프로' 가 그것이다. 이 칼럼의 저자는 이 두 단어를 이렇게 정의했다.

"프로에 점하나 찍으면 포로가 된다.
포로는 마지못해 인생에 끌려가는 사람이다.
프로는 신나게 인생을 끌고 가는 사람이다."

어떻게 보면 말장난 같지만 저자의 센스가 참 돋보인다고 느꼈다. 이 짧은 세 구절을 읽으면서 많은 생각이 교차했다. 과연 나는 지금 인생을 포로처럼 아니 프로처럼 살고 있는지.

분명히 2 · 30대 시절은 프로보다 포로처럼 살았다. 마지못해 인생에 끌려가는 사람이었다. 스스로 꿈과 목표도 명확하지 않았다. 딱 하나 있었다면 내가 하는 일하는 분야에서 최고의 엔지니어가 되겠다는 꿈. 하지만 발주처의 갑질, 끝나지 않은 야근과 밤샘근무 등으로 계속 끌려 다니는 일상을 살다보니 그 꿈도 생각에만 머물렀다.

한참을 방황했다. 다시 살고 싶었다. 지긋지긋한 감옥에서 벗어나고 싶었다. 책을 들어 읽기 시작했다. 수 백 권의 책을 읽으며 다양한 저자의 생각을 배웠다. 그 메시지를 몇 번씩이나 읽고 내 인생에 하나씩 적용했다. 그 경험을 나누고 싶어 글을 썼다. 그 글이 모여 책이 되었다. 포로에 점 하나를 빼니 프로처럼 사는 인생을 살고 있다. 가끔 포로처럼 굴기도 하지만 확실한 것은 내 의지대로 주도적인 삶을 영위하고 있다는 사실이다. 마흔을 앞두고 만난 독서와 글쓰기가 내 인생의 모멘텀이었다.

여기 포로가 아닌 프로의 삶을 살고 있는 6명의 이야기를 담았다.

스피치 강의와 컨설팅으로 말과 소통의 가치를 전파하는 강사, 꾸준한 기록을 통해 자신을 끊임없이 단련하는 직장인, 나에게 불황이 없다고 외치며 부단한 자기계발을 통해 억대 연봉으로 인생역전에 성공한 세일즈 매니저, 헌혈과 달리기를 통해 나눔을 실천하는 열혈 청년, 결혼을 통해 경력단절녀가 되었으나 다시 한번 자신의 전성기를 위해 노력하는 약선 연구가.

현재 여러분은 어떻게 살고 싶은가? 포로처럼 끌려다닐 것인가? 프로처럼 내 삶의 주인공이 되어 주도적으로 살 것인가? 지금 포로처럼 살고 있다면 당장 프로의 마인드로 세팅하자. 어차피 한번뿐인 인생에서 내 마음대로 하고 싶은 일을 하며 신명나게 사는 게 더 값진 일이 아닐까? 프로로 살고 싶다면 각자 살아온 환경과 하는 일 등은 다르지만 자기 삶을 능동적으로 헤쳐나가는 6인의 이야기를 읽어보자. 이 스토리가 당신이 인생을 좀 더 능동적으로 살아가는 데 도움이 되길 바라본다.

저자 일동

저자소개 | Profile

임정민

북한 접경지역에서 투박한 학창시절을 보냈지만 세련된 직업으로 손꼽히는 아나운서와 강사가 될 수 있었던 것은 말 덕분이다. 그간의 경험과 노하우로 3천명의 삶을 변화시킨 베테랑 코치로 활동 중이다. 성장하고 변화하기 위해 말 습관을 바꾸고자 하는 사람들을 도우며 함께 성장했다. 가르치고 배우면서 성장한다는 교학상장(敎學相長)의 삶. 그 여정을 함께 했던 이야기를 통해 모두가 더 나은 말로 열린 소통을 하고, 자신의 가치를 드러내고, 소망하는 꿈을 이루었으면 하는 마음을 담았다.

구자호

"난 왜 이럴까?" 자책하고 좌절과 우울증에 사로잡힌 채 10대를 보냈다. 스무 살 무렵부터 군대에서 난독증을 극복하기 위해 시작한 독서와 기록을 습관화했다. 오늘 만나는 사람과 읽는 책에서 삶의 힌트를 얻고 다양한 방법으로 기록하고 있다. 수십 년, 수백 년이 지나도 우리가 역사 속 위인들의 삶을 배울 수 있었던 건 그들이 남긴 기록물 덕분이다. '나' 라는 사람의 가치와 삶의 격을 높여주는 기록을 많은 사람이 경험해볼 수 있길 바라는 마음으로 이번 프로젝트에 참여했다. 이 책이 여러분의 마음에 닿기를.

전현미

6인 6색 좋아하는 분들과 함께 만들어간 두 번째 책은 마음의 기쁨과 설렘이다. 언제나 나의 안을 들여다본다는 것은 가슴 저리지만 삶에 정성을 더해주는 의미 있는 시간이다. "지금 나의 불행은 언젠가 내가 잘못 보낸 시간의 결과다" 나폴레옹의 말이 생각난다. 현재의 나라는 사람은 과거의 불행했던 수많은 시간 들을 단순무식하게 긍정적으로 버텨내 만든 산물이다. 특별하지 않았던 나에게 스스로 주었던 작은 선물들을 조심스럽게 풀어냈다.

황상열

30대 중반 다니던 회사에서 해고를 당한 이후 지독한 우울증과 무기력증에 빠져 인생의 큰 방황을 겪었다. 다시 살기 위해 독서와 글쓰기를 하면서 항상 남 탓만 하던 나 자신에게 원인이 있다는 것을 알았다. "책과 글이 인생을 바꿀 수 있다"를 모토로 독서와 글쓰기의 위대함을 세상에 널리 알리고 싶어 이 글을 쓰게 되었다.

이혜정

11년 전 결혼과 함께 첫 직장이었던 회사 생활을 정리하고 경력단절의 기간을 보낸다. 오랜 방황의 시간이었던 경단녀 시기를 탈출하고 코로나19의 위기에도 새로운 일자리를 얻을 수 있는 방법은 무엇일까. 경단녀 시기를 현명하게 극복하고 인생 제2막을 멋지게 성공하기 위해 도전장을 내민 육아맘 경단녀가 어떻게 월 평균소득 0원에서 500만원까지도 벌 수 있는 준비가 되었는지 그 노하우를 들려드리고자 한다.

김종민

가슴 뛰는 삶에 도전하면서 '헌혈러너보이' 개인 브랜드로 활동중이다.
책에 관심없는 한 청년이 과연 글을 쓰고 작가가 될수 있을까? 하는 도전을 내밀었다. 평범한 사람도 쓴다는 글쓰기가 쉽지는 않았지만 일단 시작해보기로 했다. 독서모임에 참석해서 2년동안 작가님들의 지난 시간을 경청하면서 나도 할 수 있는 믿음이 생겼다.
나의 이야기는 가슴 뛰는 삶의 도전 과제중 18년동안 헌혈 속에서 피어오르는 '기부' 라는 '희망의 기적'을 만나고 달리기를 통한 삶의 인생여행길을 알려주고 있다.

추천사 | Recommender

"처음부터 너무 큰 꿈을 꾸지 마라, 작은 성공을 몇 번 해야 자신감을 가질 수 있다."

꿈과 목표를 한번에 다 이루기 위해 너무 조급하게 생각하지 말아야 한다. 대부분의 사람들이 이 함정에 빠져서 헤어나오지 못할 때가 많다. 성공을 위해서는 거기까지 가기 위한 과정이 중요하다. 그 과정을 무시하거나 단기간에 빨리 성과를 내고 싶어 하지만 생각보다 쉽지 않다.

몇 번 실패했다고 포기하는 경우가 다반사다. 어떤 일이든 익숙해지기 위해서는 시행착오를 겪으면서 진행해야 한다. 실패하면 다시 방향을 수정하면서 내가 할 수 있는 만큼 최선을 다해 시도하면 된다. 천천히 작은 성공을 하나씩 만드는 것이 중요하다. 여기 모인 여섯 명의 저자들의 이야기가 이런 작은 성공을 통한 성장을 잘 보여준다. 그렇다면 『아주 작은 성장의 힘』의 뒤를 이을 또다른 성공은 무엇일까? 정말로 기대된다.

꿈이 현실이 되는 말의 힘, 사람을 성장시키는 기록과 정리의 힘, 사람을 감동시키는 정성의 힘, 실패를 극복하는 독서와 글쓰기의 힘, 세상 밖으로 다시 시작하는 힘, 가슴 뛰는 삶에 도전하는 열정의 힘은 제목이 바로 그 성공의 열쇠를 말해준다. 이 열정과 수고가 독자의 사랑으로 이어지면 좋겠다.

이 글을 쓰느라 고생한 임정민, 구자호, 전현미, 황상열, 이혜정, 김종민 6명의 저자와 Special 외전을 쓰신 신성대 대표, 하루독서 멤버 여러분에게 이 책이 기념비적인 작업이 되길 바란다. 매일 1%의 노력을 계속해가면, 가까운 장래에 큰 성취를 이루게 될 것이다.

『매일 1%의 노력으로 만든 아주 작은 성장의 힘』의 성공과 작업에 참여하신 모든 분의 승리를 기원한다.

이성민(미래전략가 · 영문학/일문학박사)

Contents | 차 례

P O W E R O F

"

말은 본디 이루는 힘이 있다.
꿈이 현실이 되는 말의 힘을 믿어보자.
그리고 당신의 말이
누군에게 기쁨이고 축복이 되기를.

"

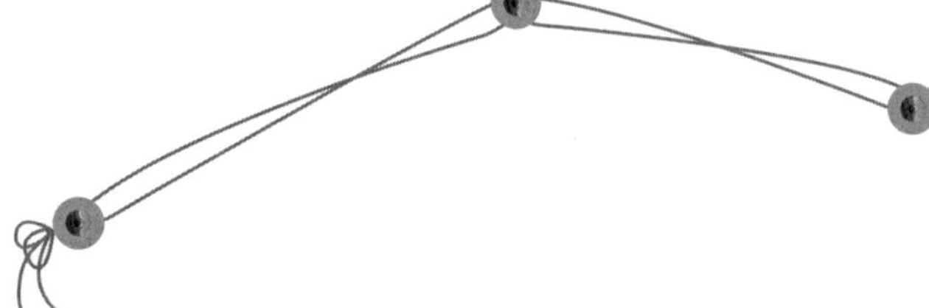

G R O W T H

Part 01

꿈이 현실이 되는 말의 힘

임정민

01

말을 바꾸면
정말 인생이 바뀔까?

> 우리에게는 우리의 미래를 꿰뚫어 볼 수 있는 레이더가 없다.
> 하지만 우리가 바라는 미래를 만들 수 있는 힘이 있다.
> – 버나드 M. 버루크

지난 십여 년간 아나운서와 강사로 사람들 앞에서 마이크를 잡고 말을 하는 일을 해왔다. 스피치 한 분야를 전문으로 다수의 기업과 학교에서 강의를 했고, 개인적으로 코칭을 의뢰받는 일이 많아지면서 2012년부터는 교육 관련 회사를 운영하고 있다. 지금까지 어림잡아 3천 명이 넘는 사람들의 삶을 변화시키고 꿈을 이룰 수 있도록 도왔다.

어떤가? 여기까지 들어보면 왠지 아나운서가 꿈이었던 한 소녀의 성장 스토리 같지 않은가? 실제로 아나운서 중에는 어릴 때부터 그 직업이 꿈이었던 사람이 꽤 많다. 그 꿈을 이루기 위해 교내 방송반 활동을 하기도 하고, 발표나 토론대회에 나가 경험을 쌓기도 한다. 작년에 SBS방송국을 퇴사하고 현재 프리랜서로 활동하는 장예원 아나운서도 그러했다. 그녀는 중학생 때부터 아나운서가 되겠다는 꿈을 무려 10년 동안 꿔 왔다고 한다. 그리고 전교생이 다 알 정도로 "나는 아나운서가 되겠다!"고 공개적으로 말하고 다녔다고 한다. 꿈이 현실이 되는 말의 힘을 몸소 보여 준 사례이다.

하지만 그녀와 달리, 나의 지금 모습은 내가 처음부터 꿈꾸던 모습이 아니다. 아니, 정확히 말하자면 사실 나는 어릴 적에 꿈이 없는 사람이었다. 진지하게 내 꿈에 대해 생각해 본 적이 없었다. 그도 그럴 것이 인구 5만 명도 채 안 되는 경기도 최북단 휴전선 접경지역에서 어린 시절을 보냈고, 주민의 대부분이 농업 종사자와 자영업자, 직업군인이어서 다른 직업에 대한 정보가 부족했으며 세상을 보는 시야도 좁았다.

"정민이는 무슨 과에 가고 싶니?"

담임선생님께서 물으셨다. 처음으로 진로에 대해 진지하게 생각한 시기가 고등학교 3학년 때였다. 남들보다 한참 늦었지만, 평소에 TV 보는 것을 좋아하고 미디어에 대한 막연한 동경이 있던 터라 관련 학과에 지원했다. 아나운서가 되겠다는 원대한 꿈도, 회사를 창업하겠다는 목표도 애초에는 없었다. 하지만 언론영상학(신문방송)을 전공하면서 자연스레 방송환경의 이해, 방송인의 화법, 스피치 커뮤니케이션과 같은 과목을 이수했다. 그리고 어느새 조금은 다듬어진 모습으로 내가 변해 있었다. 아나운서의 꿈은 그렇게 뒤늦게 찾아왔다. 그 후 몇 년은 아나운서와 리포터로 방송 일을 하고, 그 경험을 바탕으로 기업과 대학 강단에서 나만의 스피치 노하우를 나누었다. 어린 시절 꿈도 없고 말도 투박했던 내가 말을 바꾸면서 인생이 달라진 셈이다.

그리고 말습관을 바꾸고 꿈을 이룬 사람들을 11년간 지켜보면서 말의 힘을 실감했다.

스피치 훈련을 통해 다듬어진 말은 분명 또 다른 경쟁력이 된다. 중요한 비즈니스 설명회, 프레젠테이션, 강연, 면접에서 좋은 성과를 얻은 사람들은 모두 자신의 생각과 지식을 말로 잘 표현하는 능력이 있다는 점을 기억하자. 그리고 꿈이 있다면 계속 말하고 다니자. 혼자만 간직하지 말고 다른 사람들에게 자꾸 말하다 보면, 자신의 말에 책임지기 위해 더 노력하게 된다. 말은 본디 이루는 힘이 있다. 꿈이 현실이 되는 말의 힘을 믿어보자.

말하기 핵심원칙 4가지

말 잘하는 능력은 타고나는 것일까? 이 말은 반은 맞고, 반은 틀리다. 세계적인 교육학자이자 하버드대학교 심리학과 교수인 하워드 가드너는 다중지능이론(Multiple Intelligence Theory)에서 사람마다 각기 다른 지능을 가지고 있고, 각각의 지능을 적절한 어떤 수준까지 개발시킬 수 있다고 말한다. 모든 사람들이 적절한 여건(용기, 좋은 내용, 좋은 교육)만 주어진다면, 비교적 높은 수준의 성취를 할 수 있다는 것이다. 이를 실제 교육현장에서 적용하고 직접 확인해 온 나로서는 그의 말에 깊은 공감과 확신을 가지고 있다. 결론적으로, 태어날 때부터 언어 지능이 높은 사람은 말로 표현하는 능력이 뛰어나다. 하지만 정도의 차이가 있을 뿐, 누구나 언어 지능을 가지고 있으며, 후천적인 노력으로 개발하거나 향상시킬 수 있다. 여기서 말하기 능력을 키울 수 있는 핵심원칙 4가지를 소개하겠다. 말하기를 배우는 목적이 무엇이든, 이 4가지 원칙을 지키고 기술을 익히면 누구나 일정 수준 말을 잘할 수 있다.

1) 상대가 듣고 싶은 말을 먼저 하라

사람들 앞에서 말을 잘 못하겠다는 분들의 고민을 들어보면, '무슨 말을 해야 할지 모르겠다', '말할 거리가 없다' 고들 한다. 우리는 하루에도 크고 작은 수많은 일을 직간접적으로 경험한다. 하지만 관심을 두지 않았거나 머릿속으로 또는 글로 정리를 해두지 않았기 때문에 막상 무슨 말을 해야 할지 떠오르지 않는 것이다. 우리가 보고 듣고 경험하는 모든 것이 이야기의 소재가 되기 때문에 평소에 관심을 두고 정리를 해 둘 필요가 있다. 그보다 더 중요한 것은 그렇게 준비된 '말할 거리' 중에서 상대가 듣고 싶은 이야기를 먼저 해야 한다는 것이다. 사람들은 자신과 연관성이 있는 것, 관심을 두고 있는 것에 집중한다. 그래서 상대가 궁금해 하는 것을 사전에 파악해 들려줬을 때, 적극적인 참여와 호응이 따른다. 나 역시 강의를 시작하기 전, 청중들에게 이번 강의에서 기대하는 점을 미리 물어본다. 그것을 준비된 강의 내용과 잘 엮어서 이야기해줬을 때, 강의 평점이 높았던 적이 많다.

2) 내용을 체계적으로 구성하라

말은 참 많지만, 두서도 없고 장황하게 하는 사람이 있다. 이야깃거리가 없어도 문제지만, 많아도 역시 문제가 된다. 옛 속담에 '구슬이 서 말이라도 꿰어야 보배' 라는 말이 있는 것처럼, 내용구성을 체계적으로 짜야 한다. 서론, 본론, 결론에 해당하는 3단 구성법이 가장 간단하면서도 쉽게 활용할 수 있다.

먼저 서론에서는 청중의 호기심을 자극하는 소재로 이야기를 시작하면서 앞으로 어떤 내용이 펼쳐질지 주제를 선언한다. 나 같은 경우는 주제와 관련해 청중이 놀랄 만한 질문을 준비하기도 한다. 본론에서는 주제를 뒷받침하는 근거와 예화(스토리)를 통해서 이야기를 전개해 나간다. 마지막으로 결론에서는 주제에 대한 자신의 주관적인 생각과 의미부여로 마무리한다. 말하고자 하는 바를 한 문장으로 임팩트 있게 전달하여 이야기가 끝난 뒤에도 청중이 그 말을 계속 떠올리고 기억한다면 그 스피치는 성공이다.

3) 정확한 발음, 감정이 깃든 음성으로 전달하라

발음은 스피치에서 가장 기본적인 요소이다. 일단 내 말을 상대방에게 잘 전달하려면 발음이 정확해야 하기 때문이다. 또박또박 분명하게 발음하는 사람의 말은 힘이 있기 때문에 집중하게 된다. 평소 굳어진 말 습관으로 발음이 어눌하고 뭉개진다면, 한 글자씩 음가를 제대로 내는 것부터 시작하자. 정확한 표준발음을 구사할 수 있게 되면, 이제는 감정이 깃든 음성으로 말의 맛을 살리자. 어떤 말이 우리에게 주는 느낌이나 인상, 감정을 어감(語感)이라고 한다. 간혹 책을 읽는 것처럼 아무 감정 없이 말하는 사람이 있다. 스피치는 단순히 지식이나 정보를 전달하는 것이 아니라, 말을 매개로 상호교감하는 커뮤니케이션이다. 그러니 말하려는 내용과 그 단어에 맞는 감정을 담아 이야기하자.

4) 몸짓으로 다채롭게 표현하라

몸짓은 '제2의 언어'로서 언어 못지않게 많은 의미를 담고 있다. 사람들 앞에서 스피치를 할 때 서 있는 자세, 눈빛, 시선, 표정, 제스처, 동선 등 몸짓언어를 적극 활용하자. 특히 시선은 항상 청중을 향하여 상대에게 관심이 있다는 표현을 해주어야 한다. 청중의 규모가 크다면, 어깨 위로 두 팔을 올려 제스처를 더 크고 적극적으로 해야 한다.

가수가 노래를 부를 때 가사에 맞는 표정을 짓고 적절한 제스처를 취하는 모습을 본 적이 있을 것이다. 이처럼 말의 내용을 입으로만 전하는 것이 아니라, 온몸으로 다채롭게 표현했을 때 훨씬 더 역동적인 스피치가 완성된다.

02

새는 날개가 있고 인간에게는 언어가 있다

> 금속은 소리로 그 재질을 알 수 있지만
> 사람은 대화를 통해서 서로의 존재를 확인한다.
> – 그라시안

"아, 느낌이 이상해... 병원에 가야겠어."

임신 중이었던 큰 언니까지 모처럼 추석 연휴에 온 가족이 모였다. 그날 밤은 아무 일 없이 무사히 넘겼는데, 아침이 되자 언니는 진통을 호소했다. 곧장 형부와 차를 타고 서울에 있는 병원으로 향했다.

벌써 10여 년 전의 일이다. 그때 가족들도 서둘러 짐을 챙겨 언니가 있는 병원으로 달려갔다. 그날 긴 시간 진통 끝에 언니는 출산했고, 나는 세상의 빛을 본 첫 조카를 만났다. 신생아실 유리 너머로 보이는 갓 태어난 조카의 모습은 너무나 신기하고 예뻤다. 팔 한 뼘도 안 될 만큼 아주 작아서 안으면 부서질 것 같은 느낌이 들 정도였다. 그렇게 첫 조카는 나에게 작고 아담한 체구에 조용히 쌔근쌔근 잠을 자는 천사 같은 이미지였다.

언니가 병원에서 몸조리를 하고 퇴원을 한 뒤에는 종종 조카를 보러 언니네 집으로 갔다. 그리고 그제야 말로만 듣던 육아의 현실을 두 눈으로 목격하게 되었다. 언니는 본능에 충실해 24시간 먹고 싸고 자는 것이 무한 반복인 아기를 돌보느라 사투를 벌이고 있었다. 한없이 예쁘고 얌전했던 조카의 모습은 어디 갔을까? 온종일 울고 찡찡대고 온몸으로 투쟁을 부리는 모습에 나까지 진이 빠질 정도였다. 그 뒤로도 지인이나 친구들이 아기를 낳고 돌보는 모습을 보면서 '엄마는 위대하다' 는 생각이 들었다.

새는 날개가 있고 물고기는 지느러미가 있듯 인간에게는 '언어' 가 있다. 동물과 구분 짓는 인간의 특징 중 하나가 바로 언어이다. 동물은 소리나 몸짓으로만 의사소통을 하는 반면 인간은 자신의 생각이나 느낌을 말과 글로 표현하고 전달한다. 소리와 몸짓으로도 의사소통은 가능하지만, '언어' 만큼 내 의사 표현을 정확히 할 수 있는 도구가 또 있을까? 신생아를 돌보는 일이 쉽지 않은 것은 체력적인 소모가 크다는 이유도 있지만, 아기와 의사소통이 어렵다는 것도 그 이유일 것이다.

큰언니를 쉬게 하고 잠시 조카를 돌봐준 적이 있었다. 그런데 조카는 수시로 보채고 울어댔다. 하지만 무엇 때문에 갑자기 자지러지게 울고 보채는지 도통 알 수 없었다. 아이를 키워본 적이 없는, 결혼도 안 한 처녀가 오죽했을까. 도대체 배가 고픈 건지, 졸린 건지, 아니면 더워서 그런 건지, 응가를 한 것인지… 참으로 답답할 노릇이었다.

아이 엄마는 이런 일을 매일 겪으면서 어느 정도 시간이 흐르면 점차 아이의 표정과 행동을 보고 무엇을 원하는지 알아차리게 되지만, 아이 입장에서는 여전히 자신이 원하는 것을 입으로 말하지 못하는 상태이다. 만약 같은 상황에서 "엄마, 나 배고파! 먹을 것 좀 줘." "아빠 나 졸려~ 지금 잘래."라고 말한다면 서로 얼마나 편할까? 그래서 아이가 옹알이를 하고 한두 마디씩 입을 떼기 시작하면, 그렇게 기쁠 수가 없는 것이다. "엄마." "아빠."라는 말을 처음으로 부르는 순간은 그야말로 감격 그 자체다. 정확하지도 않은 발음으로 말을 했을 뿐인데, 한 번이라도 더 듣고 싶어 아이에게 수없이 "엄마 해봐."라는 말을 반복하게 된다.

이처럼 '말'은 의사 표현을 가장 속 시원하고 정확하게 할 수 있는 커뮤니케이션 도구이자, 언어 이상의 상호교감을 나누는 수단이다. 말을 한다는 것, 그리고 내 말을 들어주고 내 말에 감동 받는 사람이 있다는 것이 얼마나 큰 기쁨이고 축복인가.

하지만 신생아기를 거치면 말을 하는 것이 너무도 당연하게 느껴진다. 그렇게 우리는 말하는 기쁨과 소중함을 잊은 채 살아간다. 나 역시 그때는 말의 가치에 대해 생각해 본 적이 없었다. 그러던 중 아나운서로 일을 하면서 수화경연대회 사회를 맡았던 계기로 '말'에 대해 새롭게 인식하게 되었다.

당연하지 않은 것들

한국농아인협회에서 주관하는 수화경연대회였다. 참가자들이 각자 준비한 노래에 맞추어 수화로 공연을 펼쳤다. 나는 한 팀 한 팀을 소개하고, 공연이 끝날 때마다 짧게 소감을 말하며 진심으로 참가자들을 칭찬하고 격려했다. 힘든 상황 속에서도 열심히 연습하고 준비한 참가자들에게 큰 박수를 보냈다. 나에게는 모든 무대가 최고이고 감동이었다.

농아인(선천적 혹은 말을 배우기 전인 영유아기에 청각장애가 있어 말을 배우지 못한 사람)들은 청각장애로 인해 어쩔 수 없이 말을 배우지 못한다. 의사소통은 수화(수어)로 하고, 무대에서도 멋진 공연을 펼쳤다. 건청인(청각장애인에 상대하여, 청력의 소실이 거의 없는 사람)인 나는 그들에 비하면 아주 편하게 말로 의사소통을 하며 살아온 것이다. 말을 할 수 있다는 것만으로 감사하며 살아야 하는데, 그것을 당연하게 여기고 말의 소중함에 무감각했던 나 자신이 부끄러웠다.

그날 밤 집으로 돌아와서 '내가 그동안 어떤 말들을 해 왔지?' 하고 한참을 생각해봤다. 내 의견만 고집했던 이기적인 말들, 상대를 배려하지 못한 차가운 말들, 자존심 때문에 상대에게 상처를 주었던 말들이 떠올랐다. 분명 더 좋은 말과 따뜻한 말, 긍정적인 말이 많은데도 나는 그런 말을 '하지 않았던 것' 이다. 농아인들처럼 '말을 못하는 것' 이 아닌데도 말이다. 오히려 그들은 입으로 말을 하지 못할 뿐, 수화로 아름다운 말과 노래 가사를 전해주는데 말이다.

말을 한다는 것은 기쁨이자 축복이다. 그때부터 '누군가에게 기쁨과 축복이 되는 말을 자주 하자!' 라고 생각했다. 요즘은 가족 간에도 서로 바쁘다 보니 얼굴 보며 대화할 시간이 없고, 또 인터넷과 디지털 문화의 발달로 주로 문자나 SNS로 연락을 주고받는다. 점점 더 대면 의사소통은 줄어든다. 나는 인간만이 할 수 있는 '말' 의 가치와 중요성에 대해 많은 사람들이 공감하고, 더 자주, 더 좋은 말을 나누는 아름다운 사회를 꿈꾼다. 그렇게 된다면 더불어 소통하는 세상, 따뜻하고 가치 있는 세상이 올 것이라고 믿는다.

오늘부터 한 가지만 기억하자.

'나의 말은 누군가에게 기쁨이고 축복이 되는가?'

03

잠재된 내 안의 가능성을 깨우다

꿈은 영원한 기쁨이자 결코 다 써버릴 수 없는 재산이고,
해가 갈수록 활력을 주는 행운이다.
– 재클린 케네디 오나시스(전 35대 미국 대통령 영부인)

햇볕이 내리쬐는 더운 여름날이었다. 내가 운영하는 교육원에 나이가 지긋해 보이는 여자 어르신 한 분이 들어오셨다. 좀 의아했다. 보통 면접이나 프레젠테이션을 앞둔 2,30대 구직자와 직장인들 그리고 강연, 연설, 방송 인터뷰를 해야 하는 4,50대 전문직이나 사업가 분들이 주로 스피치를 배우러 오시기 때문이다.

일단 상담실로 안내하고 사연을 들어보았다.

"제가 아이들에게 그림책 읽어주는 일을 하고 싶은데요. 오디션을 보러 오라는데 어떻게 해야 할지 몰라 지나가다 들어와 봤어요."

이야기인 즉, 시에서 지원하는 노인 사회활동 공익사업의 하나로 어린이집과 유치원을 순회하며 아이들에게 그림책을 읽어주는 활동가 오디션을 앞둔 상황이었다. 그 일을 정말 해보고 싶은데 너무 떨리고 긴장된다고 했다. 얼굴 표정도 조금 굳어 보이고, 목소리도 미세하게 떨렸다. 하지만 나의 눈에는 예순이 훌쩍 넘은 나이에도 무언가를 하고 싶다는 열망을 가지고 도전하는 모습이 대단해 보였다. 어쩌면 우리는 도전을 너무 어렵게 생각하고 나이, 시간, 상황 등을 핑계로 망설이는지도 모른다. 그렇게 주저하다 기회를 놓치고 나중에 후회하는 이들도 많다. 어르신처럼 무언가 하고자 하는 의지를 갖는 것부터 도전은 시작된다는 생각이 들었다.

그날은 그렇게 상담을 마치고, 이후 코칭 일정을 잡아 함께 오디션을 준비했다. 주최 측이 홈페이지에 미리 게시한 오디션 실기 대본으로, 아이들이 앞에 있다는 상상을 하면서 발음과 발성, 어조, 감정 훈련을 해나갔다. 어르신은 처음에는 쑥스럽고 어색해하다가 점점 더 내용에 몰입해서 대사에 맞는 톤을 구사하고 감정 연기를 하며 말의 맛을 살려 나갔다. 그러면서 '나에게도 이런 모습이 있었나?' 하고 스스로 놀라는 모습이었다. 그리고 간단한 질의응답으로 이루어지는 면접에 대비했다. 오디션에 왜 지원했는지, 활동하는 데 있어 일정에 어려움은 없는지, 건강은 괜찮은지 등 예상 질문에 대한 진정성 있는 답변 연습을 했다.

그 배움의 과정 속에서 어르신은 잠재된 가능성을 꺼냈고 활력을 되찾았다. 이 모든 것들은 그림책 읽어주는 활동가에 도전하지 않았다면 해보지 않았을 일들이고, 평생 몰랐을 자신 안의 또 다른 모습이다. "일을 멈추면 인간은 늙기 전에 녹슬어 버린다."는 말이 떠오른다. 세계적인 패스트푸드 프랜차이즈인 KFC의 창립자 커넬 할랜드 샌더스(Colonel Harland Sanders)가 한 말이다. KFC 매장 앞에 하얀 양복을 입고 서 있는 따뜻하고 인자한 미소의 할아버지 모형이 바로 샌더스다. 1952년 KFC를 창업했을 당시 그의 나이가 66세였다고 하니, 동서를 막론하고 무언가를 시작하는데 늦은 나이란 없다는 것을 새삼 깨닫는다.

스피치는 삶이자 스토리이다

언제부턴가 신중년(新中年)이라는 신조어가 생겼다. 인생을 건강하고 행복하게 살기 위해 젊고 활력 있게 생활하는 중년이 그만큼 많아졌다는 의미다. '신중년' 하면 생각나는 한 분이 있다. 이분은 몇 년 전 나에게 스피치코칭을 받았던 보육교사 A씨의 어머님이기도 하다. A씨와 나는 교육이 끝난 후에도 그 인연을 이어가며 서로 연락을 주고받고 안부를 묻곤 했다. 그러던 어느 날 여느 때처럼 근황을 물으며 대화를 나누다가 엄마 이야기를 꺼냈다.

"선생님, 요즘 저희 엄마가 노래강사 레슨을 받고 계신데요. 발음 때문에 가사 전달력이 떨어진다는 얘기를 들었다고 하시더라고요. 선생님이 딱 생각나서 엄마한테 말씀드렸으니까 곧 연락오실 거예요. 잘 부탁드려요~"

그렇게 이어진 어머님과의 첫 만남은 한마디로 강렬했다.

세상에! 빨간색 외투에 반짝거리는 장식, 거기에 앵클부츠를 신고 머리부터 발끝까지 완벽하게 세팅된 모습으로 걸어오시는데… 보자마자 한눈에 시선을 잡아끌기에 충분했다. 만나기 전까지만 해도 보통의 우리 어머니들과 다르지 않을 것이라 생각했다. 하지만 내 예상은 완전히 빗나갔다.

강렬한 첫인상을 남긴 만큼 어머님은 배움에도 열정적이셨다. 간단한 테스트를 통해 어떤 발음이 잘 안 되는지부터 먼저 확인하고, 올바른 조음점에 맞추어 발음교정이 들어갔다. 오랜 세월 굳어진 잘못된 말하기 습관을 바꾸고, 노래 가사에 적용하여 더욱 심화된 훈련이 이어졌다. 보통사람들이라면 이 나이에 내가 굳이 이렇게까지 할 필요가 있는가 하고 생각할 수도 있지만, 그분은 매우 달랐다. 누구보다 열심히 연습을 하면서 노래강사에 대한 꿈을 이루어나갔다. 또 카메라로 촬영하고 모니터링을 하면서 변화된 모습에 자신감을 얻었다. 이후에도 시니어모델 예선에 합격했다면서 도움을 청했다.

자기소개 스피치를 하라는데 무슨 말을 어떻게 해야 할지 모르겠다는 것이었다. 기꺼이 도움을 드렸고, 누구보다 더 열정적으로 배움을 받아들였다. 그냥 흘러가는 세월에 인생을 맡기지 않고 누구보다 활력 있게 스스로 자기 인생을 채워나가는 멋진 신중년의 표본이라 할 만한 분이었다.

그때 어머님이 하셨던 자기소개 스피치를 잠시 소개하겠다. 현장에 함께 있지는 않았지만, 당당하게 자기소개를 했을 어머님의 모습이 눈에 선하다.

"안녕하세요, 국내 최초 자격증 13개를 보유한 시니어모델을 꿈꾸는 OOO입니다.

저에게 자격증 13개는 13번의 도전을 의미합니다. 내 의지와 상관없이 한 살, 두 살 나이를 먹지만, 나이가 느는 만큼 저의 도전도 늘어갑니다.

모델은 무조건 날씬하고 예쁜 사람만 하는 거라고 생각해서 도전을 망설였는데, 중년에도 꿈과 희망이 있다는 것을, 그리고 도전할 수 있다는 것을 보여주고 싶습니다.

어려서부터 패션에 관심이 많아 특이한 디자인이나 색상을 소화해 남다른 주목을 받았는데요. 이제는 시니어모델이 되어서 그 끼와 열정을 펼쳐보고 싶습니다. 감사합니다."

내가 누구인지, 내가 하고 싶은 말은 무엇인지를 정리하여 남들 앞에서 자신 있게 말할 수 있다면, 우리는 어떤 자리에서도 당당할 수 있다. 스피치는 삶이자 스토리이며, 내 이야기를 할 때, 내 말에 힘이 실릴 때 우리는 당당해진다. 나만 간직하는 것이 아니라 많은 사람들과 나누면 그 가치가 더욱 커진다.

잠재된 내 안의 가능성을 깨우자. 말 잘하는 능력은 결코 특별한 사람에게만 부여된 것도 아니고, 타고나야만 하는 것도 아니다. 노력하면 이루어진다.

04

눈의 마주침, 그 이상의 소통

> 미소지을 수 있는 사람은 남의 마음을 끌고 남을 유쾌하게 하고 남을 즐겁게 할 수 있다.
>
> – 아담 스미스(영국의 정치경제학자 · 도덕철학자)

"빌 클린턴 대통령은 내 눈을 바라보면서 내 말에 진지하게 귀 기울이는 것처럼 보였어요. 내가 질문하는 동안 한시도 한눈을 팔지 않았어요. 마치 그 회의장에서 내가 가장 중요한 인물인 것처럼 대해 주었습니다. 우리 바로 옆에는 마이크로소프트의 창립자 빌 게이츠가 서 있었는데도 말이죠!"

CNN 전직 앵커이자 베스트셀러 작가인 카민 갤로는 전 미국대통령 빌 클린턴과의 만남에 얽힌 일화를 이렇게 소개했다. 눈을 보고 말하는 것은 '눈의 마주침' 그 이상의 의미를 담고 있다. 상대로 하여금 나에게 집중하고 있으며, 내가 가장 중요한 존재라고 느끼게 해준다. 하지만 더러 자신의 말을 쏟아내느라 미처 청중을 바라보지 못하는 경우가 있다. 연설에 시간제한이라도 있을 경우에는 조급함을 느껴 혼자 일방적으로 말하다 끝나곤 한다.

하루는 상반기 사업실적과 하반기 계획을 부서원들과 공유하는 프레젠테이션을 앞두고 코칭을 받으러 오신 한 기업 임원이 고민을 털어놓았다.

"강사님, 제가 마음이 불안하고 긴장되서 자꾸 PPT에만 의존하게 되고 말이 빨라지거나 버벅거리네요." 중요한 입찰 프레젠테이션이나 발표를 앞둔 분들에게서 이러한 모습을 많이 봐왔다. 업무상 프레젠테이션이 잦은 직장인이나 기업대표, 그리고 면접을 준비하는 구직자들에게 나는 코칭 첫 시간에 기존에 하던 프레젠테이션의 오프닝과 1분 자기소개를 시켜본다. 그리고 그 모습을 카메라로 촬영해 같이 모니터링을 한 다음, 평소에 가지고 있는 말 습관과 앞으로 개선해야 할 점들에 대해 날카롭게 피드백을 해드린다. 카메라에 담긴 그들의 모습은 하나 같이 자신이 무슨 말을 하고 있는지 모른 채, 중언부언하고 누가 쫓아오기라도 하듯 말이 빠르고 급한 모습이다.

말을 들어보면 그 사람의 마음 상태를 알 수 있다. 말은 우리의 마음이 겉으로 반영된 거울과도 같기 때문이다. 마음이 안정되어 있지 않으면, 말이 빨라지고 호흡도 가빠져 말에 여유가 안 생긴다. 그 상태에서는 상대를 편안하게 바라보지 못한다. 심하면 상대와 눈이 마주칠 때, 순간적으로 회피하는 일까지 발생한다. 의사소통은 말로만 하는 것이 아님을 자꾸 떠올려야 한다. 말하는 내용에만 지나치게 신경을 쏟을 것이 아니라, 빌 클린턴의 사례처럼 말을 할 때 먼저 청중(상대)과 눈을 맞추며 충분히 공감하고 소통하고 있음을 보여줘야 한다.

"보지 않으면, 듣지 않습니다."

내가 강의할 때 자주 하는 말이다. 자신을 바라보지 않는 사람의 말을 집중해줄 사람은 없다. 그리고 그들을 바라보지 않고서는 호감과 신뢰를 얻을 수 없다. 나 역시 강의현장에서 매우 다양한 교육생들을 만난다. 적극적으로 호응해주고 강의에 참여해주는 분들도 많지만, 더러는 회사업무로 피곤한데 어쩔 수 없이 들으러 온 사람, 그냥 쉬러 오는 사람, 무표정으로 앉아 있는 사람 등도 있다. 나는 강의를 시작하기 전 그분들에게 다가가 눈을 맞추고 웃으며 말을 건넨다.

"요새는 회사에서 어떤 업무로 가장 바쁘세요?"

"아~ 피곤하시겠네요."

"제가 특별히 OO님에게는 오늘 뭐 안 시킬 테니까 주무시지는 마세요~(웃음).”

“오늘 강의 중간에 퀴즈가 있어요. 선물도 준비했으니까 꼭 맞추셔서 선물 받아가세요~.”

이렇게 짧게나마 소통을 하면서 나름의 사전작업을 한다.

실제 강의에 들어가면, 좀 전에 얼굴을 맞대고 눈을 맞추며 웃으면서 이야기했던 사람이 하는 말인지라 대부분 잘 들어준다. 자신에게 호의를 보이고 친절을 베푸는 사람에게는 똑같이 잘 해주고 싶은 것이 인지상정이기 때문이다.

스피치는 혼자 말하는 독백이 아니다. 혼잣말을 잘하기 위해 스피치를 배우는 것도 아니다. 듣는 사람이 있기에 말하는 사람이 존재하는 것이다. 말은 화자의 입에서 시작되지만, 청자의 귀를 거쳐 마음에 안착된다. 공자는 안색을 살피지 않고 말하는 사람을 눈뜬장님이라고 했다. 내 말을 전달하는 데만 급급해하지 말고 천천히 상대를 바라보고 상대의 마음을 헤아리자.

상대의 속마음으로 들어가자

시각장애인복지관에서 4년간 낭독 봉사를 한 적이 있다. 낭독 봉사는 복지관에서 간단한 테스트를 받고 짧게는 몇 주, 길게는 몇 개월간 전문적으로 기초훈련을 받은 후에 할 수 있는 일이다. 한 권의 책을 맡아서 끝까지 책임지고 녹음을 해야 하기 때문에 기본 실력도 갖춰야 하지만 책임감이 더욱 따르는 일이다. 나는 방송경력을 인정받아 바로 봉사를 할 수 있었다. 한 번 복지관에 가면 3시간, 길게는 6시간 동안 부스에 들어가 지정된 도서를 녹음한다. 지역방송에서 뉴스 진행을 하고, 교통방송에서 생방송도 해왔기 때문에 오독 없이 책을 읽는 것에는 자신이 있었다. 그런 마음으로 낭독 봉사를 쉽게 생각했다. 시간이 날 때 빠르게 녹음하고 끝낼 줄로만 알았다. 그런데 웬걸! 목차부터 표, 그림, 그래프까지 책의 모든 부분을 다 녹음해야 한다. 괄호 안의 설명과 주석도 그냥 넘어가지 않는다. 문장 중간에 주석이 나오면, 그 문장을 마친 후에 주석을 따로 읽어줘야 한다. 그렇게 보통 250~300페이지에 달하는 책 한 권을 녹음하는 데 내 기준으로 10시간가량 걸렸다.

그때 처음 알았다. 눈으로 책을 보는 것은 쉽지만 귀로 들려주기는 어렵다는 사실을.

그제야 나는 듣는 사람의 입장과 마음을 헤아리며 녹음을 하기 시작했다. 내가 책을 볼 때 눈으로 한 번 쓱 훑고 넘어갔던 부분도 하나하나 차분하게 읽어내려갔다. 시각장애인 분들은 눈 앞이 암흑처럼 깜깜하지만, 온전히 소리로 집중할 수 있는 청력을 가지고 있다. 그래서 잘 알아들으실 수 있도록 발음과 속도, 의미 전달에도 더욱 신경을 썼다. 소설이나 문학작품을 녹음할 때는, 마치 성우가 된 것처럼 상황에 맞는 목소리 연기를 가미했다. 내 마음이 상대를 향해 있으니, 그저 스킬에 지나지 않았던 사소한 부분들을 대하는 태도가 달라졌다. "공감이란 내 신발을 벗고, 그 사람의 젖은 신발을 신는 것이다."라는 간디의 말처럼, 상대의 입장과 마음을 헤아리며 말하는 방법을 알게 되었다.

말을 잘하는 방법과 기술이 있으며, 이는 말하기 능력을 키우는 데 분명 도움이 된다. 하지만 가장 중요한 것은 마음이다. 상대를 얼마나 진심으로 생각하고 말하느냐가 말의 본질이자 전부라 해도 과언이 아닐 것이다.

"다른 사람의 속마음으로 들어가라. 그리고 다른 사람으로 하여금 당신의 속마음으로 들어오도록 하라"

로마제국의 황제이자 스토아 학파의 철학자인 아우렐리우스의 이 말은, 시대가 변했어도 여전히 우리가 어떻게 말하고 소통해야 하는지 말의 본질을 꿰뚫는다.

05

Knowing이 아니라 Doing

> 인간은 마음속으로 결심하고 믿는 일을 이루어낸다.
> 인간 정신의 위대함은 바로 여기에 있다. 우리의 정신은 확실한 기대치를 정하고 나면 그것을 이루는데 필요한 모든 신체의 활동을 부추긴다.
>
> - 나폴레온 힐

스피치 연습을 하기 위해 사람들이 삼삼오오 모여든다. 힘찬 구호 소리가 울려 퍼지는 목요일 아침, 이색풍경이 연출된다. 직장인, 강사, 작가, 상담사, 엔지니어, 프리랜서, 자영업 대표 등 분야도 직급도 다른 다양한 사람들이, 말을 더 잘하고 싶다는 목표 하나로 부족한 잠을 떨치고 이른 시간 한자리에 모이는 것이다.

내가 공동으로 운영하고 있는 이 모임은 6주 동안 스피치 능력을 키우는 셀프 스피치 스터디 '스피치나인(SPEECH9)' 이다. 어느 한 사람에게 배우는 방식이 아닌, 모든 멤버들이 스피치리더가 되는 독특한 커뮤니티다. 책이나 인터넷, 동영상 등에서 찾은 스피치와 커뮤니케이션 '꿀팁' 을 준비해 와서 조별로 나누고, 대표자 한 사람이 모두와 공유한다. 본인은 1가지를 준비하지만, 다른 멤버들을 통해 수만 가지를 얻어가는 '득템' 의 경험을 할 수 있다.

또 하나의 백미는 스피치나인 공식에 맞춰 실제로 스피치 연습을 해보는 시간이다. 이때 우리만의 구호가 있다. 발표자가 앞에 나오면 "스피치~ 나인!!"하고 다 같이 시작 사인을 주고, 스피치가 끝나면 손가락으로 '엄지척' 동작을 하면서 "굿~굿~ 베리~~~굿~!!"을 외치며 칭찬과 격려를 아낌없이 보낸다. 눈에 띄는 발전으로 뛰어난 스피치를 선보이는 사람이 있는가 하면 긴장한 나머지 실수를 하는 사람도 있다. 하지만 중요한 것은 '완벽하게 잘하는 것' 이 아니다. '남 앞에서 자신 있게 내 이야기를 하는 것' 그리고 '말하기와 소통의 기쁨을 느끼는 것' 이 더 중요하다. 말하기 스킬이 조금 부족하더라도 진심을 나누고 진정성 있게 말하면 되는 것이다. 스피치나인은 모두가 즐거운 분위기 속에서 자기 생각을 말하고 서로 소통하고 함께 연습을 하며 성장하는, 한마디로 스피치에 대한 긍정경험을 할 수 있는 즐겁고 따뜻한 곳이다. 해외 출장을 가는 날에도 이른 아침에 캐리어를 끌고 와서 스피치 연습을 하고 공항으로 향했던 멤버들의 일화는 아직도 기억에 남는다.

멤버들의 다양한 삶의 이야기들은 모두 귀중하고 가치 있다. 그중에서 스피치 두려움을 이겨내고 2기 때부터 7기까지 꾸준한 연습을 통해 지금까지 성장해 온 한 멤버의 이야기를 소개한다.

시중은행에서 청원경찰을 하고 있는 J씨. 성실함과 진정성으로 스피치나인에서 빼놓을 수 없는 사람이다. 처음에 그는 사람들 앞에 섰을 때 긴장한 기색이 역력했다. 사람들과 시선을 잘 마주치지 못했고, 스피치를 하다가 말이 막히는 일도 종종 있었다. 어느 날 그로부터 자신감이 부족한 이유를 듣게 되었다.

그의 부모님은 두 분 다 청각장애자였다. 그래서 늘 본인보다는 주변 사람을 더 챙기고 가족의 의견을 따랐으며, 매사에 자신감 없고 소심했었다고 한다. 하지만 자신이 더 당당해지고 중심을 잡아야겠다고 결심하고, 이 모임에 나오기 시작했다고 한다. 그는 이제 남의 의견보다는 자신의 목소리에 귀 기울이고 행동하며, 일상에서 새로운 도전을 즐기는 삶을 살아가고 있다. 그는 총 36회에 걸쳐 스피치나인에 참여하고, 서른여섯 번의 스피치 연습을 하면서 적극적으로 자신의 의사 표현을 하는 모습으로 변화되었다.

스피치는 예체능과 같다. 어떤 운동이나 악기를 단순히 책으로만 배울 수는 없다. 몸으로 직접 기술을 익혀야 실력이 는다. 스피치도 마찬가지다. 아는 것(Knowing)에 그치지 말고 실제로 할 수(Doing) 있어야 한다. 내가 '스피치는 지식이 아니라 기술이다. 그래서 공부가 아니라 연습을 해야 한다.' 강조하는 이유도 이 때문이다.

말투는 갈고 닦을수록 좋아진다

11년간 스피치 한 분야를 전문으로 강의하고 직접 교육원을 운영하고 있지만, 나 역시 처음부터 말을 잘하는 사람은 아니었다. 고등학교 때까지 학창시절을 보낸 곳은 경기도 최북단에 위치한 경기도 연천이다. 총 면적 676.32㎢ 중 97.8%가 군사시설 보호구역으로 개발이 제한된 곳이다. 외출과 휴가를 나온 군인들, 늦은 밤 굉음을 내며 이동하는 탱크, 사격훈련장에서 울리는 총성 소리 등을 보고 들으면서 자랐다. 이런 환경에서 자라온 탓에 투박한 말투와 언어가 길들여졌다. 처음에는 이런 사실조차 모르고 살았다. 대학시절에 방송인의 꿈을 가지고 아나운서아카데미에 다니면서 선생님들에게 지적을 받고 비로소 알게 되었다. 아카데미에 등록하기 전 수강료를 지원해주는 장학생 선발대회에 먼저 나가보았다. 그날 원장님과 선생님들로부터 내가 들은 첫 마디는 충격적이었다.

"고향이 어디에요?"

"말하는 게 투박하네."

나는 깜짝 놀랐다. 고향이 경상도, 전라도, 충청도처럼 특색 있는 지방이라면 사투리 억양이 조금 티 날 수도 있지만, 경기도에서만 쭉 살아온 내가 이런 이야기를 듣다니……. 한동안 충격에서 벗어나지 못했다. 장학생 선발대회에서 수상했을 리 만무하다.

그 뒤로 나 자신을 다독이며 아카데미에서 열심히 수업을 받았고, 신문방송학(언론영상학) 전공수업에서도 교수님의 지도대로 실력을 키워나갔다. 매일 원고를 읽고 녹음하고 듣고 또 연습하기를 반복했고, TBN 한국교통방송에 합격하여 방송인의 길을 걸었다. 이후에도 실제 방송했던 것을 테이프로 녹음해 모니터링 했다. 실수했던 부분, 아쉬운 부분을 체크 해놓고 연습하기를 수십 번, 선배들로부터 "오디오가 좋다." "경력자 같다."는 칭찬을 받게 되었다. 심지어 우연히 내 방송을 들었던 친구들마저 "너인 줄 꿈에도 몰랐다."고 말한다. 처음의 미숙하고 투박했던 나의 모습과 비교하면, 이런 피드백은 정말 나에게 감사하고 놀라운 일이다.

자신의 말 습관을 바꾸고 싶다면, 스피치를 더 잘하고 싶다면, 이제부터 꾸준히 연습을 해보자. 〈뉴욕타임즈〉의 찰스 두히그 기자는, 그가 쓴 책 『습관의 힘』에서 습관을 정착하기 위해서는 초기에 의식적인 행동을 해야 한다고 말한다. 스피치나인과 같은 연습 모임에 참여하는 것도 좋은 방법이다. 의식적으로 연습을 하며 스피치 습관을 들이고, 혼자보다는 여럿이 함께 즐기며 익힌다면, 어느새 달라진 자신의 모습을 발견할 수 있을 것이다. 그 관계 안에서 좋은 사람을 얻는 것은 덤이다.

06

맛있는 스피치 레시피

> 훌륭한 말은 훌륭한 무기이다.
>
> – T. 플러

21세기는 그야말로 커뮤니케이션의 시대이다. 공중파와 케이블방송 할 것 없이 각종 강연 프로그램이 예전보다 크게 늘었다. 가히 강연의 홍수라 할 만하다. 방송 외에도 공개적인 토크콘서트나 강연무대가 눈에 띄게 많아졌다. 예전에는 방송인, 정치인, 각계각층의 명사, 전문 강사들의 고유영역이었지만, 지금은 일반인들도 자신의 목소리를 낼 수 있는 기회가 폭 넓게 열려있다. 일부 기업에서는 저마다 형식은 다르지만, 다양한 프로그램을 통해 쌍방향 커뮤니케이션할 수 있는 소통의 자리를 마련하고, 사내 고유의 문화로 정착시키고 있다.

최근에는 유튜브, 브이로그, 라이브커머스방송 등 1인 미디어가 폭발적으로 인기를 끌면서, 자신의 이야기를 할 수 있는 기회와 채널도 많아졌다. 더불어 말을 잘하고 싶어 하는 분들도 점차 증가하고 있다.

하지만 "어떻게 하는 게 말을 잘하는 거라고 생각하세요?"라고 질문하면, 대답은 제각각이다.

"막힘없이 술술 말하는 거요."

"논리적으로 말하는 거요."

"떨지 않고 자신감 있게 말하는 거요."

"설득을 잘하는 거요."

"전달력 있게 말하는 거요."

"자기 이야기를 잘 말하는 거요."

사람들마다 말을 잘한다는 것에 대한 개념이 이렇게 다 다르다. 그런데 사실 이것은 개개인이 스스로 부족하다고 느끼는 점들이며, 앞으로 이 정도 수준으로 말을 할 수 있으면 좋겠다는 바람이 반영된 것이다.

말을 잘하고 싶다면 먼저 내가 어느 수준으로 말을 잘하고 싶은지 목표를 정하자. 목표에 따라 세부적으로 훈련하는 방법이 다르기 때문이다.

대신 여기에서는 갑자기 즉흥적으로 한마디 해야 하거나, 미리 준비되지 않은 상황에서 짧게 내 생각을 말해야 하는 경우에 당황하지 않고 조리 있게 말하는 스피치 레시피를 하나 소개하겠다. 미리 준비된 스피치를 하는 것보다 짧은 시간 내에 바로 말해야 하는 즉흥 스피치가 훨씬 더 어렵다. 하지만 백종원의 '만능양념장' 처럼 이 레시피를 활용하면 그 상황을 여유 있게 넘길 수 있다. 요리 초보자가 레시피를 보고 따라하면 어느 정도의 맛은 낼 수 있듯이, 이 스피치 레시피가 여러분의 말하기를 조금 더 쉽게 만들어줄 것이다.

한 말씀 해야 할 때 '과현미'로 말하자

방법은 간단하다. 즉흥적으로 말해야 할 때 '과거-현재-미래' 의 구성으로 이야기하면 된다. '과현미' 라고 쉽게 이름 붙여보았다. 이야기를 구성할 때 다양한 방법이 있지만, 가장 이해하기 쉽고 적용하기 쉬운 방법이다.

예를 들어, 독서나 영화, 운동 등 취미모임에 나갔다고 가정을 해보자.

모임이 끝날 무렵, 모임장이 당신에게 "오늘 처음 오셨는데 어떠셨어요?"라고 물어본다면 '과현미' 로 대답을 해보는 것이다.

"(과거) 사실 제가 낯을 좀 가리는 성격이라서, 모임에 오기 전까지도 갈까 말까 굉장히 고민을 많이 했어요. (현재) 그런데 오늘 여기에 잘 왔다는 생각이 들었습니다. 처음에 모임장이 먼저 반갑게 인사해주셔서 긴장이 좀 풀렸고, 다른 분들하고 다 같이 책을 읽고 느낀 점을 나누니까 제가 생각하지 못했던 부분들까지 더 알게 돼서 도움이 됐어요. (미래) 그래서 앞으로도 빠지지 않고 계속 열심히 모임에 나오도록 하겠습니다."

생각보다 아주 쉽고 간단하다. 아마 비슷한 상황이 온다면 '과현미' 로 잘 넘길 수 있을 것이다. 누구나 사전에 준비할 시간이 충분하다면 말을 잘할 수 있다. 하지만 즉흥적인 상황에서는 당황하거나 횡설수설하지 않고 끝까지 말을 이어가는 것만으로도 충분히 좋은 스피치가 된다.

오디션이나 시상식의 수상 소감도 대표적인 즉흥스피치다. 물론 수상을 예상하고 미리 소감을 준비해오기도 하지만, 전혀 예상치 못한 수상에 감격해 말을 잇지 못하는 이들도 많다.

나중에야 정말 하고 싶었던 말과 고마웠던 사람을 언급하지 못해 뒤늦게 아쉬워한다. 이런 때에도 잠시 감정을 추스르고 '과현미' 로 말을 한다면, 멋진 소감 발표를 할 수 있다. 작년 4월에 인기리에 방영된 JTBC 〈팬텀싱어3〉에서 결승에 오른 한 참가자가 마치 '과현미' 를 알고 있기라도 한 듯 멋진 소감을 선보였다.

"(과거) 사실 매번 불안했습니다. 이런 오디션 무대에서 한 번도 국악이 결승까지 올라온 적이 없어서 항상 불안했는데요. (현재) 지금 너무 기쁘고 감격스럽습니다. (미래) 이렇게 된 이상, 앞으로 국악의 가능성과 저력을 더 보여드리도록 하겠습니다."

앞서 사례들을 살펴봤듯이 스피치에서 '과현미' 하나만으로도 만능양념장처럼 꽤 든든하고 유용하다. 미리 준비되지 않은 상황에서 갑자기 말을 해야 한다면, 이제는 당황하지 말고 '과현미' 를 떠올리자.

07

우아한 승부사가 되는 말하기 비법

"백 번 싸워 이기는 것이 최고가 아니다.
싸우지 않고 굴복시키는 것이 최고의 경지다."

『손자병법』에 나오는 말이다. '승부사'라 하면, 무릇 목에 핏대를 세우고 얼굴 붉히며 치열하게 싸워 이겨야 하는 비장한 장수의 모습이 떠오른다. 그런데 싸우지 않고 굴복시키는 것이 최고의 경지라니! '아, 이것이 우아한 승부사로구나.' 하고 무릎을 탁 쳤다.

내가 2년 넘게 운영하고 있는 북클럽 '북터치 하루독서'에서 2019년 12월에 인문고전연구가 조윤제 작가님을 모시고 저자강연회와 북 토크를 했다. 그때 우아한 승부사는 무력이 아닌 전략과 지혜로 이기는 사람이며, 힘으로 상대를 누르는 것이 아니라 마음으로 상대를 감동시켜 따르게 하는 사람임을 알게 되었다.

그렇다면 전략과 지혜로 이기는 방법, 상대를 감동시켜 따르게 하는 말하기 비법은 무엇일까? 천년의 고전에서 찾은 대화의 9가지 무기를 소개하는 책 『우아한 승부사』에서 그 단서를 얻었다. 고전에서도 말과 관련된 통찰과 말의 기법을 찾을 수 있지만, 항시 강조하는 것은 마음의 다스림이다. 성리학의 창시자인 주자의 『근사록』에도 이런 말이 나온다.

"마음이 안정되어 있으면 그 말이 신중하고 여유가 있다. 마음이 안정되어 있지 못하면 그 말이 가볍고 급하다."

나에게도 마음이 안정되지 못해 말이 급하고 부끄러웠던 '흑역사'가 있다. 지금 생각해봐도 아찔하고 아쉬움이 크게 남는 일이다. 대학교 시절의 팀 프로젝트가 바로 그것이다.

서너 명이 한 조가 되어 주제를 하나 선정하고, 그것을 조사해 발표하는 팀 프로젝트였다. 내가 발표를 맡았는데 왜, 어떻게 발표자로 선정됐는지는 기억에 없으니, 내 인생의 미스터리 중 하나이다. 아마 당시의 충격으로 내 머릿속에서 완전히 지워져버렸을 수도 있다.

어찌 됐든, 당시 나는 강단에 서서 청중은 외면한 채 줄곧 파워포인트만 보면서 말을 했다. 나라고 왜 청중과 눈을 맞추며 자신 있게 발표를 하고 싶지 않았겠는가! 발표 내용을 완전히 숙지하지 못한 채

강단에 올라간 것이 화근이었다. 내용을 제대로 모르니 마음은 불안하고 빨리 끝내고 싶은 생각에 말이 빨라질 수밖에 없었다. 지금 생각해도 무슨 정신으로 했는지 모를 정도였다. 발표가 끝나고 내려오자 팀원 중 한 친구가 걱정과 원망 섞인 목소리로 한마디 했다.

"너 지금 뭐하고 온 거야?"

그때는 자존심도 상하고 자책도 했지만, 말을 다스리기 위해서는 철저한 준비와 마음의 다스림이 먼저임을 정말 크게 깨달았다. 이런 경험이 있기에 나는 발표나 프레젠테이션 코칭을 할 때 이런 모습을 보이는 분들을 백번 공감한다. 마음이 안정된 상태로 말하는 것이야말로 최고의 전략이다. 신중하고 여유 있는 말로 청중을 제압하는 우아한 승부사가 되고 싶은가? 그렇다면 마음의 안정부터 찾도록 하자.

말은 쉽게 할수록 좋다

중국 춘추전국시대 위(魏)나라에서 있었던 일이다. 어떤 신하가 양왕(襄王)에게 말했다.

"혜자(惠子)는 어떤 일을 설명하면서 비유를 잘 듭니다. 만약 왕께서 그에게 비유를 하지 말라고 하면 그는 말을 제대로 하지 못할 것입니다."

왕이 다음 날 혜자를 불러 말했다.

"선생께서는 있는 그대로 말하고 비유를 들지 마시오."

그러자 혜자가 말했다.

"지금 여기에 탄(彈, 중국의 악기 이름)이 무엇인지 모르는 사람이 있다고 하겠습니다. 그가 '탄의 모양은 탄과 같이 생겼습니다.' 라고 대답한다면 그가 알아들을까요?"

왕이 대답했다.

"당연히 못 알아듣겠지요."

"그러면 '탄은 모양이 활처럼 생겼으며 대나무로 현(弦)을 만들었다' 라고 설명하면 알아들을까요?"

왕이 대답했다.

"당연히 알아듣겠지요."

혜자가 설명했다.

"무릇 설명이란 상대가 알고 있는 것을 이용해서 모르는 것을 깨우쳐 주어야 합니다. 그래야 그 사람이 알아듣습니다. 그런데 왕께서는 비유를 들지 말고 말하라고 하시니 이는 불가능한 일입니다."

전문직종에 계신 분들 중에 대외적으로 강의를 하러 다니시는 분들이 있다. 외부에서 초청을 받아 일반인을 대상으로 강의를 하시는데, 이분들에게 강의 코칭을 할 때면 종종 나타나는 공통적인 현상이 있다. 바로 말을 어렵게 한다는 것이다.

동종업계 사람들 앞에서 말을 할 때는 전문용어나 업계에서 쓰는 말을 그대로 해도 문제가 없지만, 전문지식이 없는 일반인을 대상으로 말할 때는 이해하기 쉽게 설명해줘야 한다.

사람들은 어렵게 이야기하는 것을 좋아하지 않는다. 전문용어를 많이 쓰거나 외래어를 남발하면서 말을 복잡하게 하면, 금방 지루해하고 집중력이 떨어진다. 그래서 전 연령이 시청하는 방송 프로그램 진행자는 초등학생이 알아들을 수 있을 정도의 수준으로 말을 쉽게 한다. 어려운 이야기일수록 더 쉽게 설명해 주어야 한다. 혜자와 왕의 대화에서 알 수 있듯이, 상대가 알고 있는 것으로 비유나 인용을 해서 말해줘야 상대가 그 뜻을 제대로 알 수 있다.

내가 전문지식인 중에 최고의 강연자로 꼽는 분이 있다. 아주대학교 인지심리학과 김경일 교수님이다. 백과사전에서 인지심리학의 정의를 찾아보면, '인간의 여러 가지 고차원적 정신과정의 성질과 작용 방식의 해명을 목표로 하는 과학적 · 기초적 심리학의 한 분야이다. 인간이 지식을 획득하는 방법, 획득한 지식을 구조화하여 축적하는 메커니즘을 주된 연구 대상으로 한다.' 고 나온다. 인지심리학의 정의만 보더라도 전문용어와 어려운 말들이 많다. 이렇게 대중들에게 다소 생소하고 어려운 인지심리학이라는 분야를 우리가 알고 있는 것으로 아주 이해하기 쉽게 비유를 들어 설명해주는 능력이 탁월한 분이 김경일 교수님이다. 그 분의 인터뷰나 강연 영상은 인터넷에 많이 나와 있으니, 꼭 찾아보고 스킬을 익히길 권한다.

인간은 하루라도 말하지 않고는 살 수 없다. 그리고 지금과 같은 커뮤니케이션 시대에는 서로 간의 의사소통이 매우 중요하다. "간단하게 설명할 수 없다면 제대로 이해하지 못한 것이다." 천재 물리학자 앨버트 아인슈타인의 이 말은 상대에게 어떻게 말해야 하는지를 다시 한 번 생각해보게 하는 대목이다. 그러니 누구나 이해할 수 있도록 쉽게 말하는 습관을 기르자.

"다른 사람의 속마음으로 들어가라.
그리고 다른 사람으로 하여금
당신의 속마음으로 들어오도록 하라"

P O W E R O F

삶에는 리허설이 없다. 삶은 라이브다.
돌아갈 수도 없고, 돌이킬 수도 없는
지금의 선택과 경험을 남기는 삶의 종합예술.
나에게는 그것이 기록이었다.

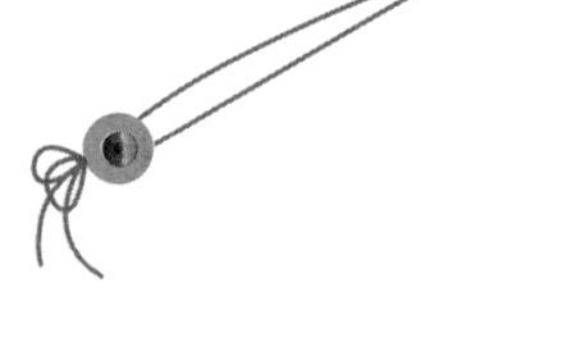

G R O W T H

Part 02

사람을 성장시키는 기록과 정리의 힘

구자호

01

기록에 美치다

> 이동할 때도 먹을 때도 잘 때도 수첩을 지니고 다니며 당신의 뇌를 스쳐 가는 모든 단상을 그 수첩에 기록하라.
>
> – 잭 런던 Jack London, 미국의 소설가

당신은 마니아입니까?

"나의 삶에서 이것을 하지 않고 살아갈 수 없는 게 있다면?"이라는 질문을 스스로 했을 때, 망설임 없이 나온 답이 '기록'이라고 말할 수 있을 정도가 되었다. '결핍 덩어리'였던 내가 매일 같이 기록하게 된 계기는, 머릿속에만 있는 생각과 계획들이 아무 소용이 없다고 느꼈을 때부터다. 실행으로 옮기지 않는 계획은 어떠한 변화와 성장도 기대할 수 없다는 걸 기록 하면서 깨달았다. 지식이 부족해 뭔가 배워야겠다고 생각했던 날은 2012년 1월 17일. 그때까지도 앞으로의 진로와 비즈니스에 대한 두려움, 수 없이 반복되는 실패를 경험하며 나의 자존감은 바닥을 기고 있었다. SNS에 올라온 '공지글' 을 통해 퇴근 후에 우연히 한 토크쇼에 참석했다. TV에서만 보았던 연사가 등장할 때 신기하기도 했고, 그의 얘기가 다 삶을 살아가는 데 필요하다고 생각했다. 그래서 강연 내용을 받아쓰기하듯 적기 바빴다. 어쨌거나, 그날이 내가 첫 기록물을 남긴 날이었다.

물론 그전에도 무수히 많은 기록물을 남기긴 했었다. 학창시절, 수업 때 빼곡하게 메모했던 교과서는 모두 폐휴지로 버려졌다. 분명 수많은 노트를 작성했었다. 하지만 지나고 나서 어디에 무엇을 적어놓았는지 확인하지 못할 정도로 조각 글을 남기는 게 다였다. 다시 얘기하겠지만 그건 기록이 아니었다.

과거에 나는 낯선 공간에서 처음 만난 사람들과 말을 섞지 못했다. 행사 전에 네트워크 파티를 통해 간단히 준비된 와인과 다과를 즐기며 사람들과 명함을 주고받는 시간에도 참여하지 못했다. 모든 것이 낯설었던 나는 좌석에 앉아 멀뚱히 사람들의 행동을 바라보기만 했다. 본 행사 후에 건물 뒤편 호프집에서 하는 뒤풀이 자리에 함께하는 데에도 대단한 용기가 필요했다. 원형 테이블에 옹기종기 모여 앉아 서로의 빈 잔에 술을 채우고 건배 제의와 함께 서로 인사를 나

눴다. 다른 분들로부터 명함을 먼저 받고 난 후에야 나도 명함을 전할 수 있었다. 그때부터 인연이 되어 지금도 존경하는 마음을 갖고 따르고 있는 한 대표님의 한 마디에 그날 하루만 참석해보자 했던 내 생각은 바뀌었다.

"다음 달에도 또 보자."

그렇게 수없이 많은 한 번의 만남의 시간과 한 권의 노트가 더해졌다. 나의 기록도 행동을 위해 필요한 메시지로 채우고 활용할 수 방향으로 나아가게 되었다. 기록함으로써 내 삶에 변화와 성장을 만들 수 있었던 일들은 많았지만, 역시 처음 내가 기록에서 마니아가 될 수 있었던 건 첫 경험이 가장 강렬하고 소중했기 때문이었다. 내가 만난 사람들, 내가 읽은 책들, 내가 마주한 공간들, 내가 경험한 모든 시간이 나에게는 기회였고, 성장의 원동력이었다.

기록은 내가 매 순간을 소중히 여길 줄 알게 되고, 긍정적으로 삶을 바라볼 수 있게 해주었다. 미련하게 시작했지만 우직하고 책임감이 강하다는 얘기를 많이 들으면서 성장할 수 있었다. 이처럼 사람들에게 인정받을 수 있었던 이유가 기록 덕분이다. 새로 맞이한 오늘 하루도 기록으로 시작한다.

기록하며 성장하는 삶

"오늘 당신이 3년 전보다 더 나은 사람이라는 사실을 어떻게 알 수 있는가?"

이 질문에 당당히 대답할 수 있는 삶의 무기가 있다면 나의 삶을 한층 더 성장시킬 수 있다고 여겼다. 다시 생각해보니 그 수단이 나에게는 기록이었다. 사실 과거보다 더 나아졌다는 걸 확인하는 자체가 중요한 일은 아닐 수 있다. 가장 중요한 건 이 순간을 잘 사는 것이기 때문이다. 그래도 생각난 김에 3년 전에 내가 무엇을 하고 있었는지 찾아보았다. 이 글을 쓴 날짜에서 정확히 3년 전, 나는 제주도에서 여행하고 있었다. 긴 추석 명절 연휴를 특별하게 보내고 싶었기에 우선 편도로 항공 티켓를 끊었다. 성수기이었기에 왕복 티켓을 구하기 어려웠다. 일단 제주도에 도착해 조회하면 될 것으로 생각했다. 그러나 상황은 생각한 대로 흘러가지 않았다. 연휴 마지막 날 새벽녘부터 선착순으로 줄을 선 끝에야 예비석 티켓을 손에 넣고 무척이나 행복했던 기억이 떠올랐다. 여행 초반, 라이딩을 하면서 움직이고, 텐트를 치고 야영을 하기도 하며 갑자기 내린 비를 피하던 모든 시간이 기록 속에 살아 있었다. 기록한 내용을 보고 나니 모든 순간이 마치 어제 일처럼 생생했다. 모험심이 강하지 않았던 내가 낯선 상황에 직면하고 여행을 즐길 수 있게 되었다는 걸. 시간이 지날수록 스스로 성장하고 있음을 확인할 수 있었다.

이렇게 사소한 일들도 기록한 후, 돌이켜보면 결코 사소한 일이 아니라는 걸 깨닫게 되는 시간이 있다. 지금 당장 나에게 도움이 되든 그렇지 않든 글로 그림으로 사진으로 녹취로 그 어떤 것으로라도 남기는 기록 습관. 이제는 기록하지 않으면 오히려 허전하기까지 하다. 이렇게까지 기록을 해야 할 필요가 있을까 생각했던 날도 물론 있었다. 그 시점에 읽은 책 한 권이 도움이 됐다. 바로 『지금 인생을 라이팅하라』라는 책에서 그 힌트를 얻었다. 이 책에서 배운 중점이 되는 내용은 '과거를 지우지 않고 자신을 만들 수 있다.' 라는 것이었다. 무심코 지나쳤던 하루하루를 확고한 체험으로 만드는 과정이 나에게도 필요하다 생각했다. 지금 있었던 일을 즉시 기록하고 그 기록이 쌓이면, 인생의 타임라인을 만들 수 있겠다는 생각으로 발전한 것이다. "이렇게 하면 되겠는데?" 안 풀리던 수수께끼가 풀리는 순간의 기쁨. 기록하면서도 내 삶이 제대로 운영되고 있다는 걸 느끼는 시점은 아침 일찍 일어나 생산적인 하루를 시작할 때다.

불과 6년 전까지는 아무리 알람을 맞춰도 원하는 시간에 일어나지 못했는데, 매일같이 30분만 단축하기로 마음먹고 기상 시간을 기록했다. 거의 오전 8시가 다 되어서야 일어나 출근 시간도 빠듯했던 시기도 있었다. 30분씩 단축하다 보니 지금은 오전 5시 이전에 일어날 수 있게 된 것이다. 일어나서 가장 먼저 하는 일은 방을 환기하고 이

부자리를 정리하는 등 짧은 시간에 완료할 수 있는 작은 성공이 될 만한 일들을 루틴으로 만들어 실행했다. 기록으로 '미라클 모닝'을 지속할 수 있게 되었다. 스스로 나 자신을 인정한다는 것이 얼마나 큰 성취감과 성장의 동력이 되는지도 기록을 통해 알게 되었다. 기록하며 잊지 말아야 할 한 가지는, 시간이 지나면서 과거에 내가 남긴 기록물을 다시 들여다봐야 한다는 것이었다. 스스로 현실점검을 하면서 나만의 생각을 확립한다. 그리고 필요한 욕구나 감정들을 찾아서 해결도 가능하다. 기록이 성장의 원동력이다.

02

나를 채워가는 기록의 시간들

순간을 미루면 인생마저 미루게 된다.

– 마틴 베레가드(Martin Bjergegaard)– 『스마트한 성공들』 저자

간직해야 기록이다

과연 기록은 무엇을 의미할까? 기록의 사전적 의미로는 개인이나 조직이 활동이나 업무 과정에서 생산하거나 접수한 문서로서 일정한 내용, 구조, 맥락을 가진다고 한다. 기록의 내실을 구성하는 문자 데이터, 기호, 숫자 이미지, 그림, 기타 모든 정보다. 기록은 다시 크게 두 가지로 분류된다. 첫째는 주로 후일에 남길 목적으로 어떤 사실을 기입하는 글이다. 둘째는 운동 경기 따위에서 세운 성적이나

결과를 수치로 나타낼 때를 말한다. 특히 그 성적이나 결과의 가장 높은 수준을 이룰 때 '기록을 경신한다' 고 한다.

우리가 아는 모든 위인과 역사가들을 오랜 시간이 지나도 만날 수 있는 것도 바로 그들의 인생이 기록된 덕분이다. 아인슈타인(1879~1955)이 90여 년 전 남긴 메모 두 장이 화제가 된 적이 있다. "조용하고 겸손한 삶은 끊임없는 불안 속에 성공을 좇는 것보다 더 큰 기쁨을 준다."라는 글귀다. 이 글귀는 진정한 행복에 대한 깨달음을 줬다. 경매가로는 20억에 낙찰되었다. 기록은 이처럼 종이 한쪽 분량의 텍스트처럼 매우 간단할 수 있다. 그리고 제목과 개요, 장 · 절의 구성. 전문, 본문, 입회자의 서명 등 더 복잡한 구조를 지칭하기도 한다.

메모와 기록에도 차이가 있다. 먼저 메모는 인스턴트에 가깝다. 오늘 저녁 일정을 미리 저장한 대로 해결하고 나면 그 시간은 효력을 잃는다. 그래서 메모해둔 것을 버리게 되니 인스턴트에 가깝다고 표현하기도 한다. 반면 기록은 그 내용이 나중에 정보가 된다는 차이가 있다.

앞서 얘기한 것처럼 학창시절에 공부했던 자료들을 사진으로 남겨두기라도 했고 앞으로 나의 삶에 도움이 되었다면, 나는 그때부터 기록을 해왔다고 할 수 있다. 하지만 살아가면서 다시금 도움이 되지 않았기에 버렸다. 그 시기에만 필요했었기에 메모로 분류한다.

다시 간략하게 말하자면 기록은 간직하고 있어야 하는 글이다. 그 시간을 이미지, 음성으로 저장하는 일 또한 기록이다. 가장 대표적인 기록은 일기라고 할 수 있다.

이처럼 정보가 될 수 있는 글, 내 생각, 그리고 책이나 블로그로 발행을 해야 하는 글 등으로 나누어진다는 것을 알고 나니 기록을 남기는 과정들이 더욱 특별하다. 『유귀훈의 기록노트』에서 유귀훈 작가는 우리의 기록문화가 형편없는 것은 메모와 기록을 혼동하기 때문이라고 언급하기도 했다.

> 메모와 기록은 다르다. 메모는 어떤 일이나 사실을 나중에 참고하거나 기억해내기 위해서, 또는 누군가에게 전달하기 위해 요점만 간단히 적는 것, 또는 그런 글을 말한다. 반면에 기록은 주로 후일에 남길 목적으로 어떤 사실을 구체적이고 계획적으로 적는 것, 또는 그런 글을 말한다. 다시 말해 메모는 기억해두고 싶은 내용을 상기해내기 위한 '임시적인' 글인 반면, 기록은 어떤 사실을 후일에까지 '보존하기 위한' 글이다.
>
> **– 유귀훈의 기록노트**

기록에 대한 의미와 중요성을 알고 나니, 나의 소중한 시간과 경험을 간직하는 일의 중요성을 더욱 실감할 수 있었다. 점진적으로 나를 성장할 수 있게 해주는 기록은 정말 '최고의 도구' 이다.

나에게 맞는 기록 방법을 모색하기

눈에만 담기 아까운 하늘을 바라볼 때 기분이 좋아진다. 청명한 하늘도 좋지만 요즘 들어 '바닐라 스카이' 라는 단어에 꽂혀서 그런지, 노을 질 때 볼 수 있는 보라빛 하늘을 바라보면 마음이 치유된다. 동명의 영화도 있어 더욱 관심을 두고 그 의미를 찾아보았다. '바닐라 스카이' 는 인상파 화가 모네 작품에서 하늘빛이 시시각각 변하는 풍경을 담은 것에서 유래되었다고 한다. 아름다운 어감과 달리 본래 '안개' 라는 숨은 뜻도 있다. 가끔 현실과 분간되지 않을 정도의 꿈을 표현하기도 한다. 이러한 꿈, 무의식, 현실, 인생의 메시지를 다룬 영화에서 "1분마다 인생을 바꿀 수 있는 기회가 있다(I' ll see you in another life... when we are both cats.)"는 명대사가 나온다. 시시각각으로 변하는 하늘빛처럼 순간의 가치 판단이 중요하다. 실제 내가 선택한 일에 가치 없는 일은 없다고 믿었다. 가치 없는 일로 치부해 버린 생각들에 갇힌 것뿐이었다.

기록을 지속하면서 가장 먼저 개선한 건 어려운 일과 따분한 일을 회피하기보다 심플하게 바꿔서 나에게 맞는 습관을 들이는 것이었다. 사실 꾸준히 뭔가를 지속한다는 게 여간 어려운 일이 아니다. 그래도 극복의 대상이 있다는 자체가 내가 살아 있음을 느끼는 동기부여가 되어 주었다. 업무 외의 시간은 지속해서 여러 커뮤니티를 알게 되고 참여하면서 다양한 경험을 했다. 활동하는 모든 것이 내가 '진정 꿈꾸는 삶', '이루고 싶은 목표'를 찾는 과정이라 생각했다. 배움의 기회가 있다면 직접 찾아가 교육을 받았다. 각 분야에서 전문가로 활동하시는 훌륭한 스승들을 곁에 둔 덕분에 조금씩이라도 꾸준히 성장할 수 있게 되었다.

처음부터 큰 욕심을 내지 않고 더디더라도 작은 성공을 많이 이루고 싶었고, 실제로 그런 사람이 되어가고 있다. 배움과 성장에 대한 갈증을 느꼈음에도 불구하고, 결핍이라는 나의 관념 안에 갇혀 진짜 '나는 누구이며, 무엇을 할 때 기쁨을 얻는 사람'인지 스스로 찾아보려고 시도조차 하지 않고 살아왔다는 걸 기록을 통해서 하나씩 발견할 수 있었다. 세상에 수도 없이 많은 정보가 범람한다. 무료로도 얼마든지 원하는 지식을 손쉽게 얻을 수 있는 시대다. 하지만 발로 뛰고 나의 시간과 비용을 들여가며 어렵게 얻은 인생의 공부가 진짜 내 것이라는 믿음을 머릿속에 무의식적으로 심으면서 숱한 시간을 기록으로 채워왔다.

문서뿐만 아니라 사진, 음성파일 등 어느 방식으로든 자신에게 도움이 되는 방법을 찾자. 매일 자신의 성장에 필요한 걸 축적하고 있는 사람이라면, 모두 기록을 잘하고 있다고 말하고 싶다. 연예인이나 스포츠 스타들처럼 화려한 삶은 아닐지라도 적어도 목표가 있는 삶은 생기 있다고 생각해왔다. 10년간 다양한 데이터가 축적되어 어느새 3,000일 이상의 분량이 된 셈이다. 시간을 그냥 보내는 것과 순간마다 마킹을 하면서 보내는 건 시간이 지날수록 확연히 차이가 난다. 다방 면에서 뛰어난 사람을 '보석과 같은 사람'이라 비유한다. 스스로 빛을 내는 사람과 그렇지 못한 사람의 차이를 흑연과 다이아몬드에 비유하고 싶다.

흑연과 원소는 같지만 결정 구조 내의 탄소 원자의 배열만 다른 것이 다이아몬드이다. 흑연은 엉성한 원자 결합형태를 갖는다. 반면에 다이아몬드는 원자 배열이 치밀하게 서로 결합 되어 있다. 각 원자는 다른 원자와 연결되어 있고 동일한 거리를 유지하고 있어 단단하고 강한 결정체인 다이아몬드가 될 수 있는 것이다. 우리의 삶도 마찬가지다. 다이아몬드처럼 빛나기 위해서는 끊임없는 훈련과 연습을 통해 견고해질 필요가 있다. 모든 것이 하루아침에 이루어진다면 너무나도 좋겠지만 그렇지 않은 경우가 많다. 그래서 나는 기록을 하며 성장하는 것을 택했다. 계속해오다 보니 결과적으로 내가 먼저 언급하지 않아도 주변 사람들이 기록정리를 잘한다고 인정해준 것이다.

03

모멘티스트의 기록법

"나는 날마다 모든 면에서 점점 더 좋아지고 있다."

– 에밀 쿠에 (Emile Coue)

모멘티스트의 탄생

"주변인들의 평판이 그 사람을 말해준다."라는 말이 있다. 평소에 나는 '기록의 신', '기록의 달인', '기록 대마왕'이라고 불리고 있다. 좋아하는 걸 넘어서 정리를 잘한다는 얘기를 들을 수 있게 되기까지의 과정을 나누고 싶다. '나를 한마디로 표현할 수 있는 단어가 없을까?' 하고 고민하던 차에 한 친구가 나에게 어울리는 좋은 별명을 지어줬다. 그는 나에게 뚝심이 있다고 했다. 또 과거도 미래도 아닌 지금에 집중하여 한순간도 놓치지 않으려는 자세로 고요하게 그 자리에 있는 사람이라고 말해주었다.

그렇게 하여 '순간'이라는 의미인 'moment'와 '예술가'인 'artist'를 결합하여, '순간에 집중하는 사람'인 '모멘티스트(momentist)' 네임이 탄생했다. 이때부터 내 삶의 방향은 '집중'과 '전환'을 핵심으로 '기록'과 '시간'을 관리하며, 작은 성공을 늘려 나가는 사람이 되는 것이었다. 느리고 덧없이 느껴지는 시간을 보내기도 했지만 매 순간 진심을 다했다. 그리고 이제는 기록 전문가가 되기 위해 다양한 도전을 시작하기로 했다.

대체 불가능한 기록 아티스트

2000년대 초반 데뷔 후, 월드 스타로서 자리매김하여 현재 제2의 전성기를 누리고 있는 연기자이자 가수 비. 험난한 연예계에서 그가 오랫동안 롱런 할 수 있었던 건 화려한 삶의 이면에 부단히 노력하고 고통과 시련을 극복했기 때문일 것이다. 실제로 스스로 가혹하고 치열하게 살아가는 이유에 대해 방송에서 이렇게 밝혔다. 배고픈 고통을 알기에 더는 배고프지 않기 위하여, 또 언제 무너질지 모르니까 '대체 될 수 없는 사람'이 되어야 한다고 말이다. 2017년 〈깡〉으로 컴백을 알린 후 많은 사람의 조롱거리가 되기도 했다. 하지만 그는 개의치 않았다. 2020년 다시 〈깡〉 열풍이 불면서 '1일 1깡'이 하나의 '밈'으로 자리매김하고, 여러 매체를 그야말로 '싹쓰리' 하는 저력을 보여줬다. 아르바이트로 기획사에 방문하게 된 후 스승인 박진영(JYP)을 처음 본 순간 일생에 마지막 기회라 생각했고, 오디션 당시 무려 3시간 동안 춤을 췄다는 일화는 유명하다. 그 당시의 심정을 다음과 같이 회상했다.

"어차피 가수를 못 할 거면 오늘 최선을 다하고 떨어지자. 언젠가는 나를 위한 타이밍이 온다."

한 방송 프로그램에서는 불확실하고 불안한 미래에 대해 걱정하는 팬들에게 이렇게 얘기했다.

"도전하는 것 자체가 성공이라고 생각해요. 절대 지치지 말고 내 갈 길을 무소의 뿔처럼 가세요."

'대체 될 수 없는 사람'이 되기 위한 끊임없는 노력, 약해진 마음을 다잡으려 더욱 혹독하게 자기관리를 하면서 다시 이를 악물었다.

오른손잡이가 왼손으로 식사를 하고 싶다면 연습해야 한다. 연습하지 않으면 무의식적으로 오른손이 나가게 된다. 피나는 연습을 해야 자유롭게 왼손으로 수저를 쥐고 식사할 수 있다. 불안하면 연습하라. 나를 넘어서야 한다. 지금 내가 자면 꿈을 꿀 수 있지만, 자지 않으면 꿈을 이룰 수 있다!

– 비(정지훈)

'대체 될 수 없는 사람이 되자' 라는 누군가의 다짐을 나 역시 적용하기로 했다. "나는 어떻게 해야 하지?" 자문자답의 시간을 갖기로 했다. 매 순간 살아 있음을 느낄 수 있는, 동기부여가 될 만한 나만의 무언가가 필요했다. 그 과정을 기록하며 답을 찾아 나갔다.

"내게 주어진 시간을 대충 보내지 말자."

"좌절을 두려워하지 말고 어떤 일이든 극복할 수 있다고 믿자."

"매일 새로워지려고 노력하고, 시도하고, 변화하자."

이렇게 실행하고자 하는 의지를 갖게 될 때마다 나는 떠오르는 생각들을 기록했다. 계속 반복해야 하는 것들은 행동으로 옮겨질 때까지 매일 기록한 내용을 바라보며 상기했다. 스스로 자극받을 수 있는 공간에 두고 안 좋은 습관은 고쳐 나가려 했다. 실행 불가능한 일이 아닌 정말 작은 성공이라 일컫는 것들을 찾아 짧지만 매일 반복하니, 뭔가 되고 있다는 생각이 들었다. 책에서도, 만나는 사람들과의 대화에서도 그냥 보고 듣고 지나치지 않으려는 마음. 이것이 나에게 계속 기록을 지속하는데 활력소가 되었다. 지식만 채우면 오만해지고 어떤 얘기를 접해도 다 안다고 일축하는 사람이 되기 쉽다. 내가 무엇을 할 때 즐겁고 유익한지를 알 때까지 다양한 경험을 해보는 것. 그 경험들을 축적하여 같은 것을 배워도 나에게 맞게 응용해서 삶에 적용하는 과정을 거치다 보니 계속해서 성장할 수 있었다.

나에게 가장 좋은 기록 방법은 그림, 사진 등을 이용한 시각적인 효과를 높이는 방법이었다. 3P 바인더, 보물지도 작성 등을 통해 삶의 비전을 세우는 분들을 많이 만났다. 나 역시 배움을 멈추지 않고 계속 업그레이드하고 싶은 마음을 갖고 있다. 하지만 체계적인 교육을 받아도 스스로 실행하지 않으면 아무런 소용이 없기에, 당장 매일 실행할 수 있는 것이 무엇인지를 파악하는 게 중요했다. 그러다가 나와 같은 뜻을 갖고 모인 사람들과 만남, 그리고 소통을 통해 알게 된 도구 중 하나가 '퓨처매핑(FUTURE MAPPING)' 이었다. 일본 자기계발 전문가인 간다 마사노리의 저서 『전뇌사고』와 『스토리사고』라는 책에서 소개된 후 발전되어 온 도구다. 간단히 소개하면, 모든 극이 3막 구성으로 전개되듯 우리의 삶도 그렇다. 일주일, 한 달, 3개월, 6개월, 1년 등 어느 미래의 시점을 정하고, 현재에서 미래를 계획하는 게 아닌 미래의 가장 이상적인 시점에서 현재의 나를 바라본다. 이를 '역산 사고' 라 한다. 기록한 대로 행동함으로써 100%도 아닌 120% 해피 엔딩 상황을 맞이한다. 실제로 내가 그 상황이 되었을 때, 나는 어디서 누구와 무엇을 하고 있는지 등의 대사를 함께 적어 생동감을 더하기도 한다. 현실의 영역과 상상의 영역으로 칸을 나누어 플랜을 세우고 일정을 기록한다. 이중 상상의 영역은 '지니어스 코드' 라는 천재들의 사고법에 기반하여 만들어졌다. 아인슈타인이 상대성이론을 떠올릴 때 빛을 타고 우주를 여행하는 상상을 했다고 한다. 나는 이 플랜을 좋아하는 영화의 이미지로 표현하고 목표를 함께 기록하고 있다. 무엇보다 한 페이지에 정리할 수 있다는 게 이 도구의 장점이다. 디지털의 시대에서 우뇌의 영역을 키우기 위해 직접 손으로 그리는 인생 플랜. 그림 그리기를 좋아하는 나에게는 연습도 되고 계속 봐도 질리지 않는 플랜을 세울 수 있어서 도움이 되고 있다. 앞으로도 원하는 것을 이루고 싶을 때마다 시각화하여 기록하는 '기록 아티스트' 로 거듭나겠다.

04

좋아하는 일이 타인에게도 도움 될 때의 성장력

비록 예상했던 시간보다 늦게 달렸다고 해도, 만약 끝까지 달렸다면 어떤 마라톤에서든 성공한 것이다.

– 할 히그돈(Shayne Higdon)

어릴 때부터 좋아하는 것은 있었으나 꿈을 키워갈 정도로 나에게 재능이 있다고 생각한 적이 없었다. 그래서 늘 의기소침하고 소극적이었다. 해보지도 않고 될 리가 없다고 생각하다 한두 번 시도 해보고 안 되면 "내가 그럼 그렇지."라고 일축했던 일이 셀 수 없다. 다른 사람에게 기쁨을 주는 방법도 몰랐다.

잠시 어릴 때로 시간을 되돌려본다. 초등학교 때 미술 시간이 기다릴 정도로 그림을 좋아하게 되었는데, 그때를 계기로 미술학원에 잠시 다닌 적이 있었다. 첫 시간에 선생님이 자유화를 그려보라고 했고, 나는 자주 그렸던 우주를 배경으로 외계인들이 사는 모습을 그렸다. 내 작품을 보던 선생님이 고1 누나를 부르더니 "너보다 못 그리는 애는 처음 봤다."라며 웃던 모습이 지금도 선명하다. 그 모습이 나에게 상처를 안겨주었고 그림에 대한 흥미는 점점 줄어들었다. 고등학교를 특목고로 진학하면서 다시 그림을 그렸다. 하지만 그때부터 생각한 게 있다. 나의 행동으로 누군가에게 상처를 입힐 수도, 자신감을 심어줄 수도 있다는 걸 말이다. 나는 후자를 택하고 싶었다. 사회에 나와 강연을 듣고 배우고 정리한 내용을 공유하면서 '고맙다, 정말 도움이 됐다, 정리를 정말 잘한다.' 라는 말을 듣지 않았다면, 나의 기록도 혼자만 작성하고 간직하는 취미생활로 남았을지 모른다.

내가 정리한 글을 보고 싶어 하는 사람들이 생겼고, 나는 더욱 다양한 커뮤니티에서 사석에서 만나 뵙기 힘든 분들과도 좋은 인연을 맺을 수 있었다. 배움과 실천을 반복하면서 진정 무엇이 나를 성장시키는지 생각한 적이 있다. 바로 내가 일이라고 여기지 않고 나에게 필요한 기록물을 작성해서 공유할 때 공감해주고, 감사 인사를 해오는 이들이 있다는 것이었다. 그 마음들이 모여 나에게 힘이 되었다. 내가 경험한 모든 시간이 무의미하지 않게 느껴졌고, 소중하게 대할 수 있었다. 기록의 가장 큰 성과는 '지속하는 힘' 이었다. 기록을 잘하는 방법을 찾기보다 이 글을 읽는 사람에게 전달되기 쉽게 정리해야겠다는 마음이 정리하는 힘을 키울 수 있었다. 그리고 반복적으로 기록한 내용을 읽고 몸으로 체득하여 좋은 습관을 기르고 있다.

자신의 발전과 동기부여가 될 만한 도전과제를 정하고 목표와 계획을 수립하면, 방향성을 잡는데 더욱 도움이 될 것이다. 그 누구도 아닌 자신을 위해서 말이다. 어느 분야에서든 변화를 원했다면 지금 변하고 있을 것이다. 그 일을 자연스럽게 찾아 지속하면 된다. 나의 경우, 기록물을 정리하고 축적한다. 그리고 내 삶에 적용할 점들을 계속 찾아 가치관을 더욱 견고히 해나간다. 기록은 해방감을 준다. 기록하면 '기억의 한계' 에서 자유롭다.

그동안 기록을 해오면서 중요하다고 생각해온 '4가지 요점' 을 나누는 것으로 이 장을 마무리하겠다.

1) 마인드 컨트롤

기록은 나에게 만나는 사람과 모든 순간이 기회라는 것을 알려 주었다. 단지 듣고 넘어갔다면 그 순간에만 감명을 받고, 뒤돌아서면 잊게 된 메시지들이 얼마나 많았을까 생각하면 아찔하다. 지나온 기록들을 보면서 도저히 떠오르지 않았던 아이디어가 명확해질 때마다 이 맛에 기록한다는 생각을 하게 된다.

2) 인생관 확립

기록을 통해 '진심을 다하면 기회는 온다.' 라는 인생관이 생겼다. 잘하고 못하고를 떠나서 어제보다 한 걸음 더 내딛기, 거기서 용기를 얻을 수 있는 나만의 루틴이 확실하게 내 삶에 자리 잡은 것이다. 그 수많은 한걸음이 모여 주어진 하루를 즐기는 사람이 되었다.

3) GRIT(그릿)

앤젤라 더크워크 교수의 『그릿』이라는 책을 읽고 위안을 받았던 기억이 있다. '내가 헛되게 시간을 보내고 있는 건 아닐까?' 이런 생각이 들 때마다 이 단어를 떠올린다. 성과가 느리더라도 나만의 페이스로 꾸준히 기록하는 것으로 매일 '오늘이라는 선물' 을 받는 기분이 좋다. 그렇다. 끝까지 해내겠다는 마음이다.

4) Remarkable(리마커블)

표지판이 있기에 교통이 혼잡하지 않다. 비행기 항로도 'ICN(인천국제공항노선 약자)' 라는 고유의 이름이 있는 것처럼, 기록을 해오면서 내 인생에도 목표가 있어야 함을 느꼈다. 명료하면서도 정확한 타깃 말이다. 내 삶의 지표를 지속적으로 '마킹(Marking)' 해야 '놀랍고 주목할 만한(Remarkable)' 일들이 만들어진다 믿는다. 하지만 생각만으로는 만족을 기대하기 어렵다. 오프라 윈프리는 "자신의 몸, 정신, 영혼에 대한 자신감이야말로 새로운 모험, 새로운 성장 방향, 새로운 교훈을 계속 찾아 나서게 하는 원동력이며, 바로 이것이 인생이다."라고 했다. 기록하면 할수록 '나도 할 수 있다' 고 다짐하게 되는 모든 순간이 소중하게 다가온다.

05

기록은 내 삶의 종합예술

나의 작품에서 중요한 것은 보는 것보다 생각하게 하는 것이다.
(My work is not a question of painting, but of thinking.)
–르네 마그리트(Rene Magritte, 1898~1967)

기록은 내 삶의 '종합예술'이다

어릴 때 예술가를 동경했던 나에게 기록은 영감의 시작점이자 종착지다. 기록이라고 하면 일반적으로 글을 쓰는 행위를 가장 먼저 떠올린다. 하지만 나에게는 조금 다른 의미로 다가온다. 나에게 있어 기록은 '종합예술'과도 같다. 사실 이렇게 생각하기 시작한 건 얼마 되지 않았다. 그동안 숱하게 스스로 무엇을 위해서 그리고 왜 기록하는지 되묻는 시간을 가진 후에 내린 답이다. 이 세상 어떤 창작물도 완전히 새로운 영역은 없다. 기존의 상식을 뒤엎고 불편한 것을 찾아내는 누군가의 상상으로 시작된 것이다. 상상하지 않으면 현실로도 이뤄내지 못한다. 그림을 그릴 때도, 어떤 프로젝트에 대한 아이디어를 정리하는 과정에서도 그 시작은 러프하다. 구상할 때 '러프 스케치' 라고 표현하기도 하지 않는가. 자신만이 겨우 알아볼 정도로 휘갈겨 쓰고 그린 밑그림이 완성작으로 탄생 되고 나서야 사람들은 비로소 이해한다. 나도 강연을 듣고 책에 내 생각을 정리할 때 노트에 깔끔하게 정리하는 편이 아니다. 예쁜 글씨를 담는 게 목적이 아닌 새로 배우고 느낀 '인사이트' 를 최대한 많이 담아내기 위해서 우선 경청해야 한다.

청자의 입장에서 화자의 말에 귀 기울이는 모습을 보여주는 것은 기본적인 예의다. 시선은 화자에게 향하되, 손은 노트 위에서 춤추듯 들은 내용을 최대한 옮긴다. 노트북이나 태블릿 PC로 바로 '워딩' 을 할 수도 있지만, 그렇게 정리하면 다시 찾아 읽지 않는 경우가 많았다. 내 글씨로 직접 쓴 글을 읽을 때 생각 정리가 잘된다. 항상 노트와 펜을 가지고 다니며, 다양한 글을 한곳에 모아두었다가 활용하고 있다. 최종적인 문서 작성은 러프하게 표현했던 노트 속의 글에 내 생각을 녹여 깔끔하고 보기 좋게 다시 편집과정을 거친다. 많은 양을 기록하는 게 중요한 게 아니다. 기록한 것을 어떻게 내 삶에서 실천하고 새로운 아이디어로 활용하느냐가 중요한 것이다. 특히 지난날의 노트를 다시 넘겨 보면서 그 시간으로 잠시 시간여행을 하기도 한다. 글뿐만 아니라 사진이나 그림 등 표현할 수 있는 기록의 범위를 확장하며 시각적인 효과도 키워나가고 있다.

최근 방문한 식당에서 인상 깊은 문장이 눈에 들어왔다.

"평범함이 때론 가장 특별하다."

평범해서 나눌 게 없었던 나의 삶도 기록해온 덕분에 시간이 지날수록 특별해지고 있음을 느꼈다. 기록의 예술적 가치는 축적될수록 그 진가를 발휘한다. 모든 사람이 위인이라고 칭하는 사람들의 삶 역시 기록 속에 남아 아무리 오랜 시간이 지나도 회자 되고 있다.

삶에는 리허설이 없다. 삶은 라이브다. 돌아갈 수도 없고, 돌이킬 수도 없는 지금의 선택과 경험을 남기는 삶의 종합예술. 나에게는 그것이 기록이었다.

예술의, 예술에 의한, 예술을 위한 기록

평소에 나는 예술가의 삶과 그들이 남긴 말에서 내가 찾고 싶었던 삶의 질문에 대한 답을 얻으며 기록으로 남겨두는 걸 좋아한다. 특히 벨기에의 초현실주의 화가 르네 마그리트의 사상은 대학 시절 졸업 작품의 모티브가 되었다. 당시에는 건축 설계를 하는데 왜 예술가에게서 핵심 키워드를 찾아야 하는지 의문이 들었고, 답을 찾는 과정도 쉽지 않았다. 하지만 그 시간이 있었기에 '모순'이라는 단어를 내 인생에서 자주 찾을 수 있게 되었다. 가장 사람들에게 많이 알려진 그의 대표작 중 하나다.

"Ceci n' est pas une pipe."

프랑스어로 된 이 문장을 번역하면 '이것은 파이프가 아니다.'라는 뜻이다. 이 말속에 있는 의미는 모순어법처럼 보이지만 사실 맞는 말이다. 이것은 파이프가 아닌 파이프를 그린 그림이기 때문이다. 이처럼 르네 마그리트는 초현실주의의 대표적인 예술가로서 실존의 문제와 인간 심리의 모순을 그려냈다. 그뿐만 아니라 몽환적이고 동화 같은 작품들 또한 다양해서 더 매력적으로 다가온다.

르네 마그리트는 예술을 다음과 같이 표현했다.

"예술, 그림을 그린다는 것은 나에게 막연히 마법같이 느껴졌다. 화가는 특별한 능력을 타고난 사람처럼 보였다. 시간이 흐른 뒤, 난 의심하기 시작했다. 세상이 나를 속이고 있다는 불신이 생겼고, 새로운 시야를 가지게 되었다. 붓을 내려놓았다고 작품이 완성된 건 아니다. 그림을 평범하지 않게 만들 제목을 찾아야 한다. 단어는 이미지를 설명한다. 그 그림만의 마법을 규정한다."

그는 일요일에 친구들과 함께 모여 제목을 만들고 작품을 있는 그대로 묘사했는데, 그저 하나의 방식일 뿐이었다. 그들의 대화는 현실에서 멀어지기 위한 것이다. 그림의 묘사가 끝나면 그들은 묘사에서 멀어진다. 제목을 짓는 것은 그림을 설명하기 위한 것이 아니었다. 창작을 이어가는 것이었다. 진실을 드러내고 창조하는 과정이었다. 어떤 것도 그에게 영감을 주지 못했다. 새도, 나무도, 산도. 세상에 존재하는 것은 이미 너무나 많고, 여기에 더할 필요가 없다고 생각했다. 오직 영감 그 자체에서만 영감을 얻을 수 있었다. 그려야 할 대상이 무엇인지를 하는 것. 이유와 방법은 무시할 것. 예술에 대한 그의 관점이 고스란히 그의 작품에 녹아 있다. 이것을 알고 작품을 바라보는 것과 그냥 보는 건 분명한 차이가 있다.

강은진 저자의 『예술의 쓸모』의 부제인 '예술은 반드시 새로운 길을 만든다.' 라는 메시지에 공감한다. 르네 마그리트 역시 영감에 대해 다음과 같이 언급했다.

"영감은 무엇이 일어나는 것을 하는 순간이다. 보통 우리는 무슨 일이 생기는지 모르고 있다."

무엇이 일어나는 순간을 알아채고 그 일을 할 수 있으려면, 평소에도 관찰하는 힘과 예술을 바라보는 안목을 키워야 한다. 기록은 영감의 시작점이자 종착지가 되어 줄 것이다.

06

난독증을 극복한 북 인사이트 (Book-insight)

> 시작이 물론 중요하지만, 끝을 잘 마무리하는 것도 매우 중요하다. 작심삼일에 그친다면, 시작이 중요한들, 그게 무슨 소용이랴!
> - 정조대왕

책을 읽는 사람 VS 책을 읽고 기록을 남기는 사람

2020년 10월, '북터치 하루 독서 모임' 강연자로 함께 자리해주셨던 『독공법』의 저자이자 '독서 대통령' 김을호 교수의 강연 덕분에 독서에서도 기록의 중요성을 상기해볼 수 있었다. 아침에 눈 떴을 때 목표가 떠올랐다면 참된 목표이며, 떠올리지 않았다면 거짓된 목표라고 했다. 간절한 목표는 절대 머릿속에서 떠나지 않는다는 것을 깨달았던 소중한 시간이었다. 이때 던져야 할 질문이 "Start with Why"이다. 정확한 목표를 세우기 위해 독서와 공부를 지속한다. 독서를 잘하면 인생이 바뀐다. 우리의 기억은 오래가지 못하기 때문에 기록을 중요하게 여겨야 한다. 기록을 축적하면 '나만의 데이터베이스'를 구축할 수 있다. 그리고 좋은 책을 읽고 기록을 남기는 것이 좋은 표본이자 롤모델이 되는 것임을 새겼다. 말과 글로 표현하지 않으면 우리의 생각을 알 수 없다. 그래서 리더는 항상 'Why?'라는 질문으로 시작한다. 항상 질문과 의문을 던져야 한다. '진정으로 배운다는 것은 무엇인가?' 평상시 삶 속에서 항상 질문과 의문을 품는 습관을 길러야 한다. 독서 후의 기록은 사고력 확산에 가장 좋은 방법이다.

잠자는 시간 외 모든 일상에서 배우고 배운 것을 실천하기 위해 기록을 반복하는 삶. 기록은 내가 찾은 최고의 루틴이기에 강연과 독서 역시 지속하고 있다. 김을호 교수는 공부와 독서를 하는 이유로는 3가지를 들었다.

첫 번째로는 이해력이다. 독해력을 키우기 위해 독서 한다. 세상을 살아가고 세상을 해석하고 세상을 읽는 눈을 길러 주기 위해서다.

두 번째는 상상력을 기르기 위해서다. 상상력은 다른 말로 기억력이다. 직업 탐색의 폭을 넓혀주고 세분화한다. 공부하면 공부할수록 많은 책을 읽으면 읽을수록 꿈의 크기가 달라지기에 공부와 독서를 해야 한다는 것이다. 배우면 배울수록 기억력은 굉장히 뛰어나 진다는 것에 공감했다.

마지막 세 번째는 표현력을 기를 수 있다는 것이다. 『논어』의 시작이 '學(배울 학, 가르칠 학, 독서 할 학)' 이라면, 결론은 '言(말씀 언)' 이다. 잘 듣고 잘 말하기와 정확하게 자기 의견을 표현하기 위해 독서 하는 것이다. 이해력과 상상력과 표현력을 갖춘다면, 개인의 의식과 사고 능력이 향상되고 성장할 수 있다.

『격몽요결(擊蒙要訣)』은 율곡 이이(李珥)가 1577년(선조 10) 학문을 시작하는 이들을 가르치기 위해 편찬한 책이다. 어리석음을 격퇴하고 요점을 뽑아서 추려 놓은 방법을 정리해놓은 공부 잘하는 법이자 인생에서 성공하는 내용이다. 『 격몽요결』을 통해 우리가 배울 수 있는 것은 다음과 같다. 공부하려는 뜻을 먼저 세워 정확한 목표를 확립하기 위한 입지(立志), 옛 낡은 습성을 버려서 몸 속의 나쁜 습관을 뜯어 내는 혁구습(革舊習), 인성을 기본으로 좋은 습관을 유지하는 지신(持身)이다. 나쁜 습관을 뜯어냈으니 몸속에 좋은 습관이 들어오는데 그 좋은 습관을 유지해야 한다는 가르침이었다. 지신(持身)하면 '정직', '약속', '용서', '책임', '배려', '소유' 까지 6가지를 익힐 수 있다. 발전할 수 없는 개인과 조직의 3가지 특징으로는, 첫째, 행동하지 않는다. 둘째, 생각하지 않는다. 셋째, 자신을 부족하다고 여기지 않는다. '열정과 끈기의 힘'인 'GRIT(그릿)'을 해야 한다는 것도 늘 생각한다. '열정'이란 바로 결핍, 부족함, 아픔, 상처, 가난, 컴플렉스, 열등감 등을 극복하는 자세이며 아픔과 눈물이라고 배웠다.

지금까지의 내용을 정리해보면, 우선 아침에 눈 뜨자마자 떠올리는 자나 깨나 간절한 목표가 있는지를 점검해야 한다. 내 삶의 간절함. 그것이 진짜 목표다.

세상에는 책을 읽는 사람과 책을 읽고 기록을 남기는 사람으로 구분된다. 예컨대, 작년 10월 26일 점심 식사 메뉴를 기억하진 못해도 기록해두었다면 떠올릴 수 있다.

'모멘티스트'의 2019년 10월 26일 기록

오전 6시 25분 선릉 북쌔즈 도착해서 에너지클럽 모임에 참석.
오전 7시 54분 간단히 샌드위치로 아침 식사.
오후 12시 30분 현대카드에서 주관한 '다빈치모텔' 참석.
점심, 저녁도 거르고 오전 7시부터 오후 10시까지 강연과 공연 관람하느라 분주했던 하루.
오후 11시 동네 친구 부부와 '급 번개'로 만나 집 근처에서 맥주 한잔하고 오전 1시에 귀가 한 날.

MS의 설립자, 세계 최고의 98조 원 자산가, 자선 사업을 많이 하는 자선 사업가, 동네에 마을 도서관을 이용했던 책벌레 등 많은 이력이 있는 빌게이츠. 그가 '서평 전문가'로 변신했다. 2010년 55세가 되던 해부터 책을 읽고 서평을 쓰기 시작했다고 한다. 그전에도 물론 빌게이츠는 기록광이었다. 단지 읽는데 그치지 않고 읽고 기록을 남겨서 본인의 서평 블로그에 1년에 50여 권을 소개한다. 세계적인 경제학지 『이코노믹스』에서 세계적인 CEO들의 공통점이 1년에 약 90여 권의 책을 읽는다는 결과도 나왔다. 빌게이츠는 2016년 여름휴가 때 5권의 책을 읽겠다고 했는데, 그중 하나가 바로 『사피엔스』다. 이 책을 읽고 서평을 올리자마자 전 세계적으로 유발 하라리 붐이 일었다.

김을호 교수는 책장의 마침표는 책장을 덮었을 때가 아니라, 책장을 덮고 서평을 남겼을 때라고 강조했다. 우리의 기억은 오래가지 못한다. 그리고 우리의 생각은 눈에 보이지 않는다. 그래서 말과 글로 표현하지 않으면 우리의 생각을 알 수 없다. 책 한 권을 처음부터 끝까지 다 읽어내는 게 결코 책을 읽는 것이 아니다. 김을호 교수 역시 완독의 개념에서 벗어나는 데서 익숙해졌으면 좋겠다고 말했다. '리드 포 액션' 해야 한다. 한 페이지를 읽더라도 그중에 하나를 액션에 옮겼다면 그게 독서다. 한 줄이라도 읽고 내 삶에서 적용한다면 완벽한 독서를 한 것이다.

나는 기록 역시 액션하기 위해 그리고 '액션' 한 것을 축적하기 위해 병행되어야 한다고 생각한다. 준비가 완벽할 때 행동하겠다는 말은 끝까지 아무것도 하지 않겠다는 말과 다를 바가 없다. 시행착오와 우여곡절을 겪지 않고서는 원하는 목표에 도달할 수 없다. 자신을 점검하고 되돌아보는 시간을 갖는 것도 그렇다. 기록했다면 같은 일도 훨씬 능숙 능란하게 처리할 수 있게 되었음을 눈으로 확인할 수 있을 것이다.

기록하면 보완할 점, 고쳐야 할 점도 스스로 파악할 수 있다. 그렇다고 한 번에 뭔가를 바꾸려 하지 않았으면 좋겠다. 기록으로 꾸준함을 기르도록 해보자. 정말 간절한 목표였다면 당신의 바람대로 움직여 원했던 결과를 현실로 만들 수 있는 날이 올 것이다. 나에게도 책을 한 페이지도 넘기기 힘들었던 시간이 있었다. 그때 책을 읽을 상황이 되지 못하더라도 항시 지니고 다니자고 했던 게 15년째 지켜가고 있다. 마침내 1,000권을 읽기를 넘어 현재는 1,500권을 이상을 읽었다. 기록하고 독서 모임에 참여하여 효과적인 인풋과 아웃풋을 실행하면서 내 삶과 맡은 업무에서 역량을 발휘해 나가고 있다. 기록하지 않았다면 맛볼 수 없었던 희열의 순간들도 많다. 기록 속에서 살아 있는 모든 순간이 소중하고 감사하다. 누구나 자신만의 기록법이 있을 것이다. 인생에 정답이 없듯 기록에도 정답은 없다. 당신이 오늘도 내일도 기록을 즐기며 '액션' 하고 있다면 그것만으로 충분하다.

07

나의 삶을 바꾼 2권의 책

난독증이 있어 책 한 권을 읽기 힘들어했던 나. 틈이 날 때마다 책장에 꽂혀 있던 책부터 읽기 시작했던 게 15년 전 군대 생활을 할 때부터다. 읽고 나서도 머릿속에 남는 게 없었다. 해결방법을 찾다 기록을 시작했고, 이제는 누구 못지않게 책을 사랑하게 되었다. 매일 틈새 독서시간을 갖고 있다. 소개를 통해, 한곳 두 곳씩 독서 모임에 참여하게 되면서 '북터치 하루 독서 모임' 도 만나게 되었다. 시간이 지날수록 나에게 맞는 기록법과 만나 뵌 작가들의 강연 정리를 회원들과 공유하고 함께 성장할 수 있음이 즐겁다. 특히 좋은 기회를 만나 나의 삶과 경험하고 간직해온 생각을 정리해볼 수 있는 시간도 감사하다. 책을 빨리 읽기보다 꾸준히 읽으며 북 리스트도 작성하고 서평단에 신청하면 당첨률도 높은 편이다. 어느덧 1,500권 이상의 책을 읽었고, 크고 작은 커뮤니티와 세미나를 통해서 책을 편식하지 않으려 노력하고 있다. 그중에서도 내 인생을 바꿔준 '인생 책'을 두 권 소개한다.

첫 번째 소개할 책은 팀 페리스 저서 『타이탄의 도구들』이다. 일과 삶에서 최고의 성공을 거둔 인물들이 직접 밝힌 "나는 어떻게 내 인생을 바꿨는가!"라는 부제부터 눈에 들어온다. 그중에서도 가장 먼저 떠오르는 메시지는? '내 삶이 먼저 있어야 한다.' 라는 것과 '하는 일에 재미를 느껴야 한다.' 그리고 '기록의 중요성'에 대해서도 상기해볼 수 있었던 책이다. "탁월한 사람에게 규칙적인 습관이란, 야망의 또 다른 표현이다." 역시 자신을 아끼고 성공의 길로 이끄는 사람일수록 습관을 강조하는구나 하며 고개를 끄덕였던 시간을 떠올린다. 18살 이후 모든 것을 기록으로 남겨온 저자는, 깨달은 인생의 비결들을 한데 모으고 삶의 목표가 한 번 배워 익힌 지식과 경험을 두고두고 꺼내 쓰는 데 있다고 했다. 타이탄들이 가지고 있는 목표는 종종 일반 사람들의 눈에는 정말 터무니없거나 실현 불가능한 것처럼 비친다는 것을 알게 되었다. 존 도어라는 전설적인 벤처투자자가 구글에 전해준 성공 공식을 정리한 책 『존 도어 OKR』에서는 '10X' 목표를 설정하는 방법에 관한 내용이 나온다. 자신이 원하는 목표에 10배를 곱하는 게 이 공식인데 같은 맥락이라 잠시 함께 공유해본다.

디테일(detail)에 관한 사례로, 체스 천재로 여덟 차례나 챔피언에 올랐던 조시 웨이츠킨(Josh Waitzkin)의 이야기다. 그의 메시지가 내 삶 전반에 영향을 미쳤다. "상상도 못 할 기회는 아주 작은 곳에서 발견된다. 삶의 유일한 배움은 마이크로(micro)에서 매크로(macro)를 찾아내는 것이다." "큰 기회는 항상 작은 패키지 안에 담겨 배달되어 온다."라는 내용이었다. 이 책을 효율적으로 읽는 방법 중 한 가지는 타이탄들의 매일의 작은 습관, 태도, 명상, 주문, 보충학습 계획, 즐겨 하는 질문들, 독서법 등에 더 각별하게 주목하는 것이다. 그것들이 곧 당신을 타이탄으로 만들어줄 탁월한 도구들이기 때문이다. 타이탄들은 조언한다. 하나의 옷을 완성하려면 수천 조각의 옷감을 들여다보는 작업을 거쳐야 한다고. 아주 빠르고 흥미롭게 말이다.

자신만의 루틴과 전략을 만드는 이야기들이 종합선물 세트처럼 가득하다. 목표가 머릿속에만 존재하는 시나리오라면, 죽을 때까지 절대 시작하지 못한다. 타이탄들은 "실패란, 완전히 실패하는 것이다."라고 했다. 어떤 한 가지 일로 인해 안타깝게 실패했다고 생각해서는 안 된다. 분명 그 실패는 여러 가지 이유가 있게 마련이다. 실패 원인을 찾아내지 못한다면 앞으로도 실패는 반복된다. 우리가 존재하는 모든 이유로 실패했다는 사실을 깨닫고 났을 때, 비로소 처음부터 다시 시작할 힘을 갖는다고 한다. 성공을 원한다면 '트렌드'에 휩쓸리지 말고, 사명감을 가지고 대체 불가능한 그 무언가를 찾아야 한다. 피터 틸러슨은 "어디서 어떻게 누구와 경쟁할 것인지를 고민하지 마라. 그 대신 '더 큰 성공을 위해 경쟁심을 버리려면 어떻게 해야 할까?' 를 자신에게 질문하라."라는 말을 했다. 나의 인생관과 목표를 새롭게 수립할 수 있도록 해준 인생 책이다.

두 번째 소개할 책은 이민규 교수의 『실행이 답이다』이다. 이 책은 가장 불안하고 흔들렸던 나의 마음을 안정시켜준 책이라 더욱 특별하게 다가온다. "1%의 특별한 사람들은 생각을 반드시 행동으로 옮긴다."라는 것을 역시 강조하고 있다. 모든 위대한 성취는 반드시 실행함으로써 이루어지며, 실행하지 않으면 아무것도 이룰 수 없다는 사실은 누구나 익히 알고 있을 것이다. 그 사실을 알면서도 실행에 옮기지 못하는 이유를 만들 때마다 읽으면 좋은 책이다. 변화를 시도할 때 가장 중요한 건 우리 앞에 놓인 문제와 그 원인이 무엇인지를 '제대로 아는 것' 임을 알려준다. "성공한 사람들은 가능한 돌발사태를 예상하고 대비해서 항상 더 많은 것을 얻어 낸다."라는 내용도 늘 대비하는 자세를 갖게끔 해주는 데 도움이 되었던 문장이다.

포기하지 않고 끝까지 결심을 실천하는 사람들, 그래서 성공적인 삶을 살아가는 사람들. 그들의 공통점은 다른 사람들이 '할 수 없는 수많은 핑계' 를 찾고 있을 때, '해야만 하는 한 가지의 절실한 이유' 를 찾아낸다는 것이다. 또 『원씽』이라는 책을 함께 읽으면서 지금 내가 선택해야 할 한 가지를 찾는 과정이 중요함을 알았다. 내가 선택한 일에 책임을 지고 집중하기 위해 노력하는 훈련을 해나가고 있다. 결심한 것을 곧바로 행동에 옮기는 '행동 지향성' 을 갖추기 위해 작은 일부터 시작하는 습관을 기른 것이다. 최종목표를 실행 가능한 작은 목표로 나누어 최종 데드라인을 역산해본다. 중간에도 목표지점을 두면 결국엔 완결 지을 수 있다는 걸 이제는 안다. 이 책을 읽음으로써 많이 바뀌고 성장했음을 인지한 시점이 있었다. 바로 일할 때 일을 시작하는 습관을 갖게 되니 스트레스에 대한 통제감이 높아진 것이다. 그 일을 잘할 수 있다고 믿으며, 노하우를 체득하고 항상 배울 준비가 되어 있다는 믿음.

책을 읽지 않았다면, 그리고 기록하지 않았다면, 지금의 생각은 갖지 못했을 것이다. 더 큰 일을 하기 위해 자신을 넓게 규정하는 연습 또한 너무나 중요하다. 꼭 들어줘야 할 부탁이라면 얼른 수락하고, 자신의 선택에 끝까지 책임을 지는 자세로 대응한다. 거절 못 하는 것은 자신의 결정에 책임지기 싫기 때문이라는 내용을 보고 거절하는 연습을 했던 때도 있었다. 지금은 한결 자연스럽게 나에게 피해가 될만한 일은 처음부터 거절하고 있다. 원하는 것을 얻고 싶다면 원치 않는 것, 피하고 싶은 게 아니라, 그것을 통해 내가 얻을 수 있는 것에 대해 생각하는 시간을 더 많이 가져야 한다. 나에게 에너지

충전이 될 일이 결국 내 삶을 건강하게 만든다는 것을 이 책을 통해 배웠다.

어떤 분야에서 두각을 나타낸 사람들에게는 공통점이 있다. 목표가 명확하고 자나 깨나 그 목표에서 눈을 떼지 않는다는 것이다. 목표에서 눈을 떼지 않는 사람, 목표의 안테나를 높이 세운 사람은 아무리 방해를 해도 원하는 주파수를 잡아낸다. 한 권의 책을 읽고 하나의 메시지를 실천하는 삶. 작은 습관과 실행력이 모여 결국은 큰 일도 해내게 될 거라는 믿음. 이 모든 과정이 성장의 초석이 된다고 생각한다. 기록하며 반복적으로 보고 떠올리면 기억하게 되고, 기억한 것을 '아웃풋' 하면 실천할 수밖에 없는 환경이 만들어진다. 실행력을 키우기 위해 우리는 기록해야 함을 다시 한번 강조하고 싶다. 오늘의 한 가지 생각이 사라지지 않고 축적될 때 그리고 여러 사람의 축적된 생각이 조화를 이룰 때, 우리 모두의 삶은 더욱 풍요로워질 것이다.

P O W E R O F

“

지극한 정성은 쉼이 없다. 쉬지 않고 계속하게 되면
곧 효과가 나타난다. 효과가 나타나면
더 열심히 하게 되고, 오래 하다 보면 넓고 두터워지며,
넓고 두터우면 곧 높고 밝아진다.

”

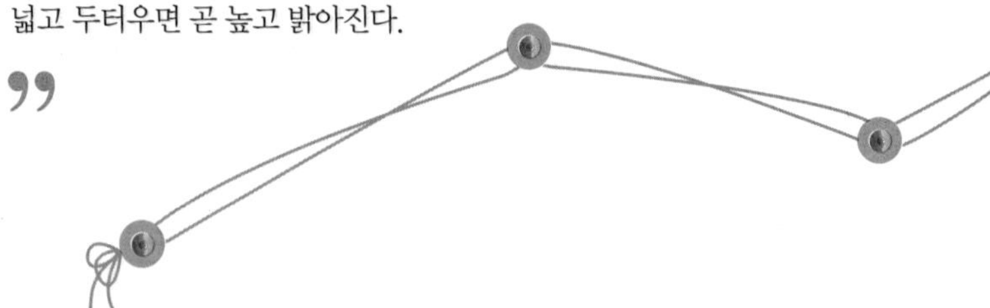

G R O W T H

Part 03

사람을 감동시키는 정성의 힘

전현미

06

마음을 움직이는 강력한 무기 '온 몸으로 들었던 경청의 힘'

> 자기말만 하면 다른사람들은 지루해진다는 점을 꼭 명심하라
>
> – 헬렌 걸리 브라운

"매니저님, 도대체 어떻게 된 거예요? '고객의 소리' 올라 왔습니다."

백화점에서 근무하면서 『나에게 불황은 없다』를 출간하고 바쁜 일상을 보내던 어느 날, 백화점 바이어한테서 전화가 왔다. 백화점 사이트의 고객 불만족 사례를 쓰는 곳에 매장 직원이 클레임에 걸렸다며 빨리 사유를 알려 달라고 한다. 더 모범이 되어야 할 매장에서 이게 뭐냐면서 실망 가득한 목소리로 한소리 하신다. 아뿔싸! 불길한 생각이 뇌리를 스쳤다. 직원들에게 전화를 걸어서 자세한 상황을 알아보았다. 내용인 즉, 매장 직원이 고객을 응대하는 중 미소 없이 무

표정으로 대충 대답했다는 것이 이유였다. 고객의 이야기에 귀 기울이지도 않았다고 한다. 담당 직원이 감기가 심하게 걸려 컨디션이 안 좋았던 상황이었다고는 하지만, 어떤 이유에서든 안 되는 일이었다. 매장에 급하게 출근해서 상황정리를 하고, 직접 그 직원이 고객에게 전화해서 서로 오해를 풀게 했다. 결국은 서로 웃으면서 잘 해결됐다. 책이 출판된 후 직원들에게 매장을 맡기는 횟수가 잦아지다 보니, 매장에서 정신 차리라는 신호를 보내 온 것 같다.

상식적으로 아침마다 '진상'을 계획하는 고객은 없겠지만, 왜 클레임은 항상 생기는 것일까? 다른 업종은 모르겠으나, 백화점 매니저의 입장에서 바라볼 때 경청의 중요성을 종종 잊기 때문이다. 남이 날 깔본다는 생각에 자존심이 상해서든, 일상으로부터의 지침이든, 손님에 대한 경청의 자세를 잃는 순간 항상 불만이 생겼다.

중국 속담에 이런 말이 있다.

"미소 띤 얼굴을 지닐 수 없는 사람은 장사할 자격이 없다."

웃는 얼굴이 모든 인간관계에 있어 윤활유 역할을 한다는 것은 누구나 부정할 수 없는 사실이다. 이번 일도 사실은 미소만 유지했어도 일어나지 않았을 것이다. 사람의 마음을 감동시키는 것은 그리 멀리 있지 않다. 상대방의 이야기를 미소 지으며 온몸으로 경청하는 순간, 관계는 저절로 좋아지게 마련이다. 그렇다면 경청이란 정확히 무엇으로 이루어져 있는가? 백화점 매니저로서 나름 정의를 내려 보았다.

서비스업에 20년 넘게 종사하면서 세운 경청의 요소 중 첫째는 귀로 들어 주어야 한다는 것이다. 즉 상대방이 하고 싶은 이야기를 집중해서 들어주어야 한다. 동시에 기억해 주어야 한다. 고객이 자신의 이야기에 귀를 기울이고 있다는 사실을 인식함과 동시에 기분도 좋아진다. 하지만 기억하지 못한다면, 가식으로 여겨질 수 있기 때문에 조심해야 한다. 예를 들어, 내 얘기를 매우 집중해서 듣던 사람이 다음에 만났을 때 대화 내용을 하나도 기억 못하는 경우가 있다. 서비스업에서는 기분이 상하는 걸로 끝나는 것이 아니라 고객을 잃을 수도 있다.

하루는 고등학생이었던 아들이 미용실에 갔다가 안 좋은 표정으로 집에 돌아왔다. 이유를 물어보니, 자기가 미용실에 갈 때면 세상 귀빈이라도 온 듯 대접해주면서 정작 자신이 한 얘기는 하나도 기억을 못했다는 것에 가식으로 장사한다는 기분이 들었다는 것이다.

듣기만 하고 기억하지 못 해 기분이 상한 대표적 예라는 생각이 들었다. 기억해주지 못 할 것이면 경청하는 척도 하면 안 된다. 물론 선천적으로 기억하는 능력이 약한 사람이면 어쩔 수 없다. 그런 유형의 사람들은 기억을 상기시켜주는 메모라도 하는 습관을 들여야 한다.

둘째, 입으로 들어 주어야 한다. "아! 그렇군요. 속상하시겠어요." 하며 맞장구와 호응을 통해 당신이 이야기에 집중하고 있다는 것을 보여줘야 한다. 상대방이 고객이기 때문에 어쩔 수 없이 들어줘야지라는 생각으로 듣고 있다면, 당사자도 자신의 이야기를 귀찮아한다는 느낌을 받는다. 입으로도 들어준다는 것은 흘려듣고 있지 않다는 중요한 표시이기 때문에 특히 서비스업에서 매우 중요하다. 불만으로 가득 찬 고객이 매장에 들어와 랩 하듯 불만을 이야기할 때, 똥 씹은 표정이 아니라, 고객의 입장에서 "정말 속상하셨겠어요. 저희 생각이 짧았습니다. 또는 아! 그랬군요. 다시 한번 교육을 잘 진행해서 앞으로는 이런 일들이 발생하지 않게 조치 하겠습니다. 불편을 드려 죄송합니다 등으로" 맞장구가 있으면, 소리를 지르던 고객도 '아 이 사람이 지금 내 상황에 공감하고 있구나.' 라는 생각에 누그러지기 쉽다.

셋째 눈으로 들어야 한다. 상대방의 이야기를 입으로만 아니라, 눈으로 그윽한 공감 가는 표현을 해주는 것이다. 더하여 온 몸으로 표현하는 몸짓 언어까지 써 준다면 고객과의 상호 교감은 최고가 된다. 입으로 듣는 것과 연관이 깊은 것이 눈으로 듣는 것이다. 공감하고 이해한다는 제스처가 있어야 한다. 이런 간단한 진리를 무시한다면, 우리의 고객은 일회용 인연으로 끝날 가능성이 크다. 잊으면 안 될 또 한 가지는 고객뿐만 아니라 직원들에게도 똑같이 공감해 주고 경청해줘야 한다는 점이다. 가족보다 더 오랜 시간을 함께하는 그들의 마음도 돌봐 주어야 한다. 대부분의 매장 관리자들은 손님을 왕으로 대접하면서도 왕이 지내는 매장을 관리하는 직원들을 단순히 부하직원으로만 생각한다. 직원들이 없으면 매장은 돌아가지 않는다. 만약 직원이 없어도 매장이 돌아간다면, 그 직원은 월급만 가져가는 유령직원이다. 매장 관리자라면 내가 없어도 매장이 돌아갈 수 있도록 직원들의 능력 또한 키워야 한다. 직원들은 매장에 없어서는 안 될 내 사람들이다. 직원들에게 경청의 진리를 적용하지 않는다면, 직원 또한 일회용 직원으로 전락해서 여기저기 안주하지 못하고 떠돌게 된다. 그들의 마음까지 얻기 위한 가장 큰 무기는 공감과, 경청이다.

책이 출판된 이후 강연자로 초대받아서 간 곳 중 '북터치 하루독서' 라는 모임이 있었다. 이곳은 다른 독서모임과 다르게 조금은 특이하게 진행하고 있었다. 약 20명이 모여 서로 인사를 나눈 후 7분 동안 초집중 독서를 한다. 그 다음 책에 대한 자기 생각을 아낌없이 끄집어내는 3분 발표를 한다. 한 명씩 각자의 생각을 거침없이 뱉어낼 때, 그들의 표정과 말에서 진정성이 묻어나오는 것을 느낄 수 있었다. 이십여 명의 독자들이 온전히 작가의 책에 집중하고 에너지를 쏟아 부어주니, 저자로서는 정말 행복하지 않을 수 없었다. 누구 하나 소외된 이들도 없다. 3분 발표를 통해 저자가 그야말로 뼛속까지 털리는 아주 짜릿한 기분 좋은 경험을 할 수 있는 곳이었다. 위 사례에서 말한 경청의 진리로 누군가를 감동시키는 모습을 이곳에서 경험할 수 있었다.

서비스업뿐만이 아니라 경청은 어느 곳이나 일맥상통한다. 독자들이 모여 함께 웃고 눈물을 흘릴 수 있다는 것은 온몸으로 공감하며 경청했기에 가능한 일이었다. 그들의 하나 되는 열정의 에너지가 지금도 나를 그곳으로 인도한다. 사람의 마음을 움직이는 가장 큰 무기는 몸으로 공감하며 경청하는 힘이 아닐까? 이 진리는 매우 간단하기 때문에 시공간을 가리지 않는다. 돈만 받고 가는 일회성 강연자가 아닌 마음으로 함께하는 인연이 되어 여기까지 온 것 또한 감사한 일이다.

하지만 간단해 보이는 경청의 진리를 지키기는 쉽지 않다. 우리는 학창시절부터 성인이 되어 사회생활을 하면서까지 경청의 중요성을 듣고 산다. 그냥 잘 들어 주기만 하면 되는데, 그게 뭐가 그리 어려운지 입이 근질거리는 것을 다들 느낄 것이다. 누군가를 만나기 전에는 오늘은 무조건 들어주고 공감해줘야지 하고 다짐을 하지만, 막상 누군가를 만나면 내가 더 이야기를 많이 하고 있다는 것을 느낀다. 듣는 것보다 자신의 이야기를 하고 싶어 하는 사람의 본성 때문인지도 모른다. 아니면 매장에서 너무 경청을 많이 해서 배터리가

다 소모된 것일 수도 있다. 경청의 중요성을 알기에 직장에서는 경청을 통해 사람의 마음을 움직여 내 고객으로 만들지만, 사석에서는 쉽지 않다. 하지만 사석에서까지 경청의 진리를 지키려 노력한다면, 틀림없이 좋은 기회로 발전할 수 있을 것이다.

여기 경청의 중요성을 누구보다도 잘 실천하여 큰 성과를 낸 사람이 있다. 『초격차』의 저자 권오현 회장은 경청을 훌륭한 공격수단으로 사용함으로써 협상과 사람 다루기에서 상대방을 제압할 수 있었다고 한다. 『초격차』에서 저자는 이렇게 말한다.

"우선 저는 상대방이 먼저 자신의 의견을 설명하도록 유도합니다. 제 입장을 먼저 밝히는 것이 아니라 상대방의 의중을 먼저 확인하는 것이지요. 왜 나와 협상을 하려는지? 왜 그런 조건을 원하는지? 그렇게 해야 할 이유가 있는지? 등을 질문해서 먼저 상대방이 말할 수 있는 기회를 줍니다. 이때 상대방이 대답하는 시간이 길어지면 길어질수록 더 좋습니다. 어떤 때는 더 오래, 더 자세한 얘기를 하도록 유도합니다. 인내를 가지고 상대방의 설명을 경청합니다." 사업, 경영과 관련된 많은 책을 읽고 저자들의 공통점을 발견했다. 바로 사업을 성공적으로 이끌 수 있는 비결은 딱히 없다는 것이다. 무엇보다도 당신과 이야기하고 있는 사람에게 전적으로 주의를 기울이는 것이 가장 중요하다.

02

정성 1%의 복리효과 '마음 풀기의 중요성'

> 정성과 마음을 다하고 생각이 깊은 사람일수록 상대방에게서 정성과 진실한 마음을 더욱더 발견하게 된다.
>
> ―톨스토이

'만나는 사람을 바꿔야 인생이 바뀐다.' 는 말을 좋아한다. 저자가 된 후 책을 좋아하는 사람, 에너지 넘치는 사람들을 더 자주 만나게 되었다. 작년 12월 어느 날, 급조하여 저녁 모임을 만들었다. 모임에서 한 언니가 마라톤을 하자고 제안했다. 그리고는 2020년 3월 동아마라톤에 접수를 하라며 부추겼다.

"야, 나이 많은 나도 한다. 빨리 핸드폰 로그인 해."

그 언니의 귀여운 일침에 자신은 없었지만 함께 저녁을 먹던 친구와 얼떨결에 등록을 하고 말았다. 이미 등록을 했지만 머릿속은 못 해낼 거라는 핑계를 찾고 있었다. 친구와 나는 무릎도 아프고 운동도 안 한다는 핑계를 대면서도 어느새 우리는 마라톤 준비에 들어갔다. 운동이라곤 숨쉬기만 했던 내겐 큰 도전이었다. 그렇게 의기투합을 하며 걱정 반 기대 반 하루하루를 보내며 마라톤 연습에 들어갔다. 마라톤 연습에서 몸을 푼다는 것이 얼마나 중요한지 깨달았다.

전문가의 도움으로 몸 풀기부터 400미터 운동장 달리기까지, 나에게는 정말 힘들었지만 소중한 경험이었다. 마라톤 지도 선생님과 훈련을 할 때, 처음에는 잠깐만 스트레칭을 하고 바로 달리기로 들어갈 줄 알았다. 그런데 달리기는 무슨! 계속 스트레칭만 했다. 그냥 빨리 달리기를 했으면 했지만, 한 시간을 스트레칭만 했다. 조찬모임을 함께하는 코치님은, 이렇게 스트레칭을 제대로 하지 않고 달리면 몸이 다칠 수 있다면서, 뛰는 것보다 중요한 게 사전 스트레칭이라고 말해주었다. 만약 사전 준비 운동 없이 바로 뛰었다면, 당연히 몸에 무리가 왔을 것이다. 가뜩이나 무릎이 좋지 않아 무작정 뛰었다가는 그대로 병원에 갔을 것이다. 그렇게 조금씩 준비 운동을 꾸준히 했더니, 호흡도 차츰 나아지고 다리에 근육도 어느 순간 단단해져 있었다. 코로나로 인해 대회는 취소되었지만, 스트레칭과 준비운동의 중요성을 영업에 적용할 수 있게 되었다.

백화점에서 근무를 하다보면 고객 응대에 신경을 안 쓸 수 없다. 말 한마디라도 신중히 해야 한다. 아무 생각 없이 오픈하고 고객 응대를 한다면, 사람이기 때문에 자칫 사적인 일로 인해 99% 부드러운 응대가 되지 않는다. 서두에 장황하게 준비 운동에 대한 중요성을 이야기한 이유가 고객응대에도 그것이 적용되기 때문이다. 운동에서만 몸 풀기가 있는 것이 아니다. 영업도 몸 풀기와 같은 준비 운동이 필요하다. 일단 출근을 하면 모든 잡생각은 버려야 한다. 가정사를 포함한 어떤 일도 고객 응대에 영향을 끼치면 안 된다. 모든 것을 비운 뒤 고객을 맞이할 준비를 해야 한다. 이것을 나는 몸 풀기 대신에 마음 풀기라고 말한다. 고객 응대에서 매우 중요한 마음 풀기는 그 날 하루의 영업시간 중 1%의 시간만 써도 가능하다. 백화점 근무 시간을 대략 10시간으로 잡고, 그 중 1%인 6분 정도만 눈을 감고 마음을 정리하면 그 효과는 어마어마하다. 대부분 사람들은 자신의 기분에 하루가 좌우되기도 한다. 일관성 있는 준비 운동이 사람을 다치게 하지 않듯이, 1%의 마음 준비 운동은 나와 고객과의 관계를 다치게 하지 않는다. 그 1% 시간만 써도 고객 응대는 달라진다. 오픈 전에 마음을 편하게 해야 고객 응대도 좋아지고 판매실적도 좋아진다. 마음 풀기야말로 영업의 준비 운동이라고 생각한다. 운동 전에 몸 풀기도 귀찮아하는 내가 선택한 마음 풀기에 대해 간략히 설명해 보겠다.

나의 마음 풀기는 남들보다 조금 일찍 출근하는 것부터 시작된다. 조금이라도 더 잠을자고 컨디션이라도 좋게 하지 왜 일찍 출근하는지 의문이 들 수 있다. 하지만 남들보다 일찍 출근하면 백화점 그 큰 건물에서 온전히 나만의 시간을 가질 수 있다. 깜깜한 매장에서 긴 호흡도 한번 하고 오늘 하루를 시작할 수 있음에 감사하다고 속마음으로 외치면, 마음이 가라앉음과 동시에 매출을 올리고 싶다는 의지가 충만해진다. 전날의 스트레스는 직원들과 대화로 풀어버린다. 마음 풀기 후 하루를 시작하면 고객들의 불만이 짜증나기보다 해결해 주고 싶고 충성고객을 만들 수 있는 기회로 보인다.

아들이 대학교에서 한 연극 대사 중 소개하고 싶은 구절이 있다.

"사람을 대할 때 벽을 쌓는 사람들은 그 사람이 싫어서가 아니라, 사실 자신의 벽을 넘고 와줄 수 있는지를 알아보는 거야."라는 대사이다. 까칠한 고객, 갑질 어투의 고객들은 사실 판매자가 자신을 지갑으로만 보는지, 손님으로 대하는지를 시험하는 것일 수 있다. 실제로 고객들과 마음의 벽을 허무는 순간, 충성고객을 넘어 진정한 나의 팬으로 역할을 하고 있는 분들이 있다. 그분들은 내가 어떤 행사를 추진하면, 두 손 두 발을 아끼지 않고 나를 도와주신다. 트래킹을 준비하면, 도시락, 버스 전세, 보물찾기 놀이, 코스 탐색까지 소중한 추억을 만들기 위해 나보다 더 노력해주신다. 서로 시간을 내어 소풍에 차질이 없게 하면서 오히려 나에게 고마움을 표현해 준다. "매니저, 우리를 동심으로 돌아갈 수 있게 자리를 마련해 줘서 고마워." 하시며 감사 인사를 아낌없이 해주신다. 그런 고객님들을 보면, 판매도 결국은 사람 사이에 일어나는 행위라는 생각이 든다. 비록 유치한 행사일 수 있지만, 깔깔대며 웃는 그들의 청량한 웃음소리에 나는 또다시 다음 행사를 기획하게 된다. 그분들 덕분에 작은 정성에 감동하고 작은 칭찬에 행복해하며 마음이 풍요로운 하루하루를 보낼 수 있다.

요즘 유행하는 〈미스트롯〉이나 〈미스터트롯〉을 봐도 팬들의 역할이 크다는 것을 알 수 있다. 누군가 시켜서 하는 것이 아닌 자발적 관계 형성이 그 사람을 특별하게 만든다. '트바로티' 라는 별명을 얻은 김호중의 열혈 팬덤 보라색물결 아리스는 어떤가? 거액을 들여 전광판으로 광고를 해주기도하며 전국팔도 김치도 보내주는 정성을 보이기도 한다. 나는 이런 소소한 작은 정성들이 모여 큰 결과물로 나타난다고 생각한다. 이것이야말로 정성 복리효과 중 최고라고 자신한다. 이렇게 켜켜이 쌓인 아주 사소한 정성 복리의 힘으로 마음을 나눈다면 우리는 함께 흥할 수 있다. 1%의 복리는 숫자로 보면 작지만, 마음으로 느끼게 되면 그 효과는 천문학적으로 커질 수 있다.

몇 해 전 〈역린〉이란 영화를 재미있게 봤다. 가슴에 남는 한 장면은 정조의 신하 상책이 중용 23장을 말하는 것이다. 아주 기억에 남는 명대사였다.

“사소한 것도 무시하지 말고 최선을 다하라. 사소한 것도 무시하지 않고 최선을 다하다 보면 정성스럽게 된다. 정성스럽게 하다 보면 겉으로 배어 나오고 배어 나오면 드러나게 된다. 겉으로 드러나면 이내 밝아지게 되고 밝은 것은 곧 남에게 감동을 주게 된다. 감동하게 하면 그 사람을 변하게 만들고 그 사람을 변하게 만들면 생육된다. 천하에 오로지 정성스러운 사람만이 나와 남을 변화시킬 수 있다.”

사소한 것조차 정성스러워야 한다. 정성의 깊은 뜻은 혼신의 힘을 다하려는 참되고 성실한 마음이다. 무엇이든 원하는 것이 있다면 정성을 다 해야 된다. 어떤 작은 일이든 대가를 바라고 하는 것이 아니라, 마음에서 우러나서 조금씩이라도 하다보면 그 후에 일어나는 결과물들은 실로 클 수밖에 없다. ‘시도’ 하지 말고 확실한 ‘정성’ 을 다해야 한다. 고객들과 모임 역시 감사함에서 작게 시작 한 일이 지금은 나의 든든한 지원자가 되었다.

이는『중용』26장의 다음 구절과도 맥락을 같이 한다.

“지극한 정성은 쉼이 없다. 쉬지 않고 계속하게 되면 곧 효과가 나타난다. 효과가 나타나면 더 열심히 하게 되고, 오래 하다 보면 넓고 두터워지며, 넓고 두터우면 곧 높고 밝아진다."

정성의 좋은 사례가 하나 더 있다. 십여 년을 함께 한 고객님이 무명의 트롯 가수를 매우 좋아하셨다. 그 가수가 지방으로 공연을 가면 시간을 쪼개서라도 다녀오시고, 건강 챙기라며 참기름 등 각종 농산물을 집으로 배달해주는 사례를 지금도 보고 있다. 올 초에 고객님의 아들의 첫돌 축하 파티에 지금은 유명해진 그 가수가 와서는 축하를 해주고, 가족처럼 편하게 그들을 대하는 것을 보았다. 큰 것이 아닌 꾸준하고 작은 정성들이 모이면 깊은 정이 생기고 함께 따뜻한 세상을 만들 수 있음을 또 한 번 느꼈다. 점점 각박해지는 세상, 작은 마음의 정성을 복리로 쌓아간다면 그래도 세상은 살만하지 않을까?

03

나만의 원 씽 '위기에서 강해야만 했던 간절함'

> 간절하지 않으면 꿈도 꾸지마라.
>
> –이나모리 가즈오 '왜 일하는가? 중'

나는 결핍이 있는 사람이다. 결핍으로 인해 누구보다 더 열정적으로 살려고 노력했다. 먹고살기 위해 치열하게 삶을 살아가고 있다. 주위를 돌아볼 여유가 없었던 것이 열정으로 포장되었을 수도 있다. 중학교를 졸업하고 공장을 다닐 때는 고등학교에 진학한 친구들이 부러워서 잠을 아껴가며 도서관을 다녔다. 결혼을 한 후에는 어렸을 때의 가난을 대물림하지 않으려고 시집살이를 견디면서 아이들을 보살폈다. 백화점에 입사해서는 돈을 많이 벌어서 아이들이 무시당하지 않고 원하는 대로 교육을 시켜 주고 싶었으며, 누구도 부럽지 않게 행복하게 해주고 싶었다. 이런 절실함과 결핍이 십 년이 넘게 쌓여가면서 근면 성실함은 나의 무기가 되었다. 남들보다 한 시간 일찍 출근하고 한 시간 늦게 퇴근하는 등 두 배로 더 열심히 일했다. 그렇게 했기에 지금의 내가 될 수 있었다. 삶에서 결핍이나 부족을 느끼면 '내가 뭐 어쩌겠어.' 라는 생각으로 부디 좌절하지 말고, 어떻게 하면 난관을 해쳐나갈 수 있을지 고민하길 바란다. 50년을 결핍 속에서 산 나는 지금도 채우고 싶은 것이 많아 치열하게 살고자 노력한다. 주변 환경에 갇히지 않길 바란다.

절실함이 나만의 무기가 된 계기는 다음과 같았다.

2013년 겨울, 고객한 분이 내가 책을 좋아하는 것을 알고 게리 켈러의 『원씽』을 선물로 가지고 왔다.

"매니저님, 이 책은 꼭 읽어보면 좋겠어요. 매니저님을 위한 책 같아요."

아마존 베스트셀러라며 강력 추천을 해주셨다. 책에서 저자는 처음부터 끝까지 오직 한 가지 질문만을 던진다.

"당신의 단 하나는 무엇인가?"

서문에는 이런 말이 나온다.

"누구에게나 자신의 삶을 의미 있게 만드는 '단 하나(The One Thing)가 있다. 인생의 전체를 감싸는 혹은 개인적인 삶, 인간관계, 커리어, 사업 재정 문제 등 삶의 여러 부분들에서 가장 본질적으로 생각하는 '단 하나' 가 있을 것이다."

그냥 먹고 살기 위해 열심히 살던 내가 이 구절을 읽은 후, 비로소 내가 살아가는 힘을 정의 할 수 있었다. 그것은 바로 절실함이었다. 백화점 주부 사원으로 입사했을 때, 오직 잘리지만 않기 위해서 죽어라 일을 했다. 잘리지 않고 삼 개월을 버티고 나니 정직원이 되고 싶었고, 정직원이 되고 나니 매니저가 되고 싶어 작은 일도 소홀히 하지 않고 정성을 다해서 일에 몰입했다. 특히 남들보다 한 시간 일찍 출근하여 백화점에서 가장 먼저 매장의 불을 켜는 사람이 되는 것이 나만의 '원씽' 이었다.

내 아이들이 배곯지 않고 공부할 수 있도록 하는 것이 목표였기에, 힘이 들어도 힘든지도 몰랐다. 한두 해 일이 익숙해지면서 절실함에서 나오는 힘은 나만의 무기가 되었다. 그런 작은 습관의 무기들이 시간이 지나면서 지금의 나로 성장시키고 있었다. 아이들 때문에 힘들어도 괜찮은 척하고 여기까지 왔다고 생각한 적이 많았다. 돌이켜보면, 오히려 아이들 덕분에 내가 성장하고 지금의 내가 될 수 있었던 것인데 말이다. 가끔 나를 희생했다고 생각하며 남몰래 꺼이꺼이 울기도 했었다. 힘들지 않은 척 괜찮은 척하고 살았다. 하지만 아이들이 성인이 되고 나니 생각이 바뀌었다. 희생을 한 것이 아니라 아이들 덕분에 내가 성장했으며, 내 마음의 그릇이 너무도 많이 커졌다는 것이다. 다만 그 과정이 조금 힘들었을 뿐이었다. 그래서 지금의 내 아이들에게 한없이 감사하다.

아이들을 위해 희생한다고 생각하고 살았을 때 내가 하고 싶은 것, 배우고 싶은 것들을 못했다는 생각으로 자존감이 떨어지던 시기가 있었다. 그러던 어느 날, 함께 시장을 가던 중 초등학교 6학년이던 아들이 한마디 했다.

"엄마, 엄마는 너무 바쁘게 사는 것 같아. 가끔 하늘을 좀 쳐다볼래? 그리고 숨을 크게 한번 쉬어봐." 순간 눈시울이 뜨거워졌다.

그때 나는 살면서 '내가 왜 이렇게 힘들게 살지?' 어떤 삶을 살고 싶은건가? 라는 질문에 스스로 빠져 있음을 발견하게 되었다. 오로지 가족뿐이었다. 가끔 남편이 속을 상하게 하면 극단적인 선택도 생각했었다. 그럴 때면 시도 때도 없이 하루 종일 눈물이 주르르 흐르곤 해서 '우울증 증세인가?' 하다가는 '에이, 기분 탓이야.' 하며 위로하기도 했다. 그러다 또 일에 푹 빠져서 우울한 일들을 잠시 잊고 있다가 퇴근할 무렵 문득 텅 빈 나 자신을 발견하곤 했다.

그렇게 일 년을 텅 빈 나 자신과 마주하고 있을 때, 대학생 딸이 워킹홀리데이를 가기 위해 외국으로 떠나게 되었다. 함께 짐을 싸면서 이런저런 이야기를 나누던 중, 딸아이가 이렇게 말했다.

"엄마, 엄마 인생 아무도 대신 살아 주지 않아. 이제라도 공부하고 자기계발 신경 좀 써. 나중에 자식한테 내가 어떻게 키웠는데 하며 원망하지 말고."

딸아이는 그렇게 일침을 가하고 훌쩍 호주로 가버렸다. 딸아이에게 이젠 엄마의 손이 필요 없어졌다는 것을 느끼는 순간인 동시에 텅 빈 나 자신과 마주하는 시간이 온 것이다. '난 뭐 하고 살았지?' 내 삶을 찬찬히 거슬러 돌아보는 시간을 가질 수 있었다. 딸아이가 성인이 되면서 가끔 일침을 가하는 것이 서운하고 눈물이 나기도 했다. 생각해 보면, 같은 여성으로 엄마를 인정하고 당당한 엄마로 살아가기를 원하는 것이었지만. 진심으로 나를 사랑하기에 말해 줄 수 있었을 것이다. 당시는 남편과의 갈등으로 정말 힘든 시기로서, 엄마 마음 좀 알아달라고 이야기하던 중 딸아이가 한 말이 내 인생을 뒤집어 놓았다. 그 말을 듣고 나서 다시 한 번 나에게 질문을 던졌다.

'너, 이대로 살아도 좋은 거니?'

치열하게 살아온 만큼 대답도 치열하게 찾았다. 내 안에 쌓여있던 허한 감정들이 하나 둘 정리가 되었다.

그 때 또 다른 나만의 '원씽'을 찾기 시작했다. 당당한 엄마뿐만 아니라 나 자신으로서 필요한 것이 자기계발이라는 생각으로 직장에서의 리더십 발휘를 위해 새벽 독서모임을 계획했다. 그전에는 마냥 엄마 노릇을 잘하기 위한 육아 서적을 주로 읽었고, 그냥 책이 좋아서 독서를 했다. 이제는 나의 꿈과 관련된 도서를 찾아서 읽기 시작했다. 서비스에 대한 자료를 찾아 업무에 적용하고, 매장 실적이 함께 성장하는 것을 보며 자아도취에 빠지기도 해보았다. 새벽에 일어나 독서모임에 참석하고, 아침 일찍 출근하는 일상이 조금씩 자녀들에게도 영향을 끼쳤다. 그러다 보니 공부도 하며 일까지 하는 엄마를 마주하게 된 아이들이 세상에서 가장 존경하는 사람을 엄마라고 말해주었다. 그때 잠깐의 서운한 감정들은 눈 녹듯이 사라지고 세상을 다 얻은 것 같은 기분이 들었다. 내가 살아가는 힘이 아이들에게서 나온다는 것을 거부할 수 없었다. 그들로 인해 더 성장하게 되고, 또 다른 목표를 설정하고 실행하며 한 발짝씩 내딛는 나를 바라보게 된다.

결핍이 많은 사람이 더 열정적이다. 그것은 결핍을 감추기 위한 행동일 수 있다. 지금도 나는 결핍을 해소하기 위해 더 열정적으로 바쁘게 살아간다. 나만의 '원씽'을 찾아서 저 높은 곳에 있는 큰 것이 아닌 내 앞에 있는 작은 것부터 실행하는 삶이 출발점이다. 미국의 사상가 헨리 데이빗 소로는 이렇게 말했다.

"바쁘게 움직이는 것만으로는 부족하다. 개미들도 늘 바쁘지 않은가. 정말 중요한 것은 무엇 때문에 바삐 움직이는가이다."

나는 나의 지적 자산과 가치를 늘리기 위해 '단 하나(원씽)' 할 수 있는 것을 찾았다. 누구나 바쁘게 움직인다. 여러분의 성장을 위한 '단 하나'는 무엇인가? 꼭 생각하고 스스로에게 질문하기를 바란다. 『원씽』의 작가 게리 켈리는, 남다른 성과를 만들기 위해서는 성공할 때까지 한 가지에 집중하는 것이 가장 기본적이 조건이라고 한다.

04

불황 없는 세일즈우먼 호황입니다.
'행동의 세 가지 법칙'

어중간한 영업은 불황을 만들지만 완전한 영업은 성과를 만든다.

– 전현미(나에게 불황은 없다)

"현미야, 넌 어쩜 그렇게 에너지가 넘치는 거니? 정말 바쁘게 사는 것 같은데 도대체 지치지 않는 비결이 뭘까 궁금해."

친구들이나 지인들이 나에게 자주 하는 말이다. 요즘은 이런 말도 듣고 산다.

"넌 오십이 넘었는데도 에너지는 여전하구나."

본인들은 아픈데도 많고 만사가 귀찮은데 나를 보면 부럽다고 한다. 글쎄, 뭐 별다른 건 없다. 그냥 주어진 일상에 감사하고 작은 습관들에서 나오는 행동이 그렇게 좋은 에너지로 보이는 것이다. 갱년기에 접어들면서 사실 안 아픈 곳보다 아픈 곳이 더 많다. 바쁘게 지내다 보니 아픔이라는 것이 세월이 나에게 주는 보상이라는 생각에 이제는 아파도 두려움은 별로 생기지 않는다. 오히려 마음이 편안하다. 생각도 마찬가지다. 비관적인 생각을 하면, 더 힘든 일만 생기고 몸도 더 아프다. 반대로 긍정적인 생각을 하면, 정말 긍정적인 일이 더 많이 일어난다. 난 다행히 아무리 힘든 일이 있어도 긍정적 생각을 많이 하는 편이다.

매장을 운영하면서 늘 불황이라는 이야기를 들었다. 하지만 매번 뻔한 불황으로 힘든 매장을 조금 더 즐거운 매장으로 만들기 위해 신경을 더 썼다. 별로 웃기지 않아도 직원들과 웃으려고 노력했다. 재미있는 것들을 찾기 시작했다. 매장에 고객이 없으면 가끔은 업무 중에 직원들과 사다리타기 등으로 내기도 해 본다. 승부욕에 이겨 보려고 애쓰는 우리 자신을 보면 웃음이 나기도 한다. 신나는 매장으로 만들고 싶었다. 노자의 『도덕경』에 "행하는 가장 좋은 방법은 그렇게 되는 것이다."라는 말이 있다. 그렇게 되기 위해 나는 이미 즐거운 생각을 하고 에너지가 있는 매장을 만들었다. 그 에너지로 인해 고객도 마음이 끌려서 들어오게 만들고, 매출도 올라가는 상상을 했다. 상상한 것이 가끔은 현실로 나타날 때 소름이 끼치기도 한다. 그래서 더 상상을 멈추지 않았다. 생각한 것을 직원들과 친구들 내 아이들에게 말을 해버린다. 언어에는 보이지 않는 힘이 있다. 실없는 사람이 되고 싶지 않고, 말에 대한 책임을 지고 싶었기에 그렇게 공언한 것들을 실천하기 위해 계획을 세울 수밖에 없었다. 그래서 행동했다. 아무리 속으로 생각하고 말을 한들 실행하지 않으면 아무 소용이 없다. 생각하고 말한 것은 바로 실행한다. 이런 행동이 결과물로 나오는 순간, 그 성취감은 말로 표현할 수 없을 정도다.

생각의 힘, 언어의 힘, 즉각 실행의 힘 이 세 가지를 나는 '즉시 족(卽時 族)의 힘' 이라고 한다. 일본전산(日本電算) 나가모리 시게노부 사장의 "즉시 한다, 반드시 한다, 될 때까지 한다."의 기업 모토를 본받아 나는 '즉시 족' 이 되기 위해 일찍 출근했다. 그러다 보니 매장의 직원들조차 일찍 출근하는 작은 습관이 생기기 시작했다. 그렇게 남들보다 조금 일찍 출근해서 달달한 다방 커피 한잔으로 분위기 좋게 하루 일을 시작했다. 위에서 말한 마음 풀기와 연관된 행동이다. 분위기가 좋으니 매출 성과도 점점 좋아졌다. 대형백화점 소속이라는 브랜드 가치에 즉각 실행하는 직원들과 함께 하면 어떤 불황이 와도 두렵지 않다. 지금은 단군 이래 최고의 불황이라 한다. 인터넷 기사나 신문을 보더라도 이런 불황이 없었다. 나는 어려울 때일수록 사람은 더 움직여야 한다고 생각한다. 잘 될 때는 그냥 숨만 쉬고 있어도 잘 된다. 여유가 있는 사람들은 불황이 와도 여유롭다. 하지만 불황 속에서 여유로운 사람이 얼마나 될까? 때문에 기본에는 더 충실하면서 돌파구를 찾기 위해 바쁘게 움직일 수밖에 없었다. 위기일 때 더 강해져야 한다. 모두가 안 된다고 해도 "된다. 된다."라며 스스로 주문을 외우기도 한다. 정신 나간 여자로 볼 수도 있다. 남들은 이럴 때는 좀 쉬어 가도 된다고 스스로 위안을 하기도 한다. 하지만 불황에는 그럴 여유가 없다. 어렵다고 모두 다 함께 죽을 수는 없는 노릇이다.

불황을 탈출하고 싶어 나는 먼저 멘탈 잡기를 시작했다. 나의 멘탈이 흔들리는데 무슨 일을 할 수 있겠는가. 먼저 나와의 소통을 시작했다. 나를 돌아보는 시간을 가지면서, 나의 몸 상태와 마음 상태를 두루 살펴보았다. 그리고 나에게 소곤소곤 이야기 해주었다. '난 나를 믿는다. 그리고 지금도 충분히 잘하고 있다.' 고 위로해 주었다. 조금 몸이 힘들 때면 영양제도 챙겨 먹으며 나를 더 아껴 주었다. 그렇게 나에게 필요한 부분을 채우고 나니 두려움도 없어졌다. 이렇게 나를 단단하게 만들고 나서야 다른 이들과 소통을 할 수 있었다. 나에게 빈 공간이 없으면 다른 사람이 들어올 자리가 없다. 이런 사람은 타인에게 벽을 치는 사람보다 더 다가가기 힘들다. 오히려 벽을 치는 사람은 그 벽만 넘으면 내 사람으로 만들 수 있지만, 아예 공간이 없는 사람에게는 좋은 사람이든 좋은 일이든 들어올 수 없다.

나와의 소통을 한 후 매장에서 당장 할 수 있는 것을 찾기 시작했다. 나를 포함하여 서너 명으로 매장이 돌아가기 때문에 거창하게 생각할 것도 없었다. 물량이 없어서, 제품이 없어서, 세일을 안 해서 등등 핑계를 만들지 않았다. 모든 것을 다 갖추었다면 누구나 할 수 있는 일이다. 먼저 기본에 충실했다. 고정 고객에게는 우리 브랜드를 기억해 달라고 문자를 보냈다. 그렇게 고객들의 작은 기억을 소환했다. 신규고객이 방문하면, 우리 브랜드에 대해 알고 싶어 하는 모든 것을 한 시간이 걸려서라도 설명해 주었다. 고객 입장에서는 돈을 내고 서비스를 이용하는 것이기 때문에 많은 정보를 원한다. 판매직은 그 정보를 제공할 의무가 있다. 고객이 제품을 구입하기 불안해하면 그냥 다른 매장으로 가라는 식의 태도는 최악이다. 물론 고객이 원하는 정보를 제공해도 판매가 다 이루어지지는 않는다. 오히려 판매와 연결까지 안 될 때가 더 많다. 하지만 후회는 하지 않았다. 그렇게 한 시간씩 설명을 듣고 그냥 간 고객들은 분명 며칠 뒤 아니 한 달 뒤에라도 다시 찾아줄 확률이 높기 때문이다. 하고자 하는 의욕과 하겠다고 하는 자신감 그리고 실행력만 있다면 분명 어떤 결과라도 나오기 마련이다. 가만히 앉아서 생각만 하고 시도하지 않으면 성공도 실패도 없다.

나에게는 행동 세 가지 법칙이 있었기에 지금까지 불황을 잘 버텨온 것이다. 아니 지혜롭게 잘 버틴 결과 덕분에 불황을 피해 갔을 수도 있다. 불황 없이 일본전산을 만들어 온 나가모리 사장의 직원 등용문으로 들어가는 백서 일곱 가지 조건이 흥미롭다.

첫째 건강관리를 제대로 하는 직원, 둘째 일에 대한 정열, 열의, 집념을 기복 없이 가질 수 있는 직원, 셋째 어떤 경우에도 비용에 대한 인식(cost mind)을 가지는 직원, 넷째 일에 대한 강한 책임감을 가진 직원, 다섯째 지적받기 전에 할 수 있는 직원, 여섯째 꼼꼼하게 마무리할 수 있는 직원, 일곱째 당장 행동으로 옮길 수 있는 직원이다. 읽는 내내 우리 모두의 백서여야 한다는 생각이 들었다. 이런 사람들로 구성되어 있으면 안 될 일도 될 것이다. 불황은 어디까지나 핑계일 뿐이라고 나가모리 사장은 말한다. 어려울수록 기본에 충실해야 한다. 또한 함께 할 사람에게 모든 것들을 믿고 맡길 수 있어야 한다. 그리고 믿고 맡길 사람과 목표를 공유해야 한다. 혹시라도 그 목표를 실행하기 위한 일이 전례가 없다면, 내가 먼저 직접 해 보면 된다. 만약 그 일이 성공한다면 업계 최초의 쾌거가 아닌가.

더 큰 성장과 성공을 위해서는 분명 대가를 지불해야 한다. 거창한 것이 아니어도 된다. 그 상황에 맞는 작은 것부터 찾는 것이다. 어려울수록 더 당당하게 나가겠다고 결심하고, 남들이 정말 유치하다고 할지언정 반 발 짝만 뛰어보자. 훌륭한 사업계획보다 더 중요한 것은 그 일에 대한 열정이다. 지금 이 순간에도 나는 어떻게 해야 고객이 우리 매장에 관심을 보일까에 대해 고민한다.

비관주의자들은 모든 기회 뒤에 숨어 있는 한 가지 문제점을 찾아내고, 낙천주의자들은 모든 문제점 뒤에 숨어 있는 하나의 기회를 찾아낸다. 나는 늘 불황이라고 말하는 이 시대를 살면서 모든 문제점 뒤에 숨어 있는 하나의 기회를 찾기 위해 오늘도 긍정적인 생각으로 하루하루를 맞이한다. 그래서 불황 없는 세일즈우먼 호황으로 불리고 있다. 모든 '즉시 족' 을 응원한다.

05

절실함에서 나오는 질문과 집중력

"질문question이라는 단어 속에는 다른 단어가 들어 있다. '찾아서 추구함quest' 이란 아름다운 말. 나는 그 단어를 사랑한다."

–엘리위젤(미국 유대계 작가이자 인권운동가)

아침에 눈을 뜨면 가끔 아니 매일매일 나태한 생각이 든다. 오분 정도 더 잠을 자기 위해 정신력과 타협을 하기 시작하는 것이다. 눈을 감고도 수만 가지 생각이 든다. 그때마다 질문을 던지기 시작했다.

"전현미, 너 절실한 사람 맞니?"

그렇게 나 자신에게 질문을 던지는 순간 눈이 억지로라도 떠진다. 사람은 절실한 만큼 보이고, 절실한 만큼 생각하고, 절실한 만큼 행동 한다고 한다. 그 순간은 힘든 선택일 수 있지만, 정신을 차리고 보면 당연히 잘했다는 판단이 든다. 나는 과거에 말도 못 하게 절실하게 살았다. 물론 지금 이 순간에도 절실하다. 또한 다가오는 미래에도 절실하게 살아갈 생각이다. 백화점에서 일을 할 때도, 저자 강연을 다닐 때도, 늘 자신에게 던지는 질문이 '너 절실하니?' 라는 한 마디이다. 그럴 때마다 내 삶의 간절했던 순간들이 떠오르기도 한다. 뛰어난 집중력의 비밀은 바로 여기에 있다. 절실하고 간절하면 더 집중할 수 있다.

코로나19로 인한 세계적 불황이 눈앞에 펼쳐지고 있다. 이런 과정을 보니 평생 잊지 못할 상황임은 틀림없다. 서비스업에 종사하다 보면, 코로나의 영향을 피부로 느끼는 체감온도는 가보지는 않았지만 시베리아 벌판만큼 차갑게 느껴진다. 이런 위기가 왔을 때 삶에 대하는 태도가 중요하다고 생각한다. 일단 좌절하기에는 너무 이르다. 아무것도 시도해 보지 않고, 그냥 "세상이 인정하는 코로나 사태니까 매출이 없는 게 당연한 거야."라고 하며 나를 위로하기는 비굴해 보였다. 처음 며칠은 일찍 퇴근도 했다. 확진자가 다녀가서 강제로 퇴근할 수밖에 없던 상황에는 그냥 하루 더 쉬고 싶은 마음도 굴뚝같았다. 몇 번을 그렇게 지내다 보니 확진자가 아닌 '확찐자' 가 되어 있는 게 아닌가. 정신을 차리고 보니 매출은 바닥을 치고, 매장 직원들조차 우리가 매출이 없는 게 당연하다면서 자기 합리화들을 하고 있었다. 정말 나 자신이 한심하게 느껴지기 시작했다.

다시 초심으로 돌아가 보자. 간절하면 이루어진다고 했던가. 다행히 브랜드력과 개개인의 능력은 갖추고 있으니, 간절한 마음으로 집중을 해 보기로 했다. 위험한 상황에서 우리 매장을 찾는 고객의 입장을 다시 생각해 보기로 했다. '그들은 왜 이 위험한 상황에 우리 매장을 방문해 주었을까?', '고객에게 우리는 어떤 감동을 주려고 노력하고 있는가?' 라는 질문을 스스로 하기 시작했다. 하나씩 답이 보이기 시작했다. 고객들에게 최선을 다하는 것은 당연했다. 서비스에 더 정성을 들였다. 방문해 준 것만으로도 감사하기 그지없었다. 세상에 감사하지 않는 고객이 없었다. '아크테릭스' 라는 브랜드 본사에게도 감사하고, 상품 하나하나에 가치와 철학을 담아 공부를 해야 판매할 수 있고, 고객이 체험하며 단계별로 생각을 해야 입을 수 있게 만들어준 것 또한 감사했다. 고객의 머릿속에 '아크테릭스' 라는 브랜드에 철학과 가치를 스토리로 입혀 우리 브랜드 생각을 할 수 밖에 없게 상품을 만든 것이다. 코로나가 던져준 한가한 시간 덕분에 얻은 것도 많았다. 마냥 잘 될 때 생각하지 못했던 모든 것들에게 머리가 숙여지기까지 했다. 당연한게 당연하지 않았다는 사실과 이번 사태로 인해 행과 불행이 조건이 아니라는 사실을 깨닫는 기회로 작용하기도 했다.

모든 것은 내가 선택할 수 있다는 것 또한 알게 되었다. 내가 코로나 상황을 바꿀 것이라는 선택을 한 후부터 매출이 없는 불안함을 줄일 수가 있었다. 일체유심조(一切唯心造), 모든 것이 마음먹기 달린 것이다. 실제로 코로나 초기에 매출에 큰 타격이 왔다, 집에서 쉬는 날도 많았고, 일찍 퇴근하는 날이 많아졌다. 그러나 합리화와 타협을 끝내고 재정비를 한 뒤 직원들과 합심한 결과, 다시 매장 매출을 신장할 수 있었다. 위기 속에서 불황이 아닌 호황을 누리며 남은 한 해도 마무리할 수 있을 것이다.

얼마 전 정말 바쁜 일정 중 퇴근 후 지인들과 가까운 아차산 야간 산행을 다녀왔다. 익숙했던 낮 산행 때는 보지 못했던 야경의 아름다움에 흠뻑 빠질 수 있는 시간이었다. 우리가 마냥 잘 될 때 보지 못한 것을 위기 속에서 다시 한 번 들여다보게 되듯이, 인생 또한 올라갈 때 보지 못했던 것들을 내려 올 때는 보인다는 진리도 알게 되었다. 한층 더 성숙해진 나도 발견할 수 있는 시간이다. 이유 없는 결과 없고, 까닭 없는 상황도 없는 법이다. 모든 선택은 우리들의 몫인 것을.

언젠가 TV에서 뮤지션이자 프로듀서인 박진영씨의 이야기가 나온 적이 있다. 그는 나이가 많이 들어서도 무대에서 춤과 노래를 가장 잘하는 가수가 꿈이라고 했다. 매일 같이 식단조절을 하고, 정해진 시간에 운동을 하고 또한 노래와 춤을 연습한다고 한다. 그것도 데뷔 후 하루도 빠짐없이 목표를 위해서 노력하고 있는 것이다. 그 결과, 그는 지금도 무대에서 춤을 추고 노래를 하며 멋진 가수로 활동하고 있다. 박진영씨의 성공은 스스로를 통제하고 절제하며 나이가 들어서도 멋지게 무대를 누비며 살고 싶다는 절실함이 이루어낸 결과물인 것이다.

안 되면 처음부터 다시 하면 된다. 좌절하지 않고 포기만 하지 않으면 누구나 할 수는 있다. 여기에 절실함과 집중이 추가되면, 그 분야에서 성공할 수 있게 될 것이다. 정말 절실하면 방법이 보이고, 보이는 만큼 집중해서 행동하면 우리도 박진영씨처럼 인생이라는 무대를 각자 연출하거나 주연으로 연기하며 살지 않을까.

상상 이상으로 힘들 수 있는 여정일 수 있지만, 대체 불가능한 노력과 자신과의 싸움에서 이기는 기술을 익혀보는 것도 차근차근 해보는 것은 어떨까? 어제는 종일 근무를 하고 압구정 가로수길에 있는 '청춘다움' 이라는 회사의 판매사원들을 대상으로 강연을 하고 왔다. 참가자들이 퇴근하고 오기 때문에 강연 시간을 밤 10시로 정했다. 밤 10시에 강연하는 것이 흔한 것은 아니다. 아직 본적도 없다. 판매사원들은 주말에는 더 못 쉬는 직업이다. 그래서 평일 영업이 끝난 후 늦은 시간에 진행하게 된 것이다. 그날따라 내가 운영하는 매장 또한 엄청 바쁜 날이었다. 퇴근 시간이 다가오니 피곤이 순식간에 몰려왔다. 하지만 약속에 대한 책임을 져야 하는 만큼 정신 바짝 차리고 강연장으로 갔다. 가로수길 큰 로드샵 3층에 작게 테이블이 마련되었는데, 십 여 명의 직원들과 공동 대표님 두 분이 청강자의 전부였다. 여자 대표님께서는 내 책을 읽고 나의 정보를 파악했다고 했다. 아웃도어 매장마다 일일이 "전현미 매니저님과 통화할 수 있나요?" 하고 물어서 결국 나를 찾아낸 분이다. 정말 절실했기에 정보를 찾고, 혹여 못찾을 때는 백화점 전체 아웃도어 매장에 전화해서 찾을 작정이였다고 했으니...이렇게 결국은 만남까지 성사된 사례이다. 먼저 나와 이야기를 나눈 후, 직원들에게도 나의 사례들과 생각을 경험시켜주려고 나를 회사에 초대한 것이다. 자신의 좋았던 경험을 직원들과 나누려는 마인드가 정말 멋있었다.

얼마나 절실했으면 큰 백화점의 수많은 매장에 일일이 전화하여 나를 찾을 생각을 했을까. 정성에 감동하여 피곤한 줄도 모르고 강연을 시작했는데, 밤 12시까지 함께 울고 웃으면서 이야기를 나누게 되었다. 특히 중국에서 온 직원들의 이방인으로서 애환이 고스란히 눈에 보였다. 그들은 서비스업에 종사하며 좀 더 성장하기 위해, 휴식을 취하고 잠을 자야 할 늦은 밤 시간에 배움을 선택한 것이다. 휴식시간을 배움과 맞바꾼 것이다. 이들이야말로 정말 절실했기에 그

긴 밤을 귀를 쫑긋하며 강연을 들었을 것이다. 내 아이들과 같은 나이의 청강생들과 밤을 지내면서 내가 처음 백화점에 입사해서 교육을 받으며 성장했던 기억들이 떠올랐다. 정말 기특하고 예뻐서 그들에게 즉석 이벤트를 진행했다. 밤 12시가 넘어서 귀가를 해야 하는 친구들을 생각하니 마음이 짠했고, 늦은 시간 나의 강연에 완벽한 집중을 보여준 그들에게 있는 것을 다 퍼주고 싶은 충동이 일었던 것이다. 즉석에서 강연에 참석한 십여 명에게 안전하게 귀가하라고 강연비로 일인당 만 원씩 택시비로 선물로 드리겠다고 했다. 결코 돈이 많아서가 아니다. 선배로서 최소한의 할 수 있는 작은 배려일 뿐이였다. 깜짝 놀라는 그들의 얼굴은 피곤함과 활짝 웃는 미소가 섞여 정말 사랑스러웠다. 늦은 시간에 배움을 갈망하며 참석한 그들에게 박수를 보낸다. 이것이야말로 절실했기에 집중할 수 있었던 것이었다. 힘들지만 책을 내고 강연을했기에 이렇게 내 삶에 소중한 추억의 한 페이지를 또 만들 수 있었다. 분명한 것은 청춘다움의 청춘들은 그날 밤의 그 시간이 누군가에게는 인생의 터닝 포인트가 되는 날이었을 것이다.

쓸 데 없는 경험은 없다는 사실을 다시 한 번 확인한 셈이다. 이번 일을 계기로 언제든 내 이야기가 필요한 곳이면 달려가리라 다짐한다. 행복한 조직을 만들기위한 핵심은 직원들을 바라보는 시각이다. 리더가 직원들을 하찮은 존재로 본다면, 그 직원들은 그냥 하찮은 존재인 것이다. 이번 일을 통해 직원들을 대하는 리더의 태도를 한 수 배울 수 있었다. 결국 사람이 답이다. 대표 자신의 경험을 직원들에게 나눠주려는 태도가 직원들을 성장하게 만들 것이다. 잘 되는 곳은 분명한 이유가 있다.

절실하면 주어진 일, 즉 눈앞에 보이는 일만 하지 않을 수 있다. 내가 그 분야에서 노하우를 깨닫고 싶고, 전문가로 성장하고 싶은 마음이 있다면, 절실한 마음이 생긴다. 그러나 그저 월급만 기다리는 자세로 일을 하면, 배우는 것도 없고 직장에서 객체로 존재할 수밖에 없게 된다. 일을 배우려 하고, 호기심을 갖고 무엇이든 배우려는 자세가 필요하다. 또한 절실하면 나이 따위는 보이지 않는다.

책장을 뒤적이다 우연히 아들의 초등학교 일기장을 보게 되었다. 아들이 초등학생 시절 쓴 일기장에 선생님이 달아주신 코멘트가 인상적이다. 아들의 일기 내용은 자신보다 운동을 잘하는 동생에게 운동을 배우고 싶어 계속 물었다는 내용이었다. 형이라는 이유로 우위에 서지 않으려 한 마음이 담겨 있었다. 선생님의 코멘트는, 나이에 상관없이 배우고자 하는 자세와 생각이 기특하다는 내용이었다. 우리도 이 코멘트를 기억해야 한다. 나이는 내가 노력해서 먹은 것이 아니다. 지구가 태양을 도는 횟수에 불가하다. 즉 세상이 우리에게 공평하게 부여하는 것이다. 세월을 허투루 보내지 않고 삶에 절실하다면, 자신보다 젊은 사람에게도 무엇이든 배우려는 자세가 간절히 필요하게 된다. 젊은이들은 우리보다 머리가 빠르게 돌아가고 새로운 정보와 기기 사용에 유리하기 때문에 배울 것이 정말 많다. 자존심은 꿈에 부려야 하지 노력 없이 먹은 나이에 부리면 망신당할 수 있다. 나는 아들에게서도 배우고 있는 것이 있다. 스마트폰를 쓰는 방법, 투자하는 방법, 운동하는 방법 등 모르면 물어본다. 또 아들은 친절하게 대답해준다.

자신이 속해 있는 일에 전문가가 되고 싶다면, 무조건 물어보고 도움을 청해라. 당신이 물어보는 사람은 물어봐주는 것에 감사함을 느낄 수도 있다. 남의 지식을 빌려 자신의 길을 만들어 가는 것은 빠르게 성공할 수 있는 방법 중 하나이다.

절실함에서 나오는 질문과 노동은 사람을 주체적으로 만들고, 그로 인한 배움의 정도는 주변 동료에 비해 월등하게 차이가 날 것이다. 우리는 그렇게 성장해 살아가는 것이다. 또한 자신의 일과 관련된 분야의 책을 읽는 버릇을 들여야 한다. 판매직에 있다면 판매직과 관련된 책이나 서비스업과 관련된 책, 그리고 매니저라는 위치에 있다면 리더와 관련된 책을 단기간에 많이 읽을수록 빠르게 성장할 수 있다. 나는 인문학과 관련된 책은 오래 읽는 편이다. 내용 하나하나 꼭꼭 눌러 담아 읽어야 진정한 의미를 깨달을 수 있게 되고, 잔상에 오래 남기 때문이다. 그러나 비즈니스와 관련된 책은 빠르게 읽으려 한다. 일과 관련된 책은 빠른 기간에 마스터를 하겠다는 마음으로 초집중해서 읽는다. 그래야만 내용을 잊지 않고 실전에 바로 적용해 볼 수 있기 때문이다. 하루의 십 분이라도 책을 읽었다는 것에 만족한다면 커리어에 관한 한 성장하기란 힘들다는 것을 느꼈다.

내가 통달하고 싶은 분야의 책을 구할 수 있는 한 여러 권 구입하여 한 달 안에 모두 읽겠다는 마인드로 읽으면, 분명 자신의 능력이 올라가는 것을 느낄 수 있다. 같은 카테고리의 책을 여러 권 읽다보면 겹치는 내용도 보이고, 완전히 이해한 내용들은 생략하고 책을 읽을 수 있기 때문에 독서에 속도를 붙이기도 쉽다. 소설과 인문학의 책은 천천히 의미를 곱씹을수록 잔상이 오래 남고, 비즈니스와 커리어에 관련된 책은 단기간에 마스터 하겠다는 마인드로 눈에 불을 키고 읽으면 자신의 능력에 날개를 달아줄 것이다. 같은 것이라도 질리지 않고 꾸준히 할 수 있게 만들어 주는 원동력은 자신의 삶에 절실함에서부터 나오는 것을 잊지 말기 바란다.

06

속마음을 꿰뚫는 문장들 "DNA를 박아라"

자신을 믿어라. 자신의 능력을 신뢰하라. 겸손하지만 합리적인 자신감이 없이는 성공할 수도 행복할 수도 없다.

–노먼 빈센트 필

"버티는 삶이란 웅크리고 침묵하는 삶이 아닙니다. 웅크리고 침묵해서는 어차피 오래 버티지도 못합니다. 오래 버티기 위해서는 지금 처해 있는 현실과 나 자신에 대해 냉정하게 판단할 수 있는 훈련이 필요합니다. 그래야 얻어맞고 비난받아 찢어져 다 포기하고 싶을 때마저 오기가 아닌 판단에 근거해 버틸 수 있습니다. 요컨대 버틸 수 있는 몸을 만들자는 것입니다."

2014년 출판된 허지웅의 책 『버티는 삶에 관하여』 프롤로그에 나와 있는 문장이다. 인간은 누구나 처해 있는 상황이 다르다. 서로 다른 상처를 받으며 각자의 선택한 길을 갈 뿐이다. 상처가 자랑거리가 될 수도 없고, 그 누구도 궁금해 하지 않는다. 다만 짊어질 뿐이다. 요즘은 개인 브랜딩의 시대이다. 처음 내가 백화점이라는 곳에서 매니저로 일을 시작할 때 피부로 느낀 것은 백화점 내에서도 경쟁이 치열한 브랜드파워였다. 나는 그때 당시 좋은 브랜드를 맡을 수 있는 상황이 아니었다. 순서로 치면 제일 하위 브랜드를 맡았다. 가끔 누가 뭐라고 하는 것도 아닌데 자존심이 상하고 자존감은 바닥을 칠 때가 많았다. 분명 차별을 받는 느낌이었다.

정말 먹고 살기 위해 처절한 몸부림을 치며 버티고 있었다. 하지만 처음 맡았던 신사복 브랜드가 경영 부진으로 부도 처리가 되면서 또 한 번 바닥을 치는 일이 일어났다. 다행인 것은 다시 입점 되는 브랜드를 그 자리에서 맡는 행운을 얻게 됐다. 다시 일어설 수 있게 기회를 얻은 것이다. 다시 입점한 브랜드는 일본에서는 최고의 브랜드였지만, 한국에서는 아직 알려지지 않은 브랜드였다. 매달 백화점 매출 순위에서 밀릴 수밖에 없었다. 하지만 나는 계속 직원들과 힘을 합하여 노력했다. 그 결과 백화점 매출을 중간 순위까지 올리며 인정을 받게 되었다.

그때 직원들과 생각하고 추진한 것은 업의 브랜드는 아직은 미약하지만, 개개인의 브랜드 파워는 최고로 만들자는 전략이었다. 인사도 최고로 잘하고, 규칙도 제일 잘 지키고, 백화점 신사복 층에서 제일 일찍 출근하며 우리의 팀 파워만큼은 일등을 하자고 다짐을 했다. 그렇게 똘똘 뭉쳐서 신나게 일을 한 결과, 브랜드 내에서도 일등을 하고 백화점 내에서도 상위권에 진입하는 쾌거를 얻을 수 있었다. 브랜드력이 없으면 내가 그 분야의 최고의 브랜드가 되면 된다. 결국은 사람이 어떻게 하냐에 승패가 좌우하는 것을 증명해 보였다. 나는 가끔 대기업브랜드 매니저들을 보면 부럽기도 했지만, 내 자신이 대기업을 운영하는 사람이 되자고 다짐했다. 꼭 대기업에 소속될 필요는 없다. 예를 들면, 내가 이건희 회장 같은 사람이 되면 된다. 거창하다고 생각할지 모르겠다. 초등학생들 꿈에서 대통령이 되겠다는 것과 다를 것은 없지만, 나의 생각하는 태도에 예의를 갖추고 싶었다. 나 자신을 하대하고 싶지 않았다. 적어도 나 스스로에 대한 예의를 지키고 싶었다. 나는 소중했기에 함부로 다루지 않았다. 그렇게 거창한 꿈이 있었기에 버티고 또 버틸 수 있었다. 퇴근 후 동료들이 술자리를 즐기는 시간에 자기계발과 끊임없는 독서로 나를 성장시킬 수 있었다. 내가 맡은 브랜드가 약하다고 나까지 약해질 필요는 없다. 노력에 대한 의심을 주지 않기 작전에 돌입했다. 직원들에게도 확신을 주는 노력으로 함께 개인의 역량을 최고로 만들기로 했다. 우리 팀만큼은 어느 브랜드보다 최고의 인력으로 구성되어 있다고 당당하게 말할 수 있었고, 그렇게 인정을 받을 수 있었다. 무엇을 추구하든 목표를 잊지 않았다. 끝까지 나를 믿고 나를 포기하지 않았다.

사람들은 뭐가 몸에 좋다 하면, 우르르 거기에 빠져 버린다. 3개월 이상 빠지면 그나마 다행이지만, 대부분 하나의 사건으로 치부하고 제자리로 돌아간다. 건강해지고 싶으면 제대로 된 운동을 꾸준히 하면 된다. 운동 기구를 사거나 약부터 먹지 말고, 유튜브를 보면서 간단히 할 수 있는 운동부터 3개월 이상이라도 실천해봐야 한다. 간단한 이치이다. 혼자 하기 힘들다면 여러 사람들과 함께 백일 습관 만들기를 하는 것도 좋은 방법이다. 현재 나도 진행하고 있다. 판매를 잘하고 싶으면 판매 관련 책을 읽고, 서비스업 아르바이트라도 해서 내 것으로 만들어야 한다. 아르바이트일지라도 먼훗날 남들이 따라올수 없을 정도로 그때의 경험이 몸에 체화되어 있을 것이다. 그 경험은 어떤일이든 잘 하는 사람으로 인정받기도 한다. 경험한 만큼 실력은 늘기 마련이다. 그저 책을 읽었다는 뿌듯함으로 끝나는 건 바보다. 읽은 책은 누군가에게 설명할 수 있어야하고, 책 내용 중 하나라도 체화시켜야 한다. 나는 그것을 'DNA에 박는다.' 고 표현한다. 우리는 좋은 DNA를 갖고 있다. 거기에 내가 되고 싶은 염색체를 박는 훈련을 하면, 더 좋은 DNA로 변할 수 있다. 위대한 사람을 보고 경외심을 느끼는 건 좋지만, 비교하여 좌절하고 자격지심을 느끼면 안 된다. 그 사람의 의견을 맹신해서도 안 된다. 그저 하나의 의견으로서 비판적으로 보고 나만의 것을 찾아 나가야 한다. 이 세상에 절대적인 것은 없다는 생각이 필요하다. 또한 나도 그렇게 될 수 있다고 응원해줘야 한다.

간단히 말하면, 군중심리에 놀아나지 말고 고요하게 한 가지라도 3개월 이상 유지하여 내 것으로 만들라는 것이다. 나를 단단하게 만들고 자기계발과 책을 놓지 않는 것은 '금수저'로 태어나지 않은 우리 스스로에 대한 최고의 예의를 갖추는 것이었다. 금수저는 내가 만들면 된다. 셀프 금수저가 되지 말라는 법은 어디에도 없다. 그런 태도가 전부인 것이다. 이런 긍정적이고 희망적인 태도를 만들기까지 수많은 과정들이 있었지만, 가장 내 몸이 기억하고 행동하게 하는 것은 독서이다. 중학교를 졸업하고 직물공장을 다닐 때도 잠을 아껴서라도 도서관을 다니며 손에서 책을 놓지 않았다. '어릴 때 사랑받고 성장한 사람이 자녀에게도 사랑을 줄 수 있다.'는 말을 결혼 후 임신 중에 주위 사람들에게 들었다.

그때도 나의 최고 필살기 독서습관을 활용했다. 태교부터 아이들이 성장할 때까지 육아 서적에서 시키는 대로 아이들에게 적용했다. 나는 부모님께 사랑을 받고 성장하지 못했다. 내가 사랑을 받지 못했어도 세상 부럽지 않은 사랑을 쏟아 부었다. 자녀들에게 했던 나의 자녀사랑법 교육은 지금도 후회한 적이 없을 정도로 만족스럽다. 책이라는 도구가 없었다면 불가능했을 것이다. 백화점 영업과 직원들 교육까지 책의 내용을 적용하고 동기부여를 받으면서 단 한 가지라도 실행했다. 체화시켰던 것들이 합쳐져 책을 쓰는 작가가 될 수 있었고, 지금의 책도 집필할 수 있는 기회가 생겼다. 끊임없이 독서모임에도 참석 했기에 지금의 내가 될 수 있었다.

퇴근 후 자기계발을 하고 공부하러 다니며 끝까지 내 손을 놓지 않았다. 몸과 마음이 엉망진창이 되더라도 나를 믿고, 버티고 또 버티어 지금은 세계에서 인정받는 브랜드를 맡고 있다. 수많은 벼랑끝 아니 지하 이십층까지 떨어졌던 그 과정은 무시당한 채 세상 편하게 여기까지 온 줄 아는 사람들이 많다. 그때 당시 함께 하던 매니저들은 거의 다른 업종을 많이들 하고 있다. 가끔 나를 우연히 만나면 아직까지도 백화점 있느냐면서 징그럽지도 않느냐고 묻는다. 그러면 이렇게 대답한다. 버티고 또 버텨서 징그럽게 계속 백화점에서 일하겠다고. 적당하게 일하고 적당하게 마무리하지 않겠다고.

내 인생의 작은 철학은 '적당하게는 살지 말자.' 이다. 적당하게 살다 보면 미련과 후회가 남기 마련이다. 미련과 후회는 평생을 두고 사람을 갉아먹을 수 있다. 한 번뿐인 인생이다. 한 번뿐인 인생인데 그냥 내 구질구질한 환경에 의해서 적당히 살고 싶지는 않다. 이미 난 내 인생의 최극단을 경험해 보았다. 망해도 보았고, 가정에서도 남편과 최악의 상황을 경험했다. 더 이상 내려갈 곳도 없다. 이젠 올라갈 일만 남은 것이다. 실수와 실패를 거듭하며 앞만 보고 지금까지 힘든 여정을 보냈다. 이젠 조금 더 지혜롭게 접근하려고 한다. 습관은 참으로 무시할 수 없는 것 같다. 결핍에서 나온 절실함이 적당한 여유로운 삶을 허락하지 않았다. 얼마 전 유인경의 『기쁨 채집』을 읽었다.

"좋은 환경에서도 길이 없는 곳을 걷기는 위험하다. 하지만 그 모든 것을 감수할 때 또 다른 길을 발견하고 개척할 수 있다."

표지에 나온 글에 마음에 확 꽂혔다. '놀이공원에 막 도착한 아이처럼, 여름방학을 맞은 학생처럼' 이라는 글을 읽는 순간, 앞으로의 내 삶을 이글에 적용해 보게 되었다. 그동안 살아온 삶에 경의를 표하며, 나는 한 발짝 뒤로 물러서서 해맑은 어린아이의 웃음소리를 상상해 보았다. 불만과 스트레스를 누구나 겪는 일이라고 위안하며 또 하루를 살아갔다. 곁에 있던 기쁨을 애써 외면하면서 다시 일상으로 들어가 버린다. 매사에 철저하고 빈틈없이 일한다고 곁에 있는 소소한 주위의 일들을 무시하고 지나갔을 수도 있다. 일과 삶을 분리하여 선택과 집중하는 법을 몰랐던 것이다.

김정운 교수의 『노는 만큼 성공한다』를 읽고 나서 나를 다시 한 번 생각하는 시간을 가지게 되었다. 본인이 일 중독자라고 생각이 들면 꼭 이 책을 읽어보기를 바란다.

"일 중독자는 주말에 어쩌다 곤한 낮잠을 자고 나면 기분이 왠지 찝찝하다. 내가 이렇게 귀중한 주말 시간을 허비해도 되는가 하는 걱정 때문이다. 일요일 저녁이 되면 왠지 불안해진다. 새로 시작되는 한 주가 기다려지기보다는 불안해진다. 주말에 너무 놀았다는 생각 때문이다. 이런 사람들에게 월요병은 단순히 심리적 질병이 아니다. 죽음에 이르는 병이 되기도 한다. 실제로 심장병으로 인한 사망률이 월요일에 제일 높다고 한다."

나는 이 글을 읽으며 늘 다짐했다. '낮잠 좀 자면 어때?' 하면서 '절대 나는 불안한 마음을 가지지 말아야지.' 하고 다짐을 하지만, 휴가를 길게 다녀오면 불안한 마음이 스멀스멀 올라온다. '아! 정말 내가 왜 이러지?' 하는 생각을 하면서도 그 불안함은 자주 생긴다. 이렇게 일 중독자들이 과로로 더 일찍 죽는 일들이 일어나니, 일 중독자들은 오히려 일할 시간이 더 짧다고 말하는 모양이다. 행복한 순간도 가끔 매장의 매출을 걱정하며 생명을 단축하고 있다. 이제는 인생의 절반을 살아보니 평범한 것이 가장 위대한 삶이라는 것도 알게 되었다. 자신이 필요한 곳에서 열심히 소임을 다하며 살아가면 되는 것이다. 불안하고 초조한 사람들은 마음에 힘을 준다고 한다. 마음에 힘이 들어가면 매사가 피곤해진다. 운동을 많이 하면 근육통이 생겨도 개운하게 힘이 든다. 마음에 힘을 주면 정신적으로 쉽게 피곤해진다. 그동안 온몸으로 치열하게 버티며 살아온 나다. 반백년 살아온 경험을 토대로 선택과 집중으로 적당하지만 적당하지 않는 삶의 저울질을 할 것이다. 치열할 땐 치열하게, 즐길 땐 화끈하게, 소소한 것도 큰 행복임을 느낄 줄 아는 인생 소풍을 할 것이다.

P O W E R O F

“

글을 쓴다는 것은
모자이크처럼 흩어진 당신 인생의 조각을
다시 맞추고 그것을 통해 마음을
치유하는 작업이다.

”

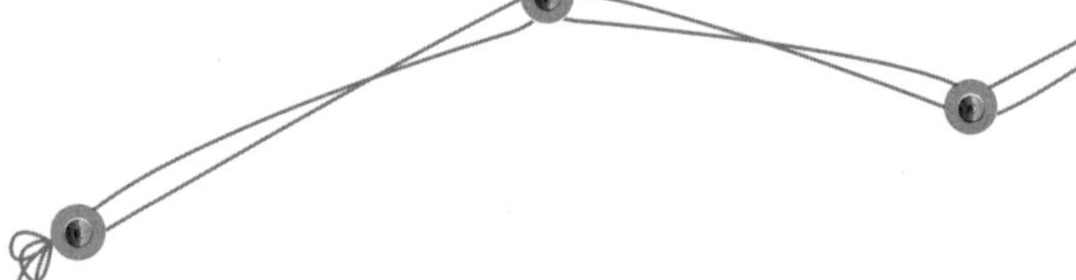

G R O W T H

Part 04

실패를 극복하는 독서와 글쓰기의 힘

황상열

01

독서와 글쓰기를 하는 이유

읽는 것 만큼 쓰는 것을 통해서도 많이 배운다.

-액톤 경

풍전등화 같은 곳에서 읽고 쓰는 삶

"넌 해고야. 이제 기회가 없어."

그가 나지막이 말했다. 갑작스런 통보에 나는 너무 당황스러웠다. 2012년 2월, 다니던 네 번째 회사에서 해고 통보를 받았다. 회사의 새로운 프로젝트 수주를 위해 개략적인 사업비를 검토하다가 실수가 있었다. 원래 내야 할 세금인데, 내지 않아도 된다고 보고했다가 잘못된 나의 법규 검토로 인해 다시 부담하게 될 상황이 생긴 것이다. 같이 갔던 대표가 이 사실을 알고 노발대발했다.

일주일 뒤 회사를 떠나게 되었다. 짐을 챙기고 사람들과 회식 후 헤어질 때까지 담담했지만, 돌아오는 집 앞에서 그만 펑펑 울고 말았다. 열심히 살았는데, 왜 이런 시련을 나에게 주냐고 하늘을 원망하면서 세상 탓, 남 탓만 했다. 어떤 희망도 없었다. 아무런 의욕도 나지 않았다. 그렇게 두 달 동안 집 밖으로 나오지 않았다.

죽고 싶었지만 아내와 아이가 눈에 밟혔다. 갑자기 정신이 번쩍 들었다. 아무것도 하지 않는 내가 한심했다. 가족을 위해서라도 힘을 다시 내기로 결심하고 생존독서를 시작했다. 책을 계속 읽다보니 다시 살아갈 수 있는 힘을 얻었다. 나와 같이 힘든 사람을 도와주고 싶었다. 2015년 여름 첫 책 『모멘텀』 원고를 쓰면서 본격적인 글쓰기를 시작했다. 첫 책 출간 이후 5년 동안 하루도 빠지지 않고 책을 읽고 글을 쓰고 있다. 그 결과물이 모여 개인저서 8권과 공저 2권 등 총 10권의 책이 세상에 나왔다.

사람들은 모임이나 강의가 끝나면 나에게 물어본다.

왜 그리 많은 책을 읽고 글을 쓰는지? 단기간에 책을 왜 그리 많이 냈는지? 직장생활을 하면서 그게 가능한지를.

갑작스런 질문에 생각이 나지 않아 명확하게 답변을 해 본적이 없다. 그동안 내가 왜 책을 읽고 글을 쓰는지 천천히 생각해 본 결과

아래와 같이 정리할 수 있었다.

1) 나를 제대로 알기 위해서이다

일을 하면서 늘 불평불만을 쏟아내고 술만 마셨다. 아내와 자주 싸우면서 감정소모도 많이 했다. 나는 잘못한 것도 없고 제대로 열심히 살았는데, 자꾸 나쁜 결과만 일어난다고 신세한탄만 했다. 이미 알고 있는 사실을 스스로 인정하지 못했다. 다시 책을 읽고 글을 쓰면서 나란 사람이 참 이기적이고 자기중심적이란 사실을 제대로 알게 되었다. 독서와 글쓰기로 지난 나의 과오와 실수를 돌아보면서 객관적으로 나를 다시 볼 수 있었다. 하지만 나는 여전히 불완전한 사람이다. 아마도 인생이 끝나는 날까지 실수하고 잘못한 내 모습을 책과 글로 반추하는 삶을 영위하지 않을까 한다.

2)고민이 사라지고 마음이 편해진다(치유)

화려하고 좋았던 과거를 잊지 못하고, 보이지 않는 미래에 불안해 했다. 책을 읽고 글을 쓸 때는 아무 생각이 나지 않아 좋았다. 무작정 한 페이지를 읽거나 한글 창을 열고 어떤 글이라도 한 줄을 쓰게 되면 마음이 편해진다. 머리를 아프게 하던 고민도 잠깐 잊을 수 있어 좋다. 여전히 힘들면 예전 버릇대로 술잔을 기울이거나 사람들을 만나 이야기를 나누기도 한다. 그러나 독서와 글쓰기를 통해 혼자서 떨쳐버릴 수 있는 도구가 생겼다는 것이 큰 수확이다.

3) 나를 성장시켜 주는 무기이다

나약하고 참을성이 없던 나를 다시 일으켜주고, 서툰 감정과 알코올중독에 빠진 나를 조금씩 성장시켜 준 두 개의 무기이다. 다시 책을 읽으면서 살아갈 이유를 찾았고, 글을 쓰면서 나와 같은 상황에 있는 사람들을 도와주고 싶었다. 책에서 인상 깊었던 구절들을 어떻게든 찾아내어 인생의 변화를 위한 실천을 했다. 글을 쓰면서 내 서툰 감정과 마음을 다스리는 연습을 했다. 아직도 서툰 처세로 실수가 잦은 사람이지만, 확실하게 예전보다 나아졌다는 것은 자신할 수 있다. 내 인생의 실패를 독서와 글쓰기가 조금씩 나를 변화시켜 주었다.

현재 독서와 글쓰기는 내 일상생활의 일부가 되었다. 물론 직장과 육아 등 기본적으로 당연히 해야 한다. 그 시간을 쪼개서 어떻게든 조금씩 책을 읽고 글을 쓰고 있다. 여전히 많이 부족하다고 느끼는 사람이니만큼 그 해답을 늘 책과 글에서 찾으려고 한다. 책은 읽으면 읽을수록 어렵고, 글을 쓰면 쓸수록 부족함을 느낀다. 하지만 이제 이 두 가지를 하면서 지금 이 순간에 집중하고 몰입하는 삶을 살아간다. 더 이상 지나간 과거는 후회하지 않고, 보이지 않는 미래를 불안하게 생각하지 않게 되었다. 죽을 때까지 책을 읽고, 글을 쓰고 싶다. 누구에게 잘 보이기 위해서가 아닌 초라하고 부족한 나를 위해서. 앞으로 좀 더 나은 사람이 되기 위해서 오늘도 나는 책을 읽고 글을 쓴다.

글을 쓴다는 것은

제4차 산업혁명 시대가 이미 시작되었다. 그만큼 세상은 정말 빠르게 변하고 있다. 인구 감소현상과 맞물려 향후 10년 내에 인간이 하던 직업이 로봇과 기계로 대체된다는 뉴스도 많이 들린다. 기존 일자리가 없어지면 이젠 무엇으로 먹고 살아갈지 미리 걱정하는 지인에게 핀잔을 준 적도 있다.

그래도 기계나 로봇이 절대 할 수 없는 인간만이 할 수 있는 직업은 분명히 남는다. 여러 책이나 수업을 통해 알게 된 그 직업은 바로 인간의 감정을 어루만져주는 일이다. 힘들고 지친 사람의 마음을 달래고 서로 공감하며 치유하는 그런 종류의 일. 이런 일을 잘하기 위해서는 스스로 공감할 수 있는 능력을 키워야 한다. 그것을 가능하게 하는 무기가 바로 글쓰기다.

글을 쓴다는 것은 잊고 살았던 과거나 현재를 살아가는 평범한 일상 속에서 자신의 삶을 발견하고 다시 해석하는 작업이다. 타인의 입장에서 별 것 아닌 일이라도 나에겐 특별하게 다가오는 경험, 사건 등을 다시 조합하는 과정이기도 하다. 글을 쓰면서 마음의 시각화를 통해 그 경험이나 사건에서 느끼는 감정, 깨달음 등을 얻을 수 있다. 또 자신을 객관적으로 마주하면서 무엇이 문제였는지 볼 수 있게 되고, 그로 인해 받았던 스트레스를 치유할 수도 있다. 결국 글쓰기는 나를 다시 만나는 작업 또는 과정이라고 해도 무방하다.

사회생활을 10년 넘게 하면서 서툰 감정 표현과 여린 마음가짐으로 나 자신을 너무 옥죄면서 살았다. 업무와 인간관계에서 오는 스트레스, 여러 인생문제를 온전하게 마주하지 못했다. 오로지 불만표출과 음주가무로 하루하루 버텼다. 그 결과 인생에서 큰 문제에 직면했고, 다시 살기 위해 독서를 시작했다. 그 후 3년 뒤 첫 책 『모멘텀』 원고를 준비하며 본격적인 글쓰기를 시작했다. 한 꼭지씩 초고를 쓸 때마다 지난 과거의 나와 다시 만났다. 한 줄씩 쓰면서 그때의 나에게 물었다.

"그때는 왜 그랬니? 조금만 참고 견디지. 감정 조절 좀 하지…."

글을 쓰다 보니 이 질문에 답을 조금씩 할 수 있었다. 초고를 완성

했을 때는 비로소 지난 과거에 일어난 모든 사건의 책임은 나 자신에게 있었다는 것을 인정하고 후회했다. 그리고 내가 가진 문제점을 인정하며 나를 치유했다. '그럴 수도 있다.' 라면서 스스로를 위로하고 공감함으로써 점차 차분해질 수 있었다.

허접하고 부족한 내 글을 한 명이라도 읽고 공감하고 위로받을 수 있다면 그것으로 충분하다. 그것이 앞으로도 내가 계속 글을 쓰고 싶은 목표이자 이유이다. 가끔 자신의 삶이 힘들고 막막하다고 느껴질 때 한번 어떤 글이라도 써보자. 그 한 줄이 당신의 마음을 어루만지며 다시 살게 하는 힘이 될 수 있으니까.

"글을 쓴다는 것은 모자이크처럼 흩어진 당신 인생의 조각을 다시 맞추고 그것을 통해 마음을 치유하는 작업이다."

02

다시 살게 하는 원동력, 결핍

우리의 열망이 우리의 가능성이다.

–새뮤얼 존슨

열정이 식었을 때

2016년 가을부터 다시 꾸준하게 글을 쓰고 책을 읽을 수 있던 원동력은 열정이었다. 중간 중간 여러 사정으로 잠깐 멈춘 적은 있었지만, 글쓰기를 포기한 적은 없다. 요새 책을 읽고 글을 쓰는 것이 흥미가 다소 없어진 것은 사실이다. 그래도 평생을 읽고 쓰는 삶을 모토로 삼고 있으니, 이 또한 곧 지나가리라 믿고 있다. 잠시 열정이 식었을 뿐이다.

국어사전에서 '열정의 정의'를 찾아보았다. '어떤 일에 열렬한 애정을 가지고 열중하는 마음'이라고 나온다. 열정은 곧 자기가 좋아하는 어떤 대상에 집중하고 몰입하는 마음가짐이라고 볼 수 있다. 사람마다 그 대상은 다 다르다. '몸짱'이 되기 위해 운동에 열정을 가지고 매일 노력하는 사람도 있다. 부자가 되기 위해 부동산이나 재테크에 열정을 바치는 사람도 있다.

하지만 이 열정이 늘 계속 유지되지는 않는다. 사람이란 본디 불완전한 존재이기에 중간에 지쳐서 열정이 식는 경우가 있다. 그런데 열정이 식고 난 다음이 문제다. 열정이 다시 생기지 않으면 그 대상이 아예 쳐다보기도 싫어진다. 그렇다면 포기해야 하는가? 그럴 수는 없다. 열정이 식은 삶은 죽은 삶이기 때문이다. 다시 열정을 불타오르게 하거나 유지하는 방법은 무엇이 있을까?

1) 일단 잠시 멈추고 쉰다

업무나 취미, 어떤 목표를 이루기 위해 열정적으로 달려오다가 어느 순간 다 놓고 싶은 생각이 들면, 일단 멈추고 다 놓아버리자. 열정이 식었는데 다시 시작하려고 하면 오히려 역효과가 난다. 이럴 때는 아무 생각하지 말고, 잠을 자거나 좋아하는 영화 보기, 산책 등을 하면서 쉬는 편이 낫다.

2) 지나간 과거에 같은 경험을 했을 때 어떻게 극복했는지 적어본다

과거에 어떤 대상이나 목표를 이루기 위해 열정적으로 살았던 경험을 떠올려보자. 분명히 그때도 열정이 식었던 적이 있을 것이다. 그것을 기억하여 식은 열정을 어떻게 회복할 수 있었는지 한번 복기해 보면, 그때처럼 지금도 열정을 다시 불태울 방법을 찾을 수 있다.

3) 자기만의 방향과 속도를 정하자

사람마다 무슨 일을 이루기 위해 걸리는 속도와 방향은 다 다르다. 가지고 있는 재능이 다르기 때문이다. 예를 들어, 한 사람은 초고를 쓰고 출간하기까지 반년이 걸릴 수 있고, 다른 사람은 1년이 넘게 걸릴 수도 있다. 이럴 때는 잘하는 남과 비교하지 말고 자기만의 방향과 속도를 정하자. 자신만의 페이스로 열정을 유지하는 것이 더 멀리, 오래 가는 지름길이다.

나도 다시 한 번 위에서 언급한 세 가지 방법으로 열정을 다시 찾아보려고 한다. 열정이 식는 타이밍은, 욕심이나 조급함이 생기거나 일이 바빠서 그 대상에 열중하지 못할 때 많이 발생한다. 또 몸과 마음이 흐트러질 때 하고자 하는 의욕이 상실되어 열정도 같이 사그라지기도 한다.

지금 혹시 열정이 식었다면 위의 세 가지 방법을 이용해보자. 아니면 자신만의 방법으로 열정을 다시 불태워 보자. 열정이야말로 인생을 다시 살게 하는 힘이다. 부디 자신만의 열정으로 하고 싶고, 되고 싶은 것을 이루길 바란다.

도전, 열정을 살리는 힘

오랜만에 가족과 치열한 윷놀이 한 판을 치룬 다음, 잠시 휴식을 위해 텔레비전을 켰다. 처음 보는 예능프로그램이 방송 중이었다. 『음치는 없다. 엑시트』라는 제목이다. 중간부터 보기 시작했는데, 공부의 신으로 유명한 강성태가 무대에 나온다. 인터넷으로 검색해 보니, 지독한 음치로 노래를 잘 부르지 못해 스트레스 받은 사람들이 가수의 지도를 받아 탈출하는 형식의 프로그램이었다.

무대를 시작하기 전 출연자 초기의 모습을 보여준다. 노래를 하는데 박자, 음정이 하나도 맞지 않는다. 방청객에서 웃음이 터지지만, 출연자 본인은 그저 답답하기만 하다. 노래를 잘하고 싶지만 음정과 박자가 따라 주지 않는다. 다시 화면이 꺼지고 무대에 나온 출연자의 노래가 시작된다. 강성태가 부른 노래는 임재범의 〈비상〉이었다. 록 발라드 장르로 고음이 많아서 따라 부르기 힘든 노래로 유명하다.

첫 소절이 시작된다. '와~' 하는 감탄사가 방청객과 심사위원석에서 흘러나온다. 가수만큼 잘 부르는 건 아니지만, 음정, 박자 등이 모두 맞아떨어진다. 노래가 끝났다. 엄청난 환호와 박수갈채가 쏟아진다. 무대를 마친 강성태도 울컥한다. 음치탈출을 위해 멘토를 자청한 그룹 『노라조』의 조빈도 함께 울먹인다.

"노래 트라우마가 있던 나에게 형님들과 함께 한 한 달이라는 시간은 평생 못 잊을 겁니다. 다시 도전할 수 있게 해줘서 감사해요."

이렇게 감사하면서 큰 절을 올리는 강성태에게 노라조는 아래와 같이 화답했다.

"고생 많이 했다. 너무 감동받았다. 나도 과거에 가수를 못하겠구나 하고 포기를 한 적이 있는데, 그때 생각이 났다. 트라우마를 벗어나기 위해 도전하여 이젠 노래를 사랑하는 사람이 되어주어서 고맙다."

이후 진행된 배우 소유진과 김응수의 무대도 엄청났다. 춤은 잘 추지만 음치였던 소유진과 음치와 박치까지 모두 갖춘 배우 김응수. 그들이 한 달 동안 엄청난 연습을 통해 멋진 무대를 보여주자 방청객과 심사위원 모두가 감동했다. 아마 나와 같은 시청자도 많은 자극을 받았을 것이다.

많은 사람들이 먹고 사는데 바쁘고 시간이 없다는 핑계로 하고 싶은 일에 도전하는데 주저한다. 평생 생각만 하고 나중에 도전해야지라고 하다가 아예 포기하는 경우도 많다. 좋아하지만 자신이 어떤 분야에 소질이나 재능이 없다고 판단하면 시도조차 하지 않는다. 나 역시 그랬다. 새로운 분야에 도전하여 성공한 사람들은 그런 유전자를 타고 났거나 운이 좋았기 때문이었을 거라고만 생각했다. 그 이면에서 깨지고 부딪히며 안 되는 것을 가능하게 만들기 위한 그들의 도전과 노력을 보지 못했다.

하고 싶은 일이나 이루고 싶은 목표, 새로운 분야가 있다면 주저하지 말고 도전해 보자. 아마도 그동안 잊고 지냈던 자신의 열정이 되살아날 수 있을 것이다. 무슨 일이든 처음에는 서툴고 어렵지만, 도전하고 시도하는 과정 속에서 부딪히고 깨지면서라도 이루어 나갈 수 있다.

오늘부터라도 작게 도전하자. 결과를 떠나 도전 하는 자체만으로도 대단한 일이다. 그 도전을 통해 지금까지 감춰왔던 자신의 열정도 같이 꺼내어 보자.

03

나를 바꾸는 SRT독서

> 단순히 읽기 시작했다는 이유만으로 결코 책을 끝까지 읽지 말라.
>
> – 존 위더스푼

나를 바꾸는 SRT 독서법

"하루라도 책을 읽지 않으면 입안에 가시가 돋친다."

안중근 의사의 독서에 관한 명언이다. 너무나 많이 들어서 식상할지 모르지만, 그만큼 독서의 중요성을 강조한 말이다. 안중근 의사는 32살의 짧은 생애를 독립운동에 바치면서 죽는 순간까지도 책을 손에 놓지 않았다고 전해진다.

2012년 해고 후, 다시 살기 위해 생존독서를 시작했다. 나를 바꾸기 위해 미친 듯이 읽었다. 그렇게 독서를 하면서 산 세월이 어느새 8년째다. 이 때 사용했던 나만의 SRT 독서법을 소개하고자 한다. 이 방법을 쓰면서 내 인생의 변화도 가져올 수 있었다.

1) S(Search)

책을 읽으면서 현재 나의 문제점을 해결할 수 있는 구절을 찾는 방법이다. 인간관계, 가족, 업무 등 여러 관점으로 나누어, 내가 처한 상황을 연결시켜 무엇이 잘못되었고 어떻게 하면 극복할 수 있는지 여러 구절을 찾고 기록했다.

2) R(Read and Repeat)

1)번 방법대로 찾고 기록했던 구절을 읽고 또 읽었다. 반복해서 읽으면서 그 구절을 내 머릿속에 제대로 입력하려고 노력했다. 한번 읽고 잊어버리면 다시 찾아보고 또 읽었다. 무엇이든 반복해서 읽다 보니 자연스럽게 나의 문제점을 객관적으로 볼 수 있게 되었다.

3) T(Traning)

2)번에서 반복해서 읽고 기억한 내용을 실제로 적용하고 훈련하는 단계다. 독서를 하다 보니 내가 해고를 당한 원인이 남이 아닌 나에게 있다는 것을 깨달았다. 그래서 그 문제를 극복하기 위해 1)번에서 찾는 구절을 2)번의 방법으로 반복하여 읽고 정리한 내용을 실제로 적용하고 연습했다. 읽는 선에서 그치는 게 아니라 실제로 훈련을 통해 자신의 변화를 이끌어야 하므로 이 단계가 가장 중요하다.

이 3단계 방법으로 조금이나마 다시 살아갈 수 있는 발판을 마련했다. 지금도 여전히 이 방법을 통해서 불완전한 나를 바꾸는 연습을 하는 중이다. 책 한 페이지를 읽더라도 거기에서 찾은 구절을 반복해서 읽고, 자신의 삶에 적용하여 훈련하는 연습을 해보자. 당장은 큰 효과가 없더라도 시간이 지날수록 분명히 독서를 통한 자신의 변화를 느낄 수 있다. 늘 강조하지만, 독서는 자신의 인생을 바꿀 수 있는 가장 간단하면서 강력한 도구라는 것을 명심하자.

오늘 읽는 책에서 자신에게 맞는 구절을 찾아본다(Search). 그것을 읽고 또 읽으면서 반복하여 정리한다(Read and Repeat). 마지막으로 실제로 자신의 삶에 적용하고 실천하여 계속 훈련한다(Training). 이

것이 나를 바꾸는 SRT 독서법이다.

내가 즐겨 쓰는 독서법

적어도 일주일에 책 두 권 정도는 읽으려고 노력한다. 인생에 잘 풀리지 않는 문제의 답을 찾을 때 주로 독서를 통해 찾는 편이다. 하루 종일 책을 읽고 싶지만, 바쁜 일상에서 그럴 여유가 없다. 틈틈이 시간 날 때마다 읽고 있다. 좀 더 효율적으로 읽고, 더 많은 책을 보고 싶어서 많은 독서법 책과 영상 등을 연구한 끝에 나에게 가장 맞는 방법을 알게 되었다.

바로 이나미 이쓰시의 『1만권 독서법』에서 소개한 '플로우 리딩' 이란 방법이다. 음악을 듣듯이 자연스럽게 글을 흘려서 읽는 독서법이다. 우리가 평소에 음악을 들을 때 의식하지 않는다. 여전히 책을 읽고 싶지만 어렵다고 말하는 사람들은 의식하면서 책을 한 줄씩 자세히 보다보니 금방 지쳐서 보기 싫어진다. 너무 쓸데없는 부분까지 정독하다 보니 정작 그 책의 중요한 부분까지 놓치고 마는 것이다. 또 책 한 권을 다 읽어야 한다는 강박관념이 있으면 더 읽히지 않는다. 이런 패턴이 반복되면 책과 영원히 친해지기가 어려워진다.

내가 선택한 '플로우 리딩(흐름 독서)' 의 목적은 다음과 같다. 책 한 권을 다 읽지 않아도 된다. 그 책에서 가장 중요한 한 구절이나 문장 찾기를 목표로 하며, 필요 없는 부분은 속독하며 이해가 잘 되지 않더라도 끝까지 물이 흘러가듯 읽는다. 읽으면서 인상 깊거나 감명 깊은 구절에는 밑줄을 친다. 또 그 구절에 대한 자신의 생각을 책 여백에 조금이라도 써본다. 음악을 들을 때 의식하지 않는 것처럼, 책도 마찬가지로 흐름을 타며 리듬을 유지하는 것이 '플로우 리딩'의 핵심이다.

이 독서법을 통해 하루 2~3시간 정도면 한 권을 다 읽을 수 있었다. 물론 전체를 제대로 정독하려면, 하루 2시간 기준으로 4~5일은 잡아야 한다. 내 손에 책이 쥐어지면 제일 먼저 프롤로그(서문)를 읽는다. 서문에는 저자가 왜 이 책을 쓰게 되었는지, 이 책을 통해 무엇을 전달하고자 하는지 등을 잘 알 수 있다. 이런 질문을 먼저 머리에 집어넣고 목차를 훑어보면, 어떤 챕터와 꼭지를 더 자세히 보게 될지 결정할 수 있다. 그러면 다른 부분보다 그 챕터와 꼭지에 대한 본문 내용을 좀 더 자세하게 읽게 된다.

늘 강조하지만, 책은 인생을 바꿀 수 있는 가장 간단하면서도 강력한 도구다. 위에서 소개한 '플로우 리딩'으로 더 많은 책을 만나 조금이라도 여러분의 인생에 도움이 되었으면 한다.

04

초등생도 쓸 수 있는 글쓰기TIP

매일 매일 조금씩 써보라. 희망도 절망도 느끼지 말고.

– 카렌 블릭센

글의 구성부터 생각하기

5년 전 글을 처음 썼을 때는 참으로 막막했다. 어떻게 글을 써야하는지 잘 알지 못했기 때문이다. 책에서나 강의에서는 아무것도 모르는 상태에서 일단 쓰라고 했다. 하지만 막상 실천해 보려고 하니 잘 되지 않았다. 머리가 멍해졌다. 분명히 미리 쓸 것들을 정리까지 했는데 첫 문장부터 막혔다. 겨우 첫 문장을 써보았지만 앞으로 어떻게 전개해 나갈지 막막했다. 이 문제를 해결하기 위해 다시 글쓰기 책과 강의를 보며 공부했다.

공부하다 보니 문제 해결에 대한 실마리를 찾을 수 있었다. 요리를 할 때도 레시피가 있는 것처럼 글도 먼저 구성방식을 결정하고 써야 잘 쓸 수 있다. 즉 글도 먼저 어떻게 무엇을 써야할지 어떤 식으로 글을 전개할지 등등 프레임을 구성하는 것이 중요하다는 것이다.

초등학교 시절 국어 시간에 서론-본론-결론, 기-승-전-결의 방식으로 글을 써야 한다고 배운 기억이 난다. 이것을 다시 한 번 활용해 보았다. 또 여러 글쓰기 책을 통해서 나만의 큰 구성방식을 먼저 만들었다. 이전에 많이 소개했던 구성방식이다.

경험-감정-(인용)-결론

1) 경험-자신이 겪었던 경험을 쓴다. 구체적으로 사실을 적고 묘사한다.

2) 감정-그 경험에서 겪은 자신의 감정이 어떤지 기록한다. 직접적인 감정표현보다 비유적인 표현과 사람들과의 대화를 통해 독자에게 감정이 느껴지는지 서술한다.

3)인용-다른 책이나 매체에서 나온 명언, 구절을 현재 글의 성격과 맞으면 가져와서 인용한다.

4)결론–경험과 감정을 통해 느낀 점, 고쳐야 할 점, 방향 제시, 가치와 의미 부여 등을 적고 글을 마친다.

글을 쓰기 전에 위의 구성방식을 먼저 생각한다. 구성방식 안에 어떤 내용을 넣을지 구상하고, 핵심 키워드를 작성한다. 3)인용은 어떤 자료(다른 저자의 책, 영화, 드라마 등)를 사용할지 미리 찾아본다. 4)결론도 어떻게 써야 할지 미리 키워드를 생각한다. 생각이 나지 않으면 노트에 어떤 내용을 쓸지, 어떻게 전개해야 할지, 어떤 글감을 활용할지 등을 먼저 기록한다. 이렇게 미리 준비하고 글을 쓰면 수월하다.

좀 더 다양한 글을 쓰고 싶다면, 위의 구성방식을 응용하거나 다른 방식을 사용하자. 여러 글쓰기 책 중에 『강원국의 글쓰기』에 다양한 글의 구성방식을 소개하고 있으니 참고하자.

칼럼을 쓰고 싶다면 어떤 일이 일어난 현상→ 그 현상에 대한 진단과 검토→ 문제 해결을 위한 해법 및 방향 제시 순으로 쓰면 된다. 어떤 상품이나 강의를 홍보하는 글은, 주목을 끄는 미끼 문안→ 그 상품이나 강의의 특징 및 장점 제시→ 이것을 들으면 어떤 이익과 혜택이 있는지에 대한 안내 순으로 쓰자. 위로나 공감이 필요한 에세이는 어떤 경험이나 사건 제시→ 어려운 처지를 같이 공감하는 감정 제시→ 희망과 용기를 주는 메시지 투척(결론) 순으로 쓰자.

일단 매일 조금씩 글쓰기를 실천하는 것도 좋다. 하지만 매일 계속해서 쓰다 보면, 내가 지금 잘 쓰고 있는지에 대한 의문이 들 때가 있다. 나도 그랬다. 무조건 쓰라는 말이 있다. 그러나 이렇게 막힐 때는 무턱대고 쓰지 말자. 미리 위의 구성방식을 만들고, 그 안에서 어떤 글을 쓸지 고민부터 하자. 이런 식으로 반복하면 글을 쓰기가 좀 더 쉬워진다. 알고만 있지 말고 실천하라. 위의 방법대로 글을 한 번 써 보라.

글을 쉽게 쓰는 방법

글쓰기가 어렵거나 처음으로 하는 사람들을 상대로 〈닥치고 글쓰기〉 과정을 7월부터 시행하고 있다. 개인마다 편차는 있지만 모두 열심히 써주고 있다. 수강생들에게 그런 질문을 많이 받는다.

"어떻게 하면 글을 쉽게 잘 쓸 수 있을까요?"

이런 질문을 받을 때마다 고민이 된다. 글을 쉽게 잘 쓰는 방법은 사실 없다. 사람마다 각자 글을 쓰는 방식이 다르고, 자신만의 스타일이 있기 때문이다. 그래도 한 가지 답을 내려야 하기에 나만의 글을 쉽게 쓰는 방법을 공유하고자 한다.

1) 주제에 대해 먼저 검색해서 그 의미와 정보를 파악한다

쓰고자 하는 주제가 주어지거나 정해지면 포털 사이트에서 먼저 검색을 한다. 주제와 관련된 키워드를 넣어 나오는 칼럼, 동영상 등을 하나씩 확인한다. 그 중에서 내가 쓰고 싶은 주제와 가장 비슷한 정보가 있으면, 자세하게 읽고 그 주제에 대해 파악한다. 일단 그 정보에 대해 개략적으로 이해해야 글을 쓸 수 있기 때문이다.

2) 주제와 나의 경험, 책에서 본 구절 등을 찾아 어떻게 구성할지 미리 적어본다

주제를 이해했다면 글의 전체적인 구성을 생각한다. 서론-본론-결론, 기-승-전-결 등의 기본적인 구성방식을 짜본다. 그 구성에 주제와 주장을 뒷받침할 나의 경험, 지식 및 책에서 본 구절 등 자료를 찾아서 어떻게 엮을지 고민한다.

3) 그 구성에 어떻게 넣을지 키워드를 적어본다.

정해진 구성방식에 찾은 자료를 어떻게 넣을지 미리 키워드 중심으로 적어본다. 예를 들어, 서론에는 명언으로 시작, 본론에는 주제

에 맞는 나의 경험, 지식, 인용문 등의 배치 여부, 결론은 본론에서 어떤 가치를 찾아 의미를 부여하고 글을 끝낼지 등에 대해 간략하게 메모해 본다.

4) 쓰기 시작하면서 살을 붙여 글의 길이를 늘려간다

3)번 작업을 마쳤다면 이제 본격적으로 글을 쓰기 시작한다. 글을 쓰면서 키워드 중심으로 썼던 부분을 디테일하게 묘사하면서, 글의 길이를 점점 늘려간다. 그렇게 쓰다보면 초고가 완성된다.

5) 초고 완성 후 다시 읽으면서 여러 차례 수정한다

초고가 완성되었다면 처음부터 1~2회 낭독하면서 문장을 고쳐본다. 어색한 문장이 없는지, 잘 안 읽히는 구간이 없는지 등을 생각하면서 계속 퇴고한다. 이렇게 하다보면 글이 점점 좋아진다.

나는 위의 5단계 순서로 글을 쓴다. 다른 방법보다 이 5단계를 거치면 누구보다 쉽게 쓸 수 있다. 글을 쓰는 데 어려움을 겪는 사람에게는 위의 5단계 순서대로 한번 써보길 추천한다. 독자가 읽었을 때 같이 공감하고 위로받을 수 있다면, 그것이 가장 잘 쓴 글이다.

05

일상이 에세이가 되는 책쓰기

> 글을 쓰고 싶다면 정말로 뭔가로 창조하고 싶다면 넘어질 위험을 감수해야 한다.
>
> – 알레그라 굿맨

에세이 쓰는 방법

2017년 12월에 『나를 채워가는 시간들』을 출간하면서 처음으로 에세이 작가가 되었다. 아직 그리 대단한 작가는 아니지만 에세이를 꼭 써보고 싶었는데, 이 책을 통해서 그 꿈을 이루었다. 그리고 2018년 가을 『나는 아직도 서툰 아재다』라는 에세이집을 출간하게 되었다. 이 글에서 어떻게 에세이를 썼는지 그 방법을 내 기준에서 한번 공개해 보고자 한다.

1) 그동안 살면서 좋았던 추억이나 아팠던 경험 등을 꺼내어 소재를 찾는다

나이가 많든 적든, 누구나 살면서 좋았던 추억이나 슬프고 아팠던 경험을 하나씩은 가지고 있다. 그런 기억들은 시간이 지나도 뇌리에 강렬하게 남는다. 기억이 잘 나질 않는다면 한번 눈을 감고 그때의 기억을 한번 떠올려본다. 그리고 종이를 꺼내서 적어본다. 간단하게 무슨 일이 있었는지 메모한다. 계속 쓰다 보면 이것을 소재로 한번 써봐야겠다는 생각이 든다. 나는 다이어리나 수첩에 매일 2~3줄로 일상을 기록한다. 시간이 지난 후에 찾아보면 쓸 소재들이 만들어진다.

2) 소재를 찾았다면 그 장면들이 떠올릴 수 있게 사실적으로 묘사한다

좋았던 추억, 아팠던 경험 또는 재미난 에피소드 중에서 하나를 소재를 골랐다면, 그 사건이 일어났던 장면을 사실적으로 묘사해 본다. 일단 첫줄은 사람들의 흥미를 끌거나 시선을 집중시킬 수 있는

문장으로 시작하는 것이 좋다. 이후 사건이 일어나게 된 배경을 언급하고, 그 사건에 대한 행동이나 대화 등을 구체적으로 묘사한다. 특히 감정은 직접적으로 드러내지 않고, 비유를 적절하게 섞어 독자들이 판단하게 하는 것도 중요하다. 내가 생각하는 좋은 에세이는 독자가 묘사한 장면을 상상하며 화자의 감정을 잘 따라가는 것이라고 생각한다.

3) 솔직하게 나만의 정체성을 가지고 쓰는 것이 중요하다

에세이는 일단 솔직해야 한다. 또 나만의 정체성을 가진 고유함이 드러나야 한다. 글이 좀 투박하더라도 솔직하고 담백하게 자기 자신의 이야기를 드러내면, 독자들을 공감하게 하여 울고 웃게 할 수 있다.

4) 문장은 쉽고 짧게, 마지막 문장은 메시지를 전달하거나 여운을 남기는 것이 좋다

어떤 글이든 독자가 보기에 읽기 편하게 쉽고 짧게 문장을 써야 한다. 그리고 마지막 문장은 이 하고 싶었던 메시지를 전달하거나 여운을 남겨둠으로써 독자가 저자의 감정이나 생각을 공유하면서 나

라면 어땠을까 하는 상상을 하게 해본다.

내 기준에서 정리한 이 네 가지 방법으로 에세이를 써보는 연습을 계속 하고 있다. 사실 에세이라는 장르가 어떻게 보면 가장 쓰기 쉬울 수도 있고, 어려울 수 있다. 그러나 일상에서 일어나는 모든 일들이 에세이의 소재가 될 수 있기 때문에, 이 글을 읽는 여러분도 위 네 가지 방법으로 한번 써보기 바란다. 나도 언젠가는 무라카미 하루키나 이어령, 유시민 같은 유명한 작가들처럼 글을 써보고 싶다는 생각을 하면서, 오늘도 서툴고 부족하지만 나만의 에세이를 써본다.

실용서 쓰는 방법

자기계발서와 에세이 책을 출간한 이후, 다른 장르를 쓰고 싶은 욕심이 생겼다. 어차피 평생 읽고 쓰는 삶을 살기로 결심한 터라 모든 장르의 책을 쓰고 싶었다. 시나 소설 등 문학 장르를 쓰기에는 아직 실력이 한참 모자란다.

요즘은 자신의 경험이나 지식을 알려주거나 타인의 문제점을 해결해 주는 실용서가 대세다. 재테크 등의 경제경영서, 독서나 글쓰기 등의 인문서, 자녀를 잘 키우는 방법을 알려주는 자녀교육 등 장르도 다양하다. 어떤 장르를 써볼까 하다가 직장에서 했던 업무와 경험을 살려보기로 했다.

16년째 직장생활을 하면서 다수의 시행사, 시공사 및 토지주 등의 요청으로 땅(토지)의 활용방안과 규제사항, 인허가 가능여부 등을 검토하는 일을 수행해왔다. 그래서 업무지식과 경험을 바탕으로 경제경영서 중 재테크 분야의 실용서를 써보기로 결심했다.

그동안 모은 자료와 검토서는 엄청난 양이었다. 그 중에서 원고에 들어갈 자료를 추리고 집필에 들어갔다. 그렇게 두 달 정도 집필한 원고를 한 출판사와 바로 계약했다. 그리고 약 3개월 정도의 퇴고 과정을 거치고 책을 출간했다. 이 책이 작년 4월에 나온『땅 묵히지 마라』이다. 책을 집필한 기간은 2달 남짓 하지만, 준비한 기간은 훨씬 오래되었다.

이번에는 실용서를 쉽게 낼 수 있었던 나만의 방법을 공유하고자 한다. 아마 강의를 하는 강사님들께 조금은 도움이 되지 않을까 한다.

1) 쓰고자 하는 실용서 주제로 강의부터 시작한다

『땅 묵히지 마라』의 초반에 나오는 토지 기초지식은 2017년 11월에 시작한『토지 왕초보 특강』이란 이름으로 한 강의에서 시작되었다. 도시계획 전공자로서 땅에 대한 기초지식과 현업에서 어떻게 그것이 적용되었는지 알려주는 강의였다. 우선 내용을 추려서 PPT로 강의 자료를 만들고 강의 공지를 올려 사람을 모았다. 1~3명만 모여도 300명이 온 것처럼 그 자료로 최선을 다해 강의했다.

2) 자신이 강의하는 목소리를 녹음하고, 다시 그것을 듣고 받아 적는다(영상까지 녹화해도 상관없다. 영상을 보면서 듣고 내용을 기록한다)

그 강의 내용을 녹화하고 녹음했다. 후기를 통해 강의 자료를 수정했다. 시간 날 때 녹음한 내용을 다시 들으면서 한글로 옮겼다. 녹취록을 쓰는 형식이었다. 이렇게 한글로 옮긴 내용이 바로 책의 초고가 되었다. 본인이 하고 있는 강의를 기반으로 책을 내고 싶다면, 강의할 때 반드시 녹화나 녹음을 하자. 그 녹화영상이나 녹음한 음성 자료를 계속 들으면서 받아 적은 자료를 초고로 활용할 수 있다.

3) 그렇게 모은 녹취록 원고를 바탕으로 목차를 다시 짜서 재배치하고, 2~3차례 퇴고한다

녹화영상이나 녹음을 듣고 쓴 원고는 당연히 문장 구성도 엉망이고, 어법에도 맞지 않는다. 또 구어체 위주로 되어 있다. 목차를 다

시 짜서 원고를 재배치한다. 문어체로 변경하는 작업과 함께 문장도 가다듬는 등 2~3차례 퇴고 작업을 진행한다.

4) 프롤로그와 에필로그를 작성하고, 출간기획서와 함께 출판사에 투고한다

퇴고한 원고를 본문으로 활용하고, 프롤로그와 에필로그를 작성한다. 출간기획서와 투고문을 써서 출판사에 투고하면 끝이다. 실용서는 도움을 주거나 문제를 해결해 주는 것이 목적이기 때문에 다른 장르에 비해 초보 작가가 출판사와 쉽게 계약할 확률이 높다.

지난 5월에 출간한 『지금 힘든 당신, 책을 만나자!』에 나오는 독서법과 서평 쓰는 법도 위에서 소개한 방법을 이용했다. 지금 준비하려고 하는 실용서도 같은 방법을 이용할 예정이다. 말을 잘하고 강의에는 자신이 있지만, 그것을 글로 다시 옮겨 적는 것이 어려운 강사님들에게 위의 방법을 한번 활용하라고 권하고 싶다.

06

뼛속까지 위로받는 치유의 글쓰기

> 글을 쓰면서 우리는 더 이상 자신에게 머물 필요가 없다.
>
> -카스타브 플로베르

치유적 글쓰기란?

5년 전 처음 글을 썼던 날이 기억난다. 한글 창을 열어놓고 한 줄을 쓰다가 지우기를 반복했다. 업무적으로 보고서나 검토서는 수없이 썼지만, 나를 위한 글을 써 본 적은 거의 없다 보니, 과연 이렇게 쓰는 것이 맞나 싶기도 했다. 숨기고 싶은 나의 과거를 괜히 남에게 보이는 것이 잘하는 짓인지에 대해서도 고민했다. 어머니나 아내조차 그게 무슨 자랑이라고 힘들게 글로 옮기느냐고 잔소리까지 할 정도였다.

그러다가 『뼛속까지 내려가서 써라』, 『날마다 글쓰기』 등 여러 글쓰기 책과 강의를 듣다보니 공통된 의견을 발견할 수 있었다.

"작가가 되기 위해서는 나를 드러내야 한다. 나의 민낯까지 솔직하게 꺼내어 글로 옮길 수 있어야 한다. 그래야 나를 치유하고 위로하여 앞으로 나아갈 수 있다."

이 문장을 보고 끝까지 써 보기로 작정했으며, 그때부터 글쓰기에 탄력이 붙었다. 한 줄이 두 줄이 되고, 두 줄이 다섯 줄이 되었다. 결국 두 달만에 첫 책 원고를 완성했다. 한 꼭지(A4 기준 2장)씩 완성할 때마다 마음이 후련했다. 가슴 속에 맺힌 응어리가 풀리는 느낌이었다. 그것을 바로 '치유적 글쓰기' 라고 했다.

누구든 처음에는 글을 쓰는 것이 어렵다. 남에게 이런 이야기를 해도 될까? 또는 나를 드러내도 될까? 등등 두려움이 앞서기 때문이다. 자신의 힘든 고통, 감정을 쓰기도 어렵다. 그러나 이런 두려움을 극복하고 용기를 내어 지속적으로 글을 써야 한다.

매일 조금씩 쓰다보면 나를 깨우치고, 스스로 돌아볼 수 있게 된다. 한 줄 한 줄씩 써내려가다 보면, 예전의 고통스런 나를 현재의 내가 위로하고 보듬어주는 현상을 발견하고 내면의 변화를 겪게 된다. 그렇게 되면 나도 모르게 편안해진다. 감정의 기복도 줄어든다. 결국 글쓰기를 통해 나를 치유하는 과정을 보게 되는 것이다. 그것이 반복되면 나다운 삶을 살 수 있는 용기가 생긴다. 지금 당장 치유적 글쓰기를 통해 자신을 돌아보기 바란다.

글이 주는 위로

어느 금요일 밤, TV를 켰다. 개인적으로 좋아했던 프로그램을 오랜만에 보게 되었다. 사람들의 다양한 이야기를 다룬 〈궁금한 이야기 Y〉였다. 세 편의 에피소드가 소개되었는데, 첫 번째 냄새나는 여자의 양말만 찾는 대학교 교직원을 보고 경악했다. 이후 보험사기단으로 전락한 가족의 이야기를 보고 측은한 마음이 들었다. 그리고 마지막 에피소드를 보고 훈훈함을 느꼈다.

마지막에 소개된 이야기는 한 택시기사가 승차한 손님들에게 한 권의 노트를 건네주면서부터 시작한다. 갑작스런 행동에 승객들은 놀라지만, 기사의 설명을 듣고 이내 환하게 웃으며 노트를 펼치고 글을 쓰기 시작한다. 1년 전 사업 실패 후 택시 일을 시작한 그 기사는 적응하기 쉽지 않았다고 한다. 특히 사람들과 상대하면서 극심한 스트레스를 받곤 했다. 견디다 못한 그는 손님들과의 원활한 소통을 원했으며, 손님들이 목적지 까지 가는 동안 뭔가 생각할 기회를 주고 싶어서 '길 위에서 쓴 편지' 라는 제목의 노트를 건네주기 시작한 것이다.

손님들은 기꺼이 자신의 고민이나 일상을 기록했다. 또 다른 승객들이 쓴 글을 읽으면서 위로를 받고 울고 웃었다. 그 모습을 본 택시기사는 자신의 인생 이야기를 통해 승객들에게 조언과 응원을 보냈는데, 목적지에 도착하여 택시에서 내리는 승객들의 표정이 하나같이 밝았다.

많은 사연 중 회사를 더 다녀야 할지 사업을 해야 할지 고민을 하던 한 남자 승객의 이야기가 감동적이었다. 그는 술에 취해 늦은 밤이 택시를 타고 집에 돌아가던 중 기사가 건네준 노트에 자신의 솔직한 감정을 적었다. 어떻게 해야 할지 모르겠다는 그의 글에 기사는 아직 젊으니까 한 번 더 도전해보라고 조언했다. 남자 승객은 기사의 조언과 그 노트에 담긴 다른 사람들의 글을 읽고 인생의 방향을 결정할 수 있다고 고백했다. 이후 그는 식당을 차렸고 지금까지 잘 경영하고 있다고 했다.

이 프로그램을 보고 나는 두 가지에 주목했다.

1) 글쓰기가 주는 위로의 힘에 공감했다.

2) '언택트' 시대로 옮겨가면서 비대면 관계가 많아지고 있지만, 그래도

직접 사람과의 소통과 공감은 직접 대면을 통해서 하는 것이 중요하다.

글을 쓰려면 일단 생각을 해야 한다. 노트를 받은 승객들도 먼저 무엇을 써야할지 고민한다. 짧은 시간에 금방 쓰기 위한 글은 현재 자신이 처한 고민이나 일상에 대한 것이다. 이런 글은 누구나 공감할 수 있다. 노트에 한 두 개씩 모인 많은 글을 읽고 또 자신의 글을 쓰면서 승객들은 위로받고 자신을 치유했을 것이다.

코로나 19로 인해 비대면 관계가 늘어나고 있다. 대면관계에서 오는 피로감도 많아서 문자 메시지나 이메일로 소통하는 사람이 많다. 그러나 사람과의 진정한 소통과 공감을 얻기 위해서는 최소한 대면관계는 유지해야 한다. 기사와 승객의 노트를 통해 직접 대면하여 소통하고 공감하는 장면을 보면서 너무 뭉클했다.

점점 삭막하고 외로운 사회가 되고 있다. 소통과 공감이 부족하여 조금만 건드려도 폭발하고, 힘들어도 혼자 삭히며 누구에게도 말을 못하는 사람들이 많아지고 있다. 이 택시기사의 '길 위에서 쓰는 편지'와 같은 따뜻한 글이나 말 한마디가 그런 사람들에게 한 줄기의 빛이 되었으면 좋겠다. 글이 주는 위로가 사랑이 되어 이 세상이 더 따스해지길 바라본다.

"당신이 쓴 글 하나가 다른 사람을 위로해주고 인생을 바꿀 수 있다."

07

세상은 됐고 나를 바꾼다

인생의 목적은 성숙하지 않기 위해 싸우는 것이다.

-딕 워트 하이머

『삼국지』에서 조조가 여백사를 죽이고 진궁에게 이렇게 소리치는 장면이 나온다.

"세상이 나를 저버릴지언정 내가 먼저 세상을 저버리지 않겠다!"

이 말을 가슴깊이 새긴 조조는 결국 본인이 세상을 먼저 차지하는 영웅이 된다.

SBS 라디오 주말 생방 'DJ 래피의 드라이브 뮤직'의 진행자인 래피의 책 『세상은 됐고 나를 바꾼다』라는 제목을 보고 가장 먼저 떠오른 것이 위에서 언급한 조조가 외친 한마디다. 저자는 제목에서 말하는 것처럼, 세상은 어차피 바꾸기 힘드니 자신을 바꾸는 것이 빠를 것이라는 말을 하고 싶었을 것이다. 안 그래도 지금까지 세상 탓, 남 탓 하며 남과 비교하는 인생을 살다가 이제야 책을 읽고 글을 쓰면서 나부터 잘하자는 결심을 했는데, 그 순간에 만난 이 책이 참 반가웠다. 뮤지션으로 활동하는 저자가 태도, 생각, 인간관계, 행복 등을 주제로 한 단상모음을 읽으면서 인생을 다시 공부할 수 있었다.

"우리는 늘 자기가 원하는 대로 되지 않는 것을 괴로워한다. 나름 노력도 한 것 같은데, 원하는 결과가 나오지 않아 더 괴롭다. 그러나 이 세상 대부분의 일도, 사람도 내가 원하는 대로 잘 되지 않는 게 기본값이다. 우리는 늘 기본값을 망각한다."

학창시절은 열심히 시험공부를 했는데 원하는 만큼 성적이 나오지 않아 울상이다. 취업 준비를 위해 스펙을 충실하게 준비했는데, 가고 싶은 대기업, 공기업에는 가지 못해 우울증에 빠졌다. 회사생활을 하면서 나름대로 열심히 업무를 했다고 믿었는데, 상사나 거래처에서 보기에는 미흡했다. 열심히 하면 다 이루어질 거라 믿었는데, 인생을 살다보니 내 마음대로 되는 것이 없어 괴로웠다. 그러나 나이가 들면서부터 오히려 인생은 계획대로 되지 않는 것이 정상이라고 생각한 뒤 많은 것을 내려놓고 살고 있다.

"멀리 보이는 지평선도 마냥 평평하게만 보여도, 가까이에서 보면 실은 비탈과 언덕으로 되어 있다. 마냥 무탈하고 행복해 보이는 다른 사람들의 태평도 실은 그 속을 살펴보면 나름의 고난과 어려움이 있는 것이니 부러워하거나 시기할 일이 아니라는 것이다."

나만 빼고 남들은 다 잘 사는 것처럼 느낄 때가 많다. 하지만 그들의 삶을 가까이에서 들여다보면 다 나름대로 말 못할 고충을 안고 산다. 돈이 많은 사람도, 경제적 어려움에 있는 사람도, 고민이 없는 사람은 하나도 없다. 그러니 남과 비교하지 말고 자기 인생에 만족하면서 사는 것이 가장 중요하다.

"사람 사이에든, 일에서든 매사에 너무 큰 기대를 하면 실망도 큰 법이다. 세상만사가 '내 뜻대로' 될 거라고 과신해서는 안 된다. 무슨 근거로 미래가, 상대방이 꼭 내가 원하는 대로 된다고 확신을 하는가? 그러다가 생각한 대로 되지 않으면 화를 내고 싸우고 실망하고 슬퍼하는 것이다. 사람은 고쳐서 쓰기 힘든 존재다. 내 자식도 내 마음대로 안 되는 것이 세상일인데, 남편, 아내, 친구, 직장 상사가 내가 원하는 대로 바뀌겠는가?"

사람을 만나서 친해지거나 이성과 사랑에 빠지면 기대가 커진다.

그러나 그 기대가 큰 만큼 나중에 그 사람의 허물이나 바닥을 보았을 때 실망은 더 커진다. 사람마다 다 완벽할 수 없고 단점이 있는데도 불구하고 그런 것들에 실망하여 화를 내고 싸우는 경우가 많다. 그러다가 더 이상 실망할 것도 없을 때 그 관계는 끝이다. 고쳐보려고 애써보지만 상대방이 보기에 더 이상 고쳐 쓰기 어려운 사람으로 판단한다. 그냥 저 사람은 원래 저렇구나 하고 미리 내려놓고 큰 기대를 하지 않는 것이 관계를 오래 유지하는 방법이 아닐까.

책을 다 읽고 나서 역시 인생은 내 마음대로 또 계획한 대로 되지 않는다는 명제에 대해 다시 한 번 실감했다. 인생이 힘든 이유는 남과 비교하면서 살다보니 나만 힘들고 불행하다고 느끼거나 내 뜻이나 노력과는 무관한 결과가 나오기 때문이다. 인생에서 좋은 일이나 나쁜 일이 일어날 때 담담하게 받아들이고, '이런 일이 그냥 일어났구나.' 라고 인정하며 사는 것이 중요하다고 저자는 강조한다.

어차피 세상만사 내 맘대로 되지 않는 이 현실에서 내 마음가짐만 바꾸어도 살만하지 않을까? 삶의 흐름이 춤추는 대로 흘러가는 인생에 몸을 맡기면서 즐기면서 사는 것이 가장 중요하다. 조조의 외침처럼 나도 어차피 변하지 않는 세상은 내버려두고, 나 자신을 바꾸어 나만의 인생을 개척하려고 한다. 모두 자신만의 모멘텀을 찾아 멋진 인생을 같이 만들어가길 이 책과 같이 응원한다.

P O W E R O F

“

우리는 어떻게 자신만의
'100세 커리어' 를 만들어서 앞으로 다가올
예측불허의 미래사회를 해쳐나갈 수 있을 것인가를
살펴보도록 하자.

”

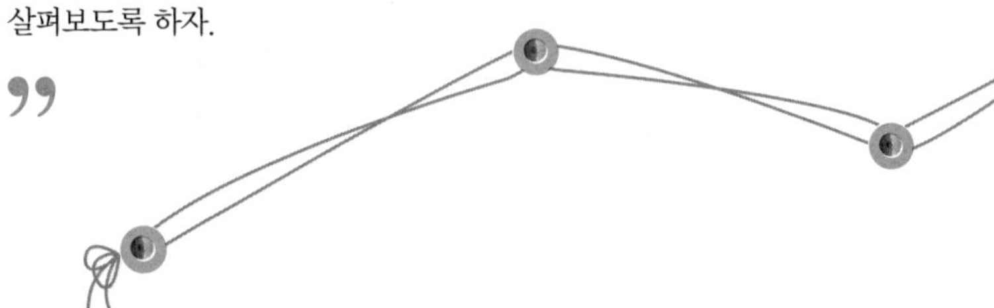

G R O W T H

Part 05

세상 밖으로
다시 시작하는 힘

이혜정

01

경력이 단단한 여자되기

> 이 세상에서 제일 중요한 것은 내가 '어디'에 있는가가 아니라 '어느 쪽'을 향해 가고 있는가를 파악하는 일이다. 그리고 이것이 인간의 지혜이다.
>
> –올리버 웬델 홈즈

과거로 타임머신을 타고 간다면 어느 때로 돌아가고 싶은가? 나는 2006년 대학 졸업할 때로 돌아가고 싶다. 졸업은 시작이라는 의미가 있듯이, 졸업을 하면 끝이 아닌 새로운 시작을 해야 한다. 대학원 진학이든지 아니면 취업이든지 당시에 내가 선택할 답안지는 두 가지 중 하나였다. 인생에는 꼭 답안지라는 게 없는데도 누구나 자기만의 답안지를 부여받거나 만들고 살고 있다는 생각은 든다.

미래학자이자 경제학자인 제이슨 솅커의 『코로나 이후 불황을 이기는 커리어전략』이라는 책을 대학 졸업당시에 읽었었다면, 지금 무슨 일을 하면서 살고 있었을까 하는 생각을 해보게 된다. 그만큼 내가 경험할 수 없는 일들이나 주변에서 도움을 줄 수 있는 멘토가 없을 때에는 책을 멘토로 삼는 것도 좋다는 뜻이다. 2020년 코로나로 인해 많은 기업에서 인원 감축을 하고, 자영업자들도 매장을 축소시키는 등 사업적인 고통을 겪고 있다. 이 시기에 졸업을 해야 하는 대학생들은 어떨까. 졸업을 하면서 경기가 호황이어서 취업이 잘 되면 큰 걱정은 덜하겠지만, 지금 상황에서는 있는 직원들도 회사의 구조조정으로 인해 줄이고 있는 상황이다. 그러니 취업을 한 들 호황일 때 보다는 조건이 좋을 수 없을 것이다. 이 책에서 말하는 '실업흉터[1]'는 대학 졸업자들이 취업을 하지 못하고, 파트타임 일을 하면 취업 준비를 하게 되는 기간이 늘어나면서 경력 상의 흠이 생기는 것을 말한다. 즉, 젊었을 때 저임금 일자리를 갖는 것이 이후 커리어 전체의 임금 수준을 낮추게 되는 것을 가리킨다. 그래서 졸업을 앞둔 대학생이라면 졸업을 조금 연기한다든지 아니면 대학원에 진학을 해서 학업을 더 이어나가는 등 학교로 숨는 전략도 도움이 된다고 말한다.

1) 실업흉터 : [출처] 세계1위 미래학자 제이슨셍커의 코로나 이후 불황을 이기는 커리어전략 p.63

경력 단절 여성의 줄임말, '경단녀'들도 같은 고민이 생길 것이다. 경력이 오래되었을 경우 바로 이직을 하면 경력 인정을 받아서 연봉도 높게 계약을 할 수 있는데, 결혼, 육아 등으로 인해 경력에 몇 년간의 공백이 생기면 선호하는 회사들이 없기 때문이다. 또한 직무자체가 변경되어 새로운 직무로 회사를 가게 되면, 나이는 많지만 신입사원 연봉을 받고 입사를 해야 하는 경우도 많이 생긴다. 하지만 이 또한 회사의 대표들도 자신보다 나이가 많은 신입사원을 꺼리기 때문에 새로운 직무로 취업을 하려면, 나보다 나이 어린 직장상사들과 조화롭게 지내는 방법까지도 익혀야 하는 것이 현실이다.

2018년 3월부터 6월까지 필자는 아침 9시부터 저녁 4시까지 직업교육을 받은 바 있다. 온라인마케팅 전문가 과정으로서, 온라인 플랫폼에서 온오프라인 사업을 홍보하는 기술을 배우는 과정이었다. 여성가족부의 지원을 받는 '여성새로일하기센터' 가 전국에 걸쳐 지역별로 활발하게 운영이 되는 가운데, 필자가 거주하는 '경기IT여성새로일하기센터' 를 통해 새로운 기술 교육을 받고 취업까지도 도움을 받은바 있다.

이 과정을 마치고 만 9년 만에 취업을 한 셈이다. 작은 회사에 온라인마케팅 직군으로 신입사원급으로 일했다. 회사 대표의 나이가 거의 남편 나이와 비슷하여, 신입사원이었지만 대표도 나를 너무 어려워하는 것 같았다. 편하게 대하라고 해도 어려운 것은 어쩔 수 없었던 것 같다. 그래도 좋은 점은 있었다. 신입사원에 비해 다양한 사회경력이 뒷받침되다 보니 일을 배우는 부분에서 훨씬 더 빠르게 적응하고 해당 직무 이외의 다양한 영역에서도 회사를 위해 도움을 줄 수 있었다. 바로 이 점이 나 같은 '경단녀' 들이 회사생활을 할 때 이점으로 작용할 수 있는 부분이다.

하지만 경단녀가 자신감이 떨어지는 것을 부인할 수는 없다. 부부가 결혼 후 육아를 해야 하는 과정에서 육아에 전담할 사람을 결정한다 했을 때, 남편보다는 여성들이 집안에서 가정을 돌보는 게 더 익숙한 현실인 것은 틀림없다.

육아휴직제도를 알고 있겠지만, 남자들에게 잘 적용되지 않는다. 육아휴직이란 근로자가 만 8세 이하 또는 초등학교 2학년 이하의 자녀를 양육하기 위하여 신청, 사용하는 휴직을 말한다. 혹시 2020년 2월 28일부터는 부부가 동시에 육아휴직 신청 가능한 것도 알고 있는가? 하지만 현실은 어떨까. 왜 아빠들의 육아휴직이 자유롭지 못한지에 대해서는 길게 설명하지 않아도 알 것이다. 회사란 한번 단절이 된 상태에서 다시 복귀했을 때, 자리에 대한 보장이 확실치 않은 구조이기 때문이다. 그렇다면 경력이 단절된 상태에서 다시 사회에 나갈 때 어떻게 하면 좋을까. 그 부분에 대해서 필자는 사회에서 제공하는 다양한 직업교육, 독서모임 그리고 습관모임 등 다양한 형태의 활동들에 꾸준히 참여하고 도전하면서 그

답을 스스로 찾아가고 있다.

2018년부터 회사에서 9시부터 6시까지 근무하는 일부터 다시 시작하여 지금은 프리랜서 강사, 방과 후 강사, 독서모임을 통한 책의 저자가 되는 과정에 참여하고 있다. 2018년 그렇게 다시 신입사원 월급으로 시작한 나는 2020년 코로나 위기에서 더 강한 적응력과 성장세를 보이고 있고, 2021년에는 예상 소득 월 500만원까지도 달성할 것으로 기대한다. 아이는 아직 8살로 어리지만, 충분히 아이를 키우면서 다양한 일을 할 수 있는 노하우가 있다. 지금은 그 부분에 대해 '100세 커리어 연구소' 를 설립하여 정보를 공유하고 있다.

늦었다고 생각할 때가 제일 빠른 법이라는 말이 있지 않은가. 이미 몇 만 구독자들을 갖고 있는 유튜버들이 대단해 보이지만, 지금 시작하면 늦지 않을까 하는 생각을 혹시라도 하고 있다면 생각의 전환을 하루 빨리 하기를 강력 추천하는 바이다.

2016년 필자는 회기역 경희대학교 캠퍼스에 방문한 적이 있다. 『사피엔스』의 저자 유발 하라리의 강연을 듣기 위해서였다. 유발 하라리가 내한한다는 소식을 접하고 참가신청을 했는데, 운 좋게 당첨되어 세계적인 석학의 강연을 현장에서 라이브로 들을 수 있었다. 그 당시 2016년 3월에 이세돌 9단과 AI 알파고의 바둑대결이 한창

이슈가 되었었다. 그러면서 로봇이나 AI 같은 인공지능이 사람들의 일자리에 어떤 영향을 줄 것이며, 자녀들에게 어떤 교육을 시켜야 하는가에 대해 많은 전문가들이 다양한 의견들을 내놓을 때였다. 그 중 한 명이 바로 이스라엘의 역사학자 유발 하라리 교수였다. 그는 저서 『사피엔스』에서 호모 사피엔스가 어떻게 현재와 미래에 도달했는지 궁금해 하면서, 남다른 호기심과 통찰력으로 역사를 바탕으로 한 미래사회의 변화에 대해서 이야기하였다. 필자가 가장 기억에 남는 당시 유발 하라리 교수의 마지막 메시지는 다음과 같다.

그는 우리 자신을 아는 것의 중요성, 그리고 우리가 모르는 게 많다는 것을 아는 것이 중요하다고 했다. 그 만큼 다가올 미래 역시 모르는 것이 많은 만큼 너무 두려워 할 필요도 없다는 것을 강조했다. 그 때 유발 하라리 교수가 말한 미래 교육의 핵심을 정리하면 다음과 같다.

첫째, 정답을 가르쳐주는 교육을 하지 말라. 둘째, 생각할 시간을 많이 주는 교육을 하라. 그리고 마지막, 노는 시간을 많이 줘라.

다음 장에서는 시대의 변화와 함께 우리들이 생각의 전환을 빠르게 할 필요가 있는지에 대해 필자의 다양한 경험을 이야기해보고자 한다.

100세 커리어 연구소의 탄생

다시 경단녀 이야기로 돌아가 보자. '경단녀'가 어떤 줄임말인지 모르는 사람이 없을 정도로 이미 흔해진 단어이다. '경력이 단단한 여자?', '경력이 단절된 여자?' 어느 말인지 예상해 보자. 전자면 참으로 좋겠지만, 경단녀는 많은 여성들이 결혼, 출산, 육아 등으로 이전에 종사해왔던 일들에서 오랫동안 멀어져서 다시 돌아가기 힘든 상태를 뜻한다. 다시 돌아가기에는 현재 상황이 발목을 잡고, 그렇다고 이대로 계속 있기에는 다가오는 미래에 하루라도 빨리 다시 시작하지 못한 오늘을 후회하고 살 것만 같은 불안한 상황. 그것이 경단녀가 처한 현실이다.

이 책을 읽고 있는 독자는 혹시 경단녀인가? 필자의 경우 어느덧 불혹의 40을 바라보는 나이가 되어가니 앞으로 다가올 50의 모습을 상상하게 된다. 경단녀가 아니었다면 지금 나는 어디에서 어느 정도 위치에서 무슨 삶을 누리고 살고 있었을까? 현재의 삶을 살기에도 바쁜데, 과거 사회생활 할 때 인정받던 그 때의 삶이 지금과 너무 비교가 되니, 자꾸 현재에 집중을 못하고 애꿎은 애한테 짜증만 내는 것 같다.

현모양처가 꿈이었으면 지금의 삶에 만족 할 텐데, 그것 또한 아닌 것 같다. 돈도 벌어야 하고 사회에 다시 나와야 하는데 여러 문제가 앞을 가로막는다. 기존의 직장으로 돌아가자니 다시 그 업무를 할 엄두가 나지 않을뿐더러(그 회사도 더 이상 경단녀인 우리를 원하지 않을 수 있다는 불편한 진실을 우리만 모르고 있을지도), 솔로일 때는 아침부터 밤늦게까지 야근을 해도 문제가 없었는데, 지금은 손이 많이 가는 아이들이 엄마를 찾는다. 남편과 분담을 해도 신경 써야 하는 가사가 기다리고 있으니, 경단녀는 다시 사회에 나가려다가도 주저하게 된다.

설마 나만 그런 것일까? 다행히 아이를 낳고 세월이 흘러 육아 요령이 생기고, 남편과 가사 일을 분담함으로써 사회에 나갈 수 있는 자신감이 조금씩 생기기 시작했다(물론 돈을 벌고 사회적으로 인정받고 싶은 욕구가 가장 컸을지도 모른다).

어떤 이유든지 좋다. 다시 시작한다는 것은 정말 뜻 깊은 일이고 한편으로는 걱정도 되지만 설레는 일이기도 하다.

하지만 이왕이면 다시 시작하는 일이라면, 과거 사회 초년생 때의 시행착오를 되풀이하기보다는 조금은 더 여유를 가지고 일을 할 수 있는 방법은 없을까? 다시 회사로 돌아가는 경단녀보다는 자기만의 일로 새로운 경력을 만들어 나가는 시발점이 된다면, 지금부터 평생 자기를 고용하는 일을 할 수 있다면 어떨까? 뒤늦게 시작해서 또 얼마 뒤 은퇴에 걱정하기 보다는 뒤늦게 시작하는 만큼 조금은 과거의 노하우와 앞으로 다가올 사회에 맞는 트렌드로 잘 무장을 해서 새로운 일을 시작해보는 것은 어떨까?

일전에 MK TV '김미경TV 유튜브' 에서 『Gigged(by Sarah Kessler)』라는 책을 리뷰하는 방송을 보았다. 곧 직장이 없는 시대가 온다는데, 그 시대를 준비하기 위해 우리는 무엇을 어떻게 해야 한다는 내용에 대한 간단한 책 리뷰였다. 사람들의 일자리가 평생직장에서 프리랜서 방식으로 옮겨가는 현상을 '긱(Gig)경제' 라고 하는데, 긱(Gig)이란 단어는 '일시적인 일' 이라는 의미를 내포하며, 1920년대 미국 재즈 공연장 주변에서 즉석으로 연주자를 섭외해 단기계약으로 공연한 데서 비롯되었다고 한다[2]. 처음에는 하룻밤 계약으로 연주한다는 뜻이었으나, 최근 1인 자영업자로 기업과 단기간 계약을 맺고 일한다는 의미로 확장된 용어다.

1인 기업, 스타트업 등의 기업들이 많아짐에 따라 상시 직원을 고용해서 일을 시키기에는 고정월급에 대한 부담이 크고, 과거와 달리 평생직장의 개념이 많이 사라져서 직원들도 한 직장에서 오래 일하는 것을 거부하는 경우도 많이 생긴다. 그러다 보니, 근로자들이 자신이 원하는 시간대에 원하는 일들을 골라서 할 수 있는 이른바, on-demand[3]형태의 일자리들을 많이 원하는 세상으로 바뀌고 있다.

그렇다면, 이 시대에 우리는 어떤 커리어를 앞

2) 출처 : 네이버 한경경제용어사전

3) 공급 중심이 아니라 수요가 모든 것을 결정하는 시스템이나 전략 등을 총칭하는 말. (출처 : 네이버 시사상식사전)

으로 만들어가야 할까? 2016년 정도로 거슬러 올라간다. 나는 당시에도 꾸준한 미래 사업으로 이어질 일이 아닌 임시적인 일을 하고 있었다. 사회에 다시 나오려고 여러 번 시도를 했지만, 회사는 들어갈 엄두도 나지 않았다. 그래서 10~15년 전에 고려했던 자격증 시험(변리사, 공인 중개사 등)에 재도전을 할까 하는 생각을 한 적이 많았다. 물론, 그런 직업들이 없어진 것도 아니고, 지금도 도전하는 사람들이 많이 있다. 하지만, 세상은 빠르게 바뀌고 있는데 나는 바뀌지 않았구나 하는 생각도 들었고, 시간이 많아도 준비하기 힘든 시험들을 아이를 돌보면서 할 수 있을까 하는 고민을 하다가, 한두 번 시도해 보았지만 결국 포기하고 말았다. 대신 사회로 나오기 위해 다시금 주변을 둘러보았고, 세상이 어떻게 변하고 있는지에 대해 많은 관심을 가졌다. 세상에 나오지 않고 살았던 시간이 길었기 때문이었다.

세상을 알아보는 방법은 역시 인터넷, 모바일을 이용한 방법이 제일 쉬웠다. 특히나 SNS 속 사람들의 모습들이 색다르고 신기하게 다가왔다. 과거에 유행했던 싸이월드가 아닌 블로그 속 사람들의 이야기, 페이스북, 유튜브, 인스타그램 등 다양한 SNS에서 사람들이 새롭고 다양한 콘텐츠를 만들어 내는 것을 보고 이렇게 변화된 사회가 신기하기도 했다. 지금은 영상 플랫폼이 점점 강화되면서 유튜브, 틱톡 등과 같은 영상을 어린아이들부터 어른들까지도 쉽게 참여하고 접할 수 있는 세상으로 바뀌고 있다.

무엇보다 2020년은 어느 누구도 예상하지 못한 코로나 19 팬데믹[4)]으로 인해 많은 사람들이 비대면 화상 플랫폼 수업을 진행해야 했고, 오프라인으로 이루어졌던 다양한 문화센터 수업, 학교 수업 등 연달아 취소되고 미뤄지는 등의 예측할 수 없었던 일들이 많이 벌어졌다. 2020년 들어 코로나 19에 설상가상으로 지난 여름 난데없는 약 50여 일 간이라는 역대로 가장 길게 장맛비가 오는 상황 속에서 앞으로 다가올 미래를 완전히 읽어 내려갈 수는 없겠지만, 단언컨대 앞으로의 직업은 온라인을 반드시 활용하지 않으면 안 되는(지금도 온라인에 대한 비중이 큰 것은 사실) 세상이 더 도래할 것이다. '100세 커리어'는 지금 당장의 일이 아닌 앞으로 평생을 먹여살려줄 수 있는 프로젝트의 일을 의미한다고 볼 수 있다. 우리는 어떻게 자신만의 '100세 커리어'를 만들어서 앞으로 다가올 예측불허의 미래사회를 헤쳐나갈 수 있을 것인가를 다음 장에서 살펴보도록 하자.

4) 전염병이 세계적으로 대유행하는 상태. 우리 말로는 '감염병 세계적 유행' (출처 : 네이버 한경경제용어사전)

02

100세 커리어를 만들기 위한 3가지 전략

시작하고 실패하는 것을 계속하라. 실패할 때마다 무엇인가 성취할 것이다. 네가 원하는 것은 성취하지 못할지라도 무엇인가 가치 있는 것을 얻게 되리라. 시작하는 것과 실패하는 것을 계속하라.

– 앤 설리반

본문 초반에 이미 나만의 '100세 커리어'의 중요성에 대해서는 충분히 이해했으리라 믿는다.

'100세 커리어'는 장기적인 목표를 설정하고 그 목표를 이루어나가기 위해 단계적으로 어떤 일들을 경력으로 만들어나가는 것이 중요한가에 대해 포커스를 맞추고 있다.

그렇다면 100세 커리어를 만들기 위해서는 어떤 준비를 하는 것이 좋을까? 그 준비의 시작은 트렌드를 반영한 행동 패턴과 미래를 예측한 단계적인 전략을 세움으로써 가능하다.

물론 다양한 방법들이 존재할 수 있지만, 여기서는 결혼, 출산, 육아 등으로 경력이 단절된 여성들, 또는 기존의 일이 아닌 앞으로 평생 유지할 새로운 형태의 일을 준비하는 즉, 100세 커리어를 준비하는 방법에 대해 크게 3가지를 언급하고자 한다.

1) 성공하는 습관을 만들어 나가라

『미라클 모닝』의 저자 할 엘로드는 '삶'과 '상황'의 차이에 대해 언급했으며, 새로운 감정, 관점, 신념, 태도를 창조하는 힘은 우리 내부에 있는데 그것이 바로 '삶'이라고 했다. 그리고 '상황(환경, 관계, 성과 등과 같은 외부 영역)이 어찌하든, 삶은 이 모든 것을 바꿀 수 있다고 말한다. 삶을 구성하는 모든 부분을 발전시키고 더 나은 버전의 내가 되기 위해 매일 시간과 노력을 투자한다면, 상황은 분명히 바뀐다고 했으며, 아침에 평소보다 일찍 일어나 운동, 독서, 일기, 명상 등 아침에 나만의 루틴(반복적인 일)을 함으로써 하루를 다르게 시작하는 것이 결국은 인생의 기적을 만들어낸다고 했다.

혹시 매일 노력하지 않으면서 좋은 결과만 나타나기만을 바라고 있는 것은 아닌지 스스로의 삶을 돌이켜 보길 바란다. 살을 빼야지

하고 입으로만 말하고 실질적으로 살을 빼는 어떠한 노력도 안하고 있는 것은 아닌지 반성해 보자. 하지만 꾸준히 반복함으로써 습관으로 만들지 않으면 아무리 좋은 계획도 원하는 결과를 가져오지 못할 수 있다.

유명한 동기부여가 할 엘로드가 말한 대로 미라클 모닝의 효과를 많이 본 사람들의 말을 한 번 믿어보기로 하고, 2020년 새해 들어 모닝 루틴을 정해 반복하는 훈련을 약 300여일이 넘도록 진행했다. 내 삶은 어떻게 달라져있는지 궁금한가?

지금 이 책을 만나게 된 것도 이런 습관의 누적이 만들어낸 결과 중 하나이다. 내 인생에서 한 번도 만나보지 못할 것만 같았던 멋진 분들과 친구가 되어 있기도 하고, 내 이름으로 된 책을 낼 것이라고 상상도 못했지만, 지금은 내 이름 세 글자가 적힌 책을 준비하고 있다. 뿐만 아니라 끈기를 가지고 성공한 일들이 10년~20년 전에는 많았지만, 아이를 낳고 키우면서는 스스로 그럴 기회들이 많이 없어서 자신감도 떨어지곤 했다. 하지만 지금은 무엇이든 마음만 먹으면 할 수 있다는 자신감과 함께 항상 주변을 긍정적으로 바라보려는 여유도 생겼다.

성공하는 아침습관—필자는 모닝 이부자리 점검, 그리고 감사일기를 아침에 꾸준히 하고 있다—을 만들어가는 것의 중요성을 몸소 경험한 사람으로서 여러분들에게도 추천하는 바이다.

2) 독서 및 글쓰기 습관을 들여라

'습관' 은 평상시 반복된 행위를 통하여 몸에 굳어져 무의식적으로도 행해지는 반복된 행동들을 일컫는다. 웬디 우드가 지은 『해빗(Habit)』이라는 책에서는 어떤 일들을 반복하여 습관화하는 것은 일을 쉽게 하는 방법이라고 한다[5]. 반복이 습관형성에 결정적인 영향을 미치기는 하지만, 오로지 반복만이 정답이라는 태도로 스스로를 몰아붙이지 말고, 의식이 매여 있는 인생 일부를 반복으로 만들어 습관에 맡긴 뒤, 그렇게 얻은 여유를 정말 중요한 일(기계적으로 반복해서는 안 되는 일)에 투입해야 한다고 한다.

5) 웬디 우드, 『해빗(Habit)』, 김윤재 옮김, 다산북스 2019, p.229

독서 및 글쓰기를 반복함으로써 습관으로 만들면, 예전에는 일 년에 1~2권도 채 읽지 않았는데, 어느 순간 한 달에 한두 권씩 읽어내고, 일 년에 20권도 넘게 읽는 습관으로 바뀔지 모른다. 그렇게 되면, 웬디 우드가 말하는 남는 시간에 새로운 중요한 일을 할 수 있고, 이는 당신의 삶을 더 윤택하게 만들어 줄 수 있다. 독서 및 글쓰기 습관은 당신에게 새로운 기회를 가져다줄 수 있는 훌륭한 습관이다. 그렇기에 읽는 삶에만 그치지 말고 쓰는 삶까지 그 습관의 영역을 확장하기를 추천한다.

이성민 저자가 쓴 『작은 승리의 법칙』에 인용된 한 구절을 더 소개하면, 존 드라이든은 습관이 인생을 결정짓는다고 했다.

"처음에는 우리가 습관을 만들지만, 나중에 습관이 우리를 만든다."

좋은 습관을 만들고 그 습관이 우리를 변화시키기까지 많은 시간이 걸린다. 여러 가지 습관 중에 앞으로 평생에 여러분의 100세 커리어의 자양분이 될 습관 중 하나로 독서와 글쓰기 습관을 추천한다. 글쓰기의 경우 대단히 어려운 글을 쓰는 것이 아니라, 간단한 2~3줄 분량의 하루를 정리하는 글쓰기나 문장 2~3개 정도의 감사일기 쓰는 등의 간단한 방법들도 있다. 쓰다보면 2줄이 3줄이 되고, 어느 순간 글쓰기를 배워서 글을 쓰는 사람이 되는 것이 아니라, 쓰다 보니 글을 쓰는 것이 두렵지 않게 된 나를 마주할 것이다.

3) 단계적 전략의 중요성. 버킷리스트를 당장 1년 안에 할 일, 3년 안에 할 일, 5년 안에 할 일 등 단계적으로 짜 보아라

버킷리스트는 죽기 전에 꼭 하고 싶은 일의 목록이라고 알고 있다. 그렇다면 그 일의 목록을 적어놓고 실현시키지 못한다면 적는 시간이 아깝지 않을까? 하지만 꿈을 현실로 만드는 과정은 결코 쉬운 일이 아니다. 그 이유는 우선 오랜 시간이 걸리기 때문이고, 꿈이 생각보다 현실과 갭이 크기 때문이다. 그렇다면, 어떻게 버킷리스트를

작성하는 것이 좋을까? 버킷리스트를 작성할 때, 올 해 할 일, 그리고 3년 이내에 할 일, 5년 이내에 할 일, 평생에 걸쳐서 이룰 일 등 시간에 걸쳐서 단계별로 어떤 일들을 이루어 나갈지에 대해서 최대한 자세하게 적는 것이 좋다.

버킷리스트를 달성하는 삶에 대한 책들은 시중에 많이 나와 있다. 100세 커리어에 대한 버킷리스트라 한다면, 내가 평생에 걸쳐서 하고 싶은 목표를 설정하고, 그 목표를 달성하기 위해서 1년 내에 바로 시작할 일, 3년 내, 5년 내에 해야 할 일, 평생 할 일 구체적으로 쪼개서 연도별 달성과제를 적는다. 또 그 달성정도를 위해서 매일 해야 할 일과 장기적인 시간을 투자할 일 등을 잘 구분해서 실행에 옮겨야 한다.

예를 들어, 필자는 최종 목표인 약선 연구소를 운영하는 것이 꿈이라고 한다면, 그 연구소를 위해 지금 당장 할 수 있는 일과 3년 내에 해야 할 일, 5년 내에 해야 할 일 정도는 계획을 해볼 수 있다. 지금 당장 할 수 있는 일은 계획한 것을 바로 시작하자. 목표가 아무리 크더라도 그 목표를 위해 해야 할 일들을 쪼개어 이루어 나가다보면 반드시 그 목표지점에 도달할 수 있을 것이다. 적어도 기간의 차이는 있을지라도 포기하지 않으면 결과는 반드시 성공이다.

03

100세 커리어를 만들어가는 사례들

> 이 세상은 흥미 있는 것으로 가득 차 있다. 이렇게 좋은 세상에서 지루하게 인생을 보낸다는 것은 너무나 아까운 일이다.
>
> -데일 카네기

100세 커리어라는 말을 처음 들은 사람은 어색할지도 모르겠다. 쉽게 말해서 정년이 없는 평생직업을 갖는 것이 100세 커리어이다. 100세라고 해서 꼭 100세까지의 삶을 의미하지는 않는다. 100세까지 살 수도 있는 세상에서 경제적으로 걱정 없이 살기 위한 100세 커리어를 마련해야 한다는 뜻이다. 100세 커리어를 만든다는 것은 앞으로 평생 죽을 때까지 여러분들이 만들어 놓은 직업과 자산들이 여러분들을 위해 최소 월 200만원에서 1000만원까지 연금처럼 나올 수 있는 구조적 시스템을 만드는 것이다. 한 가지가 아닌 다양한 소득원에서 나올 수 있게 말이다. 톰 콜리가 쓴 『습관이 답이다[6]』라는 책에서도 자수성가한 백만장자들은 한 가지 소득원에만 의존하지 않는다고 한다. 그들은 여러 개의 소득원을 개발하는데, 톰 콜리의 연구에 의하면, 3개 정도가 가장 이상적이었다고 한다. 65%는 처음으로 큰돈을 벌기 전에 최소 3개의 소득원을 만들었다고 하고, 다양한 소득원은 경기침체도 헤쳐 나갈 수 있게 해준다고 강조한다.

6) 톰 콜리, 『습관이 답이다』, 김정한 옮김, 이터, 2019, p.68

필자는 경단녀였던 시기를 극복하기 위해 2018년부터 '경기IT여성새로일하기센터' 라는 여성들의 재취업을 돕는 직업교육훈련기관에서 약 3개월간 온라인마케팅 전문가 과정을 수료했다. 경단녀가 돈을 많이 써가면서 교육을 듣기에는 부담이 적지 않다. 돈을 벌려고 투자를 할 수도 있지만, 돈을 적게 쓰고 배울 수 있는 방법들을 공유해 보고자 한다.

1) '여성새로일하기센터' 직업교육 훈련과정을 통해 업그레이드를 꾀하자

트렌드코리아 2020에서 'Elevate Yourself!' '업글인간' 에 대해서 다룬 바 있다. 성공보다 성장을 추구하는 새로운 자기계발형 인

간, 비좁은 성공 관문을 뚫는 스펙 쌓기가 아니라 어제보다 나은 나를 만드는 성장을 중요시하는 사람을 말한다[7]. 온라인마케팅 전문가 과정이 2018년 당시에는 상당히 생소한 과정 중의 하나였다. '경기IT여성새로일하기센터' 에서 1기로 수료하였는데, 그 뒤로 매년 디지털마케팅, 유튜브, 망고보드, 동영상 제작 교육 등 다양한 수업들이 계속해서 개설되고 있다. '여성새로일하기센터' 는 출석률을 충족하면 교통비까지 지원해주며, 미취업여성들을 위한 다양한 생활비지원 프로그램까지도 있다. 필자도 30만원씩 3개월 정도 지원을 받으며[8] 교육 과정을 이수했다. 교육수료 이후에는 관련 업종으로 취업하여 새일여성인턴지원제도[9]의 혜택을 받았다. 일을 하면서 경력도 쌓고, 월급을 받으면서 별도 지원금 60만원도 받는 등 경제적인 도움도 받으면서 교육에 전념할 수 있었다.

7) 김난도외, 『트렌드코리아 2020』, 미래의 창, 2019, p. 405

8) 신한희망사회프로젝트

9) https://blog.naver.com/itsaeilblog/221812025590

2) 다양한 자격증에 도전해라

자격증은 한국산업인력공단(q-net)에서 운영하는 자격증 외에도 한국직업능력진흥원에서 민간자격으로 실시하는 자격증도 많이 있다. 필자는 방과후학교지도사 과정, SNS마케팅전문 과정 자격증까지 취득하면서 방과 후 강사에도 도전해볼 수 있는 기회를 얻었다.

방과 후 강사는 초등학생들 학교 수업이 끝나고 컴퓨터, 코딩, 악기 연주, 체육 등 다양한 과목을 가르치는 과정으로 한 학교에서 주1회 약 3시간 정도 수업을 한다. 대부분이 학생 수 만큼의 수업료를 받을 수 있는 구조로, 많은 학생들이 수강등록을 하면 그만큼 단위수업 시간 동안 받을 수 있는 수업료는 올라간다고 보면 된다(물론 한 수업당 20명 이내로 인원제한이 되는 학교가 많다). 이 방과 후 강사의 경우 기존의 선생님들이 그만두지 않아서 아무리 준비를 많이 해도 취업하기 쉽지 않다. 그런데 방과 후 강사 경력이 없던 내가 두 군데의 학교와 계약할 수 있던 비결은 무엇이었을까?

미리 관련 자격증도 공부해 놓았으며, 스스로 궁금해서 연구한 유튜브 과정, 그리고 기존에 아이들을 가르쳤던 경험 등 모든 것들이 종합적으로 작용했던 것 같다. 이렇게 민간 자격증도 유용할 때가 많다. 민간 자격증은 무료로 온라인 강좌(http://www.pqi.kr)로 진행되는 곳이 많으니, 아이를 키우면서도 준비하기 쉽다. 앞으로 생각하는 진로가 있다면 관련 자격증을 준비하기를 추천한다.

3) 여성 창업플랫폼, 스타트업 지원제도를 이용한 창업도전도 하나의 방법이다

요즘은 여성들을 위한 창업플랫폼이 지역별로 많이 운영되고 있다. '서울 여성창업플라자[10]', '경기여성창업플랫폼 꿈마루[11]' 등 여성창업을 준비하기 위한 사전교육부터 창업사무실까지 저렴한 비용으로 입주할 수 있도록 도와준다. '스타트업 정부지원사업[12]'을 활용하면, 창업교육이나 창업에 필요한 마케팅비 지원, 전문가 컨설팅 등도 받아볼 수 있다. 창업을 하기 전에는 오프라인 공간부터 덥석 계약하지 말고, 반드시 사업계획서를 작성해보는 것이 필요하다. 요즘은 온라인상의 스토어 개설도 쉬운 편이기 때문에, 물건을 파는 경우에는 오프라인 상점만 하지 말고 온라인으로도 판매해 볼 것을 추천한다.

10) http://www.seoulwomenventure.or.kr
11) https://www.dreammaru.or.kr
12) https://www.k-startup.go.kr/

4) 디지털 노마드의 삶에 도전하자

'디지털노마드'는 떠돌아다니는 삶을 사는 유목민이라는 단어 노마드(nomad)와 디지털 장비의 합성어로, 스마트폰이나 태블릿 같은 디지털 장비를 이용하여 정보를 습득하고 생산하는 일을 하는 유형의 사람들을 말한다. 이런 직업을 가지기 위해서는 디지털 기술을 이용한 다양한 돈벌이 방법에 관심을 가질 필요가 있다. 직장생활을 통한 수익을 올리는 일이 아닌 온라인 공간을 이용해 돈을 버는 방법에는 어떤 것들이 있을까? 온라인 비즈니스 플랫폼을 구축해 온라인 상점에서 물건을 파는 전자상거래를 시작해도 좋고, 크몽 사이트와 같은 곳에 재능을 상품화하여 업로드함으로써 필요한 재능을 고객에게 판매하여 돈을 벌 수도 있다. 뿐만 아니라 온라인 화상 강의(예를 들어 zoom)를 이용해서 장소에 구애받지 않고 강의를 개최할 수도 있다. 요즘 트렌드는 무료 강의를 많이 개최한 뒤, 강의 자료를 판매하는 식이니, 한번 시도해볼 수도 있다. 그 밖에 유튜브나 블로그, 인스타그램 등 SNS를 통한 각종 체험단 활동으로 부수적인 수입도 올릴 수 있다.

04

평생 부와 명예를 누리는 삶 준비하기

> 우리 세대의 가장 위대한 발견은 인간이 자신의 마음 자세를 바꿈으로서 삶을 바꿀 수 있다는 사실을 발견한 것이다.
>
> –윌리엄 제임스

2020년 2월부터 코로나19 전염병으로 인해 많은 오프라인 모임들이 영향을 받기 시작했다. 어느 누구도 예견을 하지 못했던 일이 벌어진 것이다. 물론 역사적으로 다양한 전염병이 창궐하여 인류의 경제활동에 해악을 끼친 적도 많다. 특히 1918년 발병하여 20세기에 가장 크게 유행했던 스페인 독감은 최고로 많은 사상자를 발생시킨 큰 사건으로 기록된다. 이번에 코로나19를 겪으면서 전염병이 우리의 삶을 어떻게 변화시키는가에 대해서 모두가 뼈저리게 느끼게 되었다.

코로나19로 인한 사회적 거리두기, 생활적 거리두기 등으로 외부 활동이 줄어들고 사람들이 모이지 않다보니, 경제가 위축되고 여러 회사는 물론 자영업자들도 경제적 어려움을 겪고 있다. 그러나 이런 위기 사항에서도 잘 견디는 방법을 연구하고, 적응해나가야 한다.

그런 적응력을 높이기 위한 연구가 바로 100세 커리어 연구와 맥을 같이 하고 있으며, 지속적인 독서모임인 '북터치하루독서'를 통해 만난 사람들이 큰 영향을 주고 있다.

결국 사람 사이에 전파되는 이런 바이러스들을 극복하는 것 또한 사람이다. 비록 오프라인 만남의 횟수는 줄어들었지만, 화상 회의의 횟수가 늘었으며 또한 다양한 SNS를 통한 만남과 소통이 더 많아졌다. 더불어 책을 읽는 시간이 늘어나면서 양서를 추천해주는 매체의 중요성도 커지고 있다.

책을 소재로 유튜브를 하는 사람들을 '북튜버'라고 부르는데, 북튜버 또한 현재 많이 늘어나는 추세이다. 또 요즘은 누구나 마음만 먹으면 저자 또는 작가가 될 수 있는 세상이다. 지속적인 SNS를 통한 교제, 그리고 계속 모임을 이끌어 나가면서 기획하는 훈련, 독서모임 참가와 각종 독서와 관련된 활동, 모닝 루틴을 설정하고 이를 반복하는 성공습관 들이는 훈련 등 다양한 방법들을 실행에 옮김으로 인해서 얻는 인사이트를 공유해 보고자 한다.

첫째, SNS를 통한 소통에 주저하던 태도를 오픈 마인드로 바꾸는 것이 100세 커리어를 만들어가는 세상에서는 도움이 더 많이 된다. 필자도 전에는 팔로워 수와 상관없이 혼자만의 SNS를 운영했다. 친한 친구 몇 명만 보는 채널을 운영한 것이다. 그런데 이런 채널은 사진을 저장하기 위한 서버와 같은 개인적 용도 이외에 다른 용도로 쓰이지 못한다는 것을 알게 되었다. 페이스북, 인스타그램, 블로그 등에서 내가 쓰고 싶은 글만 발행했다면, 이제는 보는 사람들 관점에서 콘텐츠를 만들기도 하고, 다른 사람들과 소통을 맺는 것을 주저하지 않고 운영했다. 그 결과 인스타그램에서 1천 명 넘는 팔로워가 생겼고, 페이스북에도 이웃 수가 200명에서 약 2,500명으로 증가했다. 또 매일 최소 300명에서 많으면 500명이 넘는 사람들이 찾는 블로그로 활성화되었다.

글을 한 번 발행하면 '좋아요' 가 1~2개 정도였는데, 지금은 많으면 100개 이상이 된다. 그렇게 많은 분들과 SNS를 통해 소통하며 인맥을 확장시키려 노력했다. SNS를 통해 맺은 인연들을 대하는 대화 팁이 있다. 이모티콘을 사용하는 것이다. 요즘은 귀여운 이모티콘이 무료로 출시되어 텍스트만 써서 댓글을 다는 것보다 적절한 이모티콘을 사용하여 모르는 사람들과의 소통을 쉽게 해 나갈 수 있다.

데일 카네기의 『인간관계론』이란 책에서, 사람을 다루는 기본 방법 첫 번째가 비판하거나, 비난하거나 불평하지 말라는 것이다[13]. SNS를 오래하면서 인맥 확장용으로 활용하고 있는 경우에는, 긍정적인 댓글과 꾸준한 '좋아요' 등 긍정적인 소통으로 모르는 분들과도 친근함을 표시하고 지속적인 선순환 관계를 맺어가는 것이 중요하다.

13) 데일카네기,『인간관계론』, 임상훈 옮김, 현대지성, 2019, p.40

둘째, 독서의 중요성은 아무리 강조해도 지나침이 없다. 남녀노소를 불구하고 누구에게나 좋은 인사이트를 줄 수 있고, 아무리 디지털 매체가 강조되는 첨단 미래 세상이 오더라도, 책을 통해서 다양한 분야의 지식을 습득하는 습관은 누구나에게 필요하다.

한 권이든 두 권이든, 트렌드를 알고 다른 사람의 사례를 통해 시행착오도 줄여나간다면, 시간과 비용을 절약하여 당신이 돈을 버는데 도움이 될 것이다.

도리스 메르틴 저서 『아비투스[14]』에 다음과 같은 구절이 있다. 부자들을 연구한 작가 톰 콜리가 부자와 가난한 사람의 독서 습관을 5년에 걸쳐 조사했는데, 콜리는 자산이 36억 원 이상인 사람들을 '부자'로 정의했다. 그런데 그들 중 88퍼센트가 하루 30분 이상 독서를 하며, 주로 전문서와 비소설, 위대한 인물의 전기를 읽는다고 했다. 가난

14) 도리스 메르틴, 아비투스(인간의 품격을 결정하는 7가지 자본), 배명자 역, 다산초당, 2020, p50

한 사람들은 훨씬 적게 책을 읽는데, 주로 머리를 식히기 위해 책을 읽는다고 분석했다.

독서를 실제로 해보니, 책을 통해 공통적으로 전하고자 하는 메시지들이 겹친다는 것을 알게 되었다. 결국 그 공통적인 메시지들이 부를 이루는데 도움이 되는 주요 방법이라는 것을 알 수 있었다.

셋째, 새롭게 형성된 SNS상의 인맥을 오프라인 상에서도 유지하여 마음이 통하는 사람들은 내 응원군으로 만들어라. SNS상에서 '인스턴트' 한 관계를 많이 형성하다보면 다소 무기력해지는 시기가 올 수 있다. 그럴 때 고정적으로 만남을 같이 하는 나의 응원군들이 생긴다면, 무기력감이나 외로움이 닥쳤을 때 지혜롭게 극복해 나갈 수 있는 힘이 생긴다. SNS의 힘을 무시하면 안 된다. 무시할 수도 없고 무시해서는 안 되는 시대이다. 더욱이 이런 코로나19 사태를 겪으면서 온라인을 통한 소통의 중요성은 더욱 증대되었다.

2020년 이후 삶에 대해 많은 걱정과 기대감이 교차하리라 믿는다. 하지만 이럴 때일수록 우리는 어려움을 극복하고 난 뒤의 광명에 대해 받아들일 준비를 하는 지혜를 발휘해야 한다. 성공에너지를 같이 공유하고, 만나고, 발전할 수 있는 곳. 과거에는 학교 같은 공간이었을지 모르지만, 더 이상 학교가 아닌 사회에서 지속적인 자기계발을 할 수 있는 그런 공간은 이런 독서모임과 같은 공간이라고 감히 말할 수 있을 것 같다. 내가 지속적으로 참여하고 있는 '북터치 하루독서'는 다양한 분야의 작가님들과 교제할 수 있는 좋은 만남의 장이다. 마지막 장에서, 꾸준히 참석하고 있는 독서모임의 장점에 대해 이야기해 보고자 한다.

05

경단녀 탈출의 원동력

> 무엇이든 성취할 수 있다는 자신감, 이러한 열의 없이 위대한 일이 성취된 예는 없다.
>
> -에머슨

외부 강사의 강의를 듣고 SNS를 자주 하다보면 삼삼오오 독서모임을 정기적으로 하면서 자기계발을 계속 해나간다는 그룹의 이야기를 자주 접하게 된다. 아이를 키우다보니, 한때 이런 독서모임은 나에게 사치라고 생각했다. 그래서 남의 일인 양 쳐다보지도 않았다. 그러다가 SNS에서 서로 소통하는 분들의 모임 사진들이 올라올 때마다 '나도 언젠가 참여하고 싶다.' 는 생각을 하게 되었다. 그 때가 2018년도 후반이었다. 행사를 주관하는 스태프에게 조심스럽게 문자를 보냈다.

“6세 아이가 한 명 있는데, 아이를 동반해서 참석해도 될까요?”

“아이가 지루해하지만 않는다면 괜찮습니다.”

이런 대답을 받았다. 어른들만 가야 하는 독서모임도 많이 있다. 그러나 내가 지난 2019년 3월부터 참석하게 된 ‘북터치하루독서’ 라는 독서모임은 아이를 위한 공간까지 배려를 해주었다.

하지만 첫 모임부터 나는 아이를 데려갈 수는 없었다. 흔쾌히 수락했더라도 보통은 아이를 동행하는 것은 예의가 아니기 때문이다. 친정어머님께 도움을 구하고 머나먼 여정을 시작했다. 아이를 친정집에 데려다 놓고 다시 1시간에 걸쳐서 서울로 이동했다. 그렇게 참석하러 가는 것만으로도 금새 녹초가 되었다.

몸은 피곤했지만 마음은 날아갈 것 같았다. ‘드디어 내가 이 자리에 와 있구나.’ 하는 성취감 때문이었다. 그리고 자기계발을 하기 위해 노력하는 사람들과 한 자리에서 같이 책을 읽고, 책에 대해 이야기를 나누고, 저자로부터 직접 이야기를 듣는 것 자체만으로 너무 행복했다.

벅찬 감동 때문에 어떻게 시간이 흘러가는 줄도 모른 채 독서모임에 빠져들었다. 그때의 감동을 내 블로그에 정성스럽게 올렸다. 이후기로 같이 있던 분들과의 시간을 다시 한 번 추억할 수 있다는 것에서 내 만족감은 배가 되었다.

그렇게 시간이 흘러, 다양한 저자님들을 만날 수 있게 되었다. 모든 후기는 내 블로그에 기록이 되어 있다. 저자님들과 '인증샷' 을 찍는 짜릿함도 일반인인 내가 독서모임을 통해 누릴 수 있는 호사였다.

그렇게 경단녀였던 나는 다시 사회에 발을 들여놓기 시작했다. 집에서 살림만하고 SNS를 통해 '저 세상은 남 세상이야.' 라고만 생각했던 세상에 내가 드디어 발을 들여놓게 된 것이다.

스스로가 즐거움을 만들고 기회를 만들어 나가는 것. 생각한 것을 행동으로 옮기지 않으면 아무런 소용이 없다는 것을 이 경험을 통해서 나는 또 한 번 깨닫게 되었다. 또한 이런 긍정적인 에너지를 가진 사람들을 정기적으로 만나서 서로의 안부와 생각을 묻고, 책에 대해 심도 있는 대화를 나눌 수 있다는 것은 인생에서 느낄 수 있는 짜릿한 경험이다.

'북터치 하루독서' 의 매력은 무엇일까?

우선 이런 모임에 나가려면 돈이 많이 든다고 생각하기 쉽다. 하지만 생각보다 참여비가 저렴하다, 그리고 알찬 프로그램으로 진행되는 만큼 책을 못 읽고 간다고 해도 크게 문제 되지 않는다.

막상 책을 사놓으면 다 읽고 가야한다고 생각하는데, 바쁜 일상을 지내다보면 책을 못 읽고 갈 때도 있다. 현장에서 7분 독서라는 몰입독서 시간을 제공하는데, 그 때 한 꼭지를 읽고 그 부분에 대해서 자유토론 3분 스피치를 해도 된다. 스피치는 발표라고 생각하면 된다. 그렇게 남들 앞에서 발표를 하는 시간을 갖는 것도 새로운 경험이고, 발표를 통해서 내 자신을 더 발전시킬 수 있는 기회를 얻게 된다.

가장 신나는 시간은 저자의 이야기를 듣는 시간이다. 참석자는 저자에게 자유롭게 질문을 할 수 있고, 저자는 서슴지 않고 질문에 대답을 해나간다.

매달 이런 모임을 갖게 되다 보니, 자연스럽게 독자와 저자의 갭이 줄어드는 느낌을 얻을 수 있었다. 저자들이 더욱 친숙하게 다가왔고, 나도 언젠가는 저자로서도 이 자리에 설 수 있지 않을까 하는 꿈도 꾸게 만들었다. 인생에서 단 한 번도 도전해보지 않은 꿈을 꿀 수 있는 기회를 얻게 된 것도 독서모임을 통해서였다.

2019년 3월부터 맺은 인연이 지금까지도 이어지고 있다. 이 자리에서 저자로서의 기회를 얻기 위해 또 한 걸음 도약할 준비를 하고 있다. 이 모든 것이 독서 모임을 통해서 얻은 기회라면 믿을 수 있겠는가?

아이를 맡기고서라도 참석했던 모임, 아이와 동행해서라도 꼭 참석하려고 했던 나의 열정. 그 열정이 하늘에 닿았던 것일까. 책을 쓰고 싶었던 나에게 기회가 왔다. 그 기회를 놓칠 수가 없었다. 다음으로 미루기에는 지금 이 순간이 너무나도 중요했다. 그래서 더욱 책 읽기를 멈추지 않고, 글을 쓰는 일을 멈추지 않고 있다. 경단녀의 타이틀을 떼고 보란 듯이 직업을 만들어내며 노력을 하고 있는 나에게 셀프 칭찬을 아끼지 않으려 한다. 집에서 아이를 키우고, 내조를 하는 엄마로서의 영광스러운 삶이 경력이 단절된 여성들에게도 계속 영광스러우려면 새로운 돌파구를 찾아야 한다. 그러기 위해서는 우리 엄마들도 육아 현실에 안주하지 말고 자신의 인생에서 활력을 찾을 방법을 강구하는 노력을 해야 한다. 필자가 독서에서 답을 찾아나갔듯이 말이다. '북터치 하루독서' 21회. 『왜, 손님들은 그 가게로 몰릴까?』의 남윤희 저자는 52세에 재입사를 해서 책도 쓰고, 유튜브도 하는 등 누구보다 더 다양한 행보를 이어나가고 있다. 남윤희 저자의 책에서 이 구절이 나에게 와 닿았다[15].

15) 남윤희,『왜, 손님들은 그 가게로 몰릴까?』, 바이북스, 2019, p.88

"여러분은 지금 누구 탓을 하며 주저앉아 있는가? 정치가 어때서, 경제가 어때서, 고객이 어때서, 이렇게 힘 빠지는 소리만 늘어놓고 있는가? 혹시 그렇다면 이제 모든 것을 내려놓고 스스로와 마주하기를 바란다. 그리고 변화하자고 스스로에게 말하자."

변화는 지금 이 순간 나 자신을 있는 그대로 바라보고 그 자리에서 일어나는 것부터 시작된다. 지금 여러분은 삶에 변화를 원하는가?

독서를 시작해보자. 새로운 100세 커리어를 만드는 출발점은 멀리 있는 것이 아니다. 안 되는 이유보다는 될 수 있는 방법을 찾아서 독서모임에 나오라. 성공에너지를 가진 사람들과 이야기를 나누고, 새로운 인생 제2막의 꿈을 그리고 이루기 위해 노력해나가자. 당신도 시작할 수 있다.

06

작은 승리를 통한 성취의 삶

그대가 할 수 있는 것, 아니면 할 수 있다는 생각이 드는 것이라도 상관없다. 그런 일이 있다면 바로 시작하라. 용기 속에는 그 일을 능히 할 수 있도록 하는 천재성과 힘, 마법이 모두 들어 있다.

-괴테

독서모임을 통해 바뀐 2020년의 삶을 구체적으로 이야기해 주는 것이 독자들에게 꿈과 희망을 동시에 줄 수 있다고 믿는다. 아줌마, 경단녀도 해낼 수 있다! 이 말과 함께 자신감을 가지고 하나씩 풀어 나가 보자. 그 중에서도 SNS의 활용과 독서의 힘은 강조에 강조를 거듭해도 그 끝이 없다.

SNS는 Social Network Services의 준말로 '사회관계망서비스'를 일컫는 말이다. 혹자는 시간이 많이 들고 남들이 자랑하는 것에 반응해줘야 하는 SNS를 왜 굳이 하느냐고 묻는다. 하지만 온라인에서 마켓을 운영하는 사람부터 심지어 오프라인 마켓을 운영하는 사람들까지도 SNS에서의 홍보 마케팅을 무시할 수 없다. 뿐만 아니라, 개인도 SNS를 통해 1인 브랜딩을 함으로써 수익을 올릴 수 있는 기회를 만들어 나갈 수 있다.

필자는 2019년까지만 해도 페이스북에서 맺은 친구가 200명이 채 되지 않았다. 그래서 2019년도에는 한 번 페이스북 친구를 2,000명 넘게 만들어보자는 재미난 목표를 가지고, 매일 일어나자마자 페이스북을 보는 것으로 하루를 시작한 적도 있다.

2년이 채 되지 않아 맺은 친구 수가 2,500여 명이 넘어갔고, 게시글을 올리면 1명 내지 2명 정도만 반응해주던 과거를 청산하고, 지금은 하나의 글에 많으면 200명 정도가 축하해주는 소통력을 이룩할 수 있었다.

그런 소통이 무슨 의미가 있느냐고 할 수도 있다. 그 질문에 대답을 하자면, 소통을 활발하게 하면 나에게 유리한 점이 많다는 것이다. 내가 책을 내거나, 온라인 쇼핑몰을 오픈해서 제품 홍보를 해야 할 필요가 있을 때 등 도움이 더 되면 더 됐지 안 되지는 않는다는 점이다. 그리고 팔로워들이 몇 만 단위로 올라가게 되면 완전한 인플루언서로 자리 잡게 되는데, 이 경우에는 외부에서 협찬을 받아서 진행하는 일들이 더 많아진다. 즉, 무슨 일을 하든지 간에 더 많은 기회가 열린다는 장점이 있다. 뿐만 아니라 유튜브의 경우 몇 만 팔로우를 가진 옆집 어머니격인 분들도 요리 영상으로 월 1백~3백만 원까지도 부수익을 낸다고 하니 유튜브 부수익을 통해 연금을 받고 있는 셈이다.

필자는 현재 1인 브랜딩을 성공시키기 위해 다양한 SNS를 활용하고 있다.

첫째로, 약선연구가로 성장하기 위한 소통기반을 구축하기 위해 2019년부터 네이버에서 운영하는 밴드를 만들어 운영하고 있다. 뿐만 아니라 인스타그램, 블로그도 병행해서 계정을 관리하고 있다. 밴드는 폐쇄형 SNS의 형태로 회원가입을 한 사람들끼리 이용할 수 있다. 그래서 조금이라도 관심사가 공통을 이루는 사람들이나 검증된 사람들이 모여 소통하는 장점이 있다. 반면 인스타그램, 페이스북과 같은 SNS는 개방형으로 누구나 콘텐츠를 볼 수 있어서 광고를 하기가 편하다는 장점이 있다. 블로그는 맛집 체험단, 그리고 네이버 애드를 통해 광고비용을 받음으로써 소소하지만 블로그 운영을 통한 수익도 올리고 있다.

둘째로, 습관형성 자기계발과 SNS 공부를 통한 새로운 직업인 SNS 강사로 거듭나기 위해, 인스타그램과 네이버 밴드 페이지를 운영하고 있다. 또한 수강생과의 창구로 활용하기 위해 카카오톡 채널을 이용 중이며, 추후에 유튜브를 통한 수익을 위해 SNS 수업 내용들을 바탕으로 한 동영상을 간단하게 만들어서 소통하는 유튜브도 운영 중이다. 수업을 받은 수강생들에게 학습한 내용과 관련한 유튜브 링크를 건네주면 수강생들도 복습하기 편하고 나 또한 유튜브 시청시간을 늘릴 수 있는 1타 2피 전략을 구사할 수 있는 셈이다.

셋째로, 경단녀 극복 프로젝트의 일환으로 시작된 공저 프로젝트에 참여도 하고, '북터치 하루독서'를 통해 인연을 맺게 된 대학원 교수님을 통해 대학원을 진학할 수 있는 버킷리스트도 달성할 수 있는 기회를 확보했다. 2015년부터 대학원 진학을 목표로 했는데, 학비만큼은 스스로 벌겠다고 다짐했었다. 그러나 생각보다 200만원 이상도 벌기 어려웠다. 하지만 지금은 경력을 놓지 않고 다양한 SNS 채널을 운영하면서 관련 자격증들도 취득하고 도전을 멈추지 않은 결과, 일이 늘어서 호황을 누리게 되는 결과를 만들어냈다.

'결과를 만들어내는 삶을 살자.' 라는 모토로 목표를 올 해 할 일, 3년 내 그리고 5년 내로 달성하고 싶은 일 등으로 세분화하여 쪼개었더니 그 목표를 달성해 나가기도 수월했다. 또 개인적으로 운영하는 블로그나 인스타그램, 페이스북을 통해 목표 달성 소식을 전하면서 축하받기를 반복하니 나 또한 작은 성취감이 누적이 되어 더 힘든 일들도 해나갈 수 있다는 자신감들이 생긴다. 더불어 좋은 점은 힘든 이야기보다 성장하는 긍정적인 이야기를 하는 사람이라는 인식이 외부에 심어지는 효과까지 생겼다. 그래서 과거에는 상상도 못 했던 외부 강의 요청도 많이 들어오고 있다. 내년에는 강의 일로만 순수 소득 400만 원 이상을 벌 수도 있을 것 같은 자신감이 벌써부터 생긴다. 그 밖에 도전하고 있는 온라인 마켓부터 SNS 운영을 통해 얻는 부수익, 각종 공모전에 도전함으로써 얻어내는 부수익, 저서를 발간함으로써 관련된 강의나 책 판매를 통한 부수익 등을 통해 100만 원 이상의 추가 소득을 내면, 월 500만 원도 벌 수 있는 기회가 충분히 열릴 것이라는 자신감이 생겼다.

0원을 벌던 삶에서 이제는 스스로 돈을 벌어 더 큰 목표를 위해 대학원 공부도 시작하고, 내가 번 돈으로 가족들과 여행도 가고 맛있는 것도 먹으면서 여유 있는 삶을 누릴 수 있는 생각이 상상에 그치지 않고 현실로 하나둘씩 이루어나가는 지금, 나는 더 이상 경력이 단절된 여성이 아닌 경력을 만들어 나가고, 앞으로 평생 동안 먹고 사는데 큰 걱정을 안 해도 되는 100세 커리어를 만들어나가고 있다고 생각한다. 다가오는 내년이 두렵지 않으려면 오늘 여러분은 어제와 다른 무언가를 시도하고 배워야 한다. 아인슈타인이 이런 명언을 남겼다.

'어제와 똑같이 살면서 다른 미래를 기대하는 것은 정신병 초기증세이다.'

그만큼 미래가 달라지기를 바란다면, 어제와 오늘의 삶에 변화가 있어야 하고, 그 변화는 앞날로 향하는 변화여야 한다는 것을 의미한다. 가장 쉬운 방법은 독서의 시작, 그리고 그 독서의 시작이 어렵다면 '북터치 하루독서'와 같은 독서모임을 찾아 방문해보는 것도 추천한다.

뿐만 아니라 SNS를 안 했던 분들이라면, 여러 종류의 것들 중 하나라도 익혀서 운영해보기를 추천한다. 요즘은 조금만 고개를 들어 주변을 둘러보면 무료 교육들도 많이 있고, 국가에서도 디지털 격차를 줄이기 위해 다양한 디지털 관련 교육들을 실시하고 있다. 이런 기회들을 놓치지 말고 과거의 내 스타일만 고수할 게 아니라, 새로운 트렌드들도 익혀보는 기회를 늘려나가기를 추천한다.

미래전략가 이성민 아나운서의 『작은 승리의 법칙』이란 책에서, 큰 승리를 위해서는 작은 승리들이 누적되어야 한다고 언급한 바 있다. 작은 승리를 여러 번 하면, 자신감과 성취감이 누적이 되어 어려운 일도 해낼 수 있는 힘과 내공이 쌓인다.

어느 서울대생의 학습 비법에 대한 유튜브를 시청한 적이 있었다. 아이들이 하루 학습목표를 20문제 풀기와 같이 정하는 것보다 5문제 풀기 식으로 총 4개로 쪼개면 20문제는 못 푸는 날이 많아 X 표시를 하는 횟수가 많은데, 5문제는 20문제보다 적게 느껴지니 ○표시를 하는 횟수가 늘어나고 그러면서 성취감이 생겨 훨씬 더 목표를 달성하기가 수월해진다는 것이 그 요점이다. 참 맞는 말 같다. 한 번에 많은 일을 하는 것보다 쪼개서라도 성취감을 끌어올리는 것을 목표로 하다보면 큰일도 어느 순간 완수해나가는 능력이 생긴다. 티끌 모아 태산이라는 속담처럼, 작은 성공들이 쌓여 큰 성장을 이룩해 나가는 비법인 동시에 당신이 원하는 원대한 꿈을 나이와 상관없이 이룰 수 있게 도와줄 것이다. 그 습관들이 혼자하기 힘들 때는 '북터치 하루독서' 그리고 100세 커리어 연구소와 함께 해 나가자.

P O W E R O F

“

나는 건강한 삶을 살고 싶다.
그리고 도전 속에서 피어오르는 내 자신과 마주 보면서
이런 말을 하고 싶다. “포기 하지 마, 지금도 충분히
잘하고 있어, 잘 될 거야. 할 수 있어.”

”

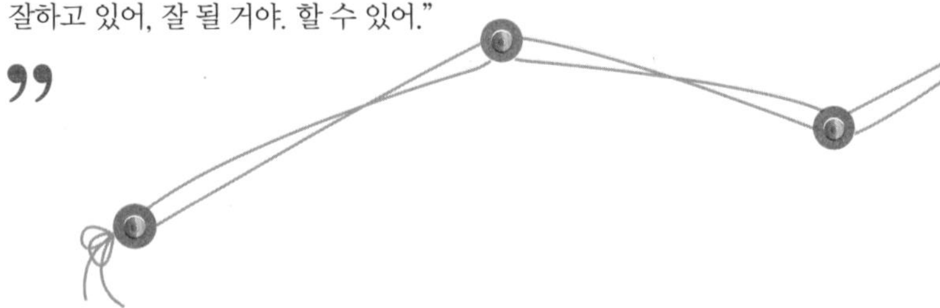

G R O W T H

Part 06

가슴 뛰는 삶을 도전하는 열정의 힘

김종민

01

돈보다 마음에서 흐르는 혈액 기부

> 우리는 일로써 생계를 유지하지만, 나눔으로 인생을 만들어 나간다.
>
> **–윈스턴 처칠**

"왜 이렇게 헌혈을 자주 하세요?"

너무 많이 들었던 질문이다. 누구나 헌혈을 자주 하면 어지럽지 않느냐는 질문을 한다. 나에게 한 번도 그런 증세가 일어난 적이 없다. 다만, 내 몸속에 혈관을 통해 주삿바늘로 혈액이 흐르면서 몸속에 뭔가 미세한 느낌이 있었다. 어지러움증은 아니다. 이것을 어떤 단어로도 표현하기가 애매하다. 헌혈 하신 분들은 그 미묘한 느낌을 다 안다.

헌혈을 처음 시작한 것은 2002년부터다. 무심코 헌혈버스에서 시작했고, 그 이후 헌혈의집에서도 동참했다. 왜 헌혈을 해야 하는지에 대해 궁금한 적은 없다. 내 혈액이 누군가에게 도움이 된다는 간호사의 말에 그냥 기부를 하고 싶었다. 헌혈 종류는 전혈(두 달에 한 번/10분 정도)과 혈소, 혈판, 지정헌혈(2주에 한 번/40분~1시간)이 있다. 처음에 두 달에 한 번 하다가 기다리기 아쉬워서 2주에 한번 하는 것으로 변경했다.

헌혈증으로 기부할 수 있다는 말을 듣고 깜짝 놀랐다. 그래서인지 더욱 더 헌혈을 자주 하고 싶은 의지가 생겼다. 2주가 될 때마다 헌혈의집에서 동참하고 헌혈증과 사은품을 받는다.

헌혈증은 지갑에 차곡차곡 모으고 사진을 찍어서 SNS에 공유하기도 했다. 사람들은 헌혈을 너무 자주 하는 게 아니냐는 말투로 나를 '흡혈귀' 라고도 했다. 헌혈을 자주 한다고 해서 건강에 해로운 건 아니다. 다만 사람의 신체 조건에 따라서 제한되는 경우가 있다.

아무나 할 수 있지만, 누구나 할 수 있는 것도 아니다. 헌혈할 때마다 상담실에서 피검사와 혈액측정을 받는다. 결과의 따라서 할 수 있는 권한이 있다. 무턱대고 할 수 있는 것도 아니다. 18년 동안 동참하면서 헌혈증을 기부를 했다. 그럴 때마다 심장이 두근거리면서 콩닥 콩닥 뛰기 시작했다. 이 헌혈증이 누군가에게 새 생명을 줄 수 있다는 생각 때문이다. 이를 계기로 장기기증과 조혈모세포 기증도 등록했다. 이 헌혈증으로 사람을 살릴 수만 있다면 누구든 헌혈동참을 하는 사람들이 많아질 것이다. 그렇다고 해서 한 번에 살릴 수는 없다. 지속적으로 혈액을 투입해야만 어느 정도에 선에서는 수명을 연장할 수 있다고 한다.

헌혈증을 찾는 사람들의 연락을 자주 받았다. 지인들이나 가족 친척 쪽에서 수혈을 해야 되는 급박한 상황이었다. 마음 같아서는 내 몸 안에 있는 혈액을 전부 기부하고 싶을 정도로 마음이 간절했다. 그런 분들의 마음을 알기 때문이다. 한때 나에게도 이와 같은 상황이 있었다. 바로 아버지 때문이었다. 당뇨병을 앓고 계신지 20년이 넘었는데 인공신장실에서 투석으로 겨우 생명을 보존해야만 했다. 그런 모습을 보면서 아들 입장에서 마음이 착잡하면서 어떻게든 당뇨를 완치해주고 싶었다. 현실은 그렇지 못했다. 누구나 아픔이라는 것이 다가올 때는 머릿속에는 까맣게 타들어가는 심정이 되곤 한다.

살면서 아프고 싶은 사람은 없다. 나도 마찬가지다. 그러기 위해서는 자신만의 건강관리가 제일 중요하다. 눈으로 보는 세상과 보지 못하는 세상 속에서 우리는 살고 있다. 겉과 속이 다르다는 표현도 가끔씩 한다. 우리 몸은 언제 아플지 예언할 수가 없다. 그리고 혈액이 언제 필요한지도 아무도 알 수 없다. 눈으로 보는 세상을 바라보고 싶다. 헌혈을 하면서부터 삶에서 귀중한 몸에 있는 혈액이 소중한 것을 알았다. 사람의 몸속에 있는 혈액을 기부해서 누군가를 살릴 수 있는 방법이 있다는 정보를 아는 것만으로도, 헌혈증이 필요하다고 연락이 온다면 바로 줄 수 있다.

지인들 중에 나를 통해 헌혈에 동참하고 헌혈증을 기부하는 분들이 종종 있다. 너무 감사한 일이다. 쉽게 할 수 있는 나눔은 아니다. 아직도 헌혈의 대한 안 좋은 인식이 인터넷에 떠돌고 있다. 전혀 관심 없는 헌혈을 어떻게 혈액이 급하게 필요한 상황에서만 찾게 만들게 하는지 헌혈하는 사람으로써는 아쉬움의 여운이 남는다. 헌혈의 소중함과 가치를 알게 된다면 누구나 헌혈동참에 참여하는 스스로의 발걸음이 가볍게 느껴지지 않을까?

사람은 누구나 자기 몸을 소중하게 생각한다. 기부는 작은 손길에서 손잡아줄 때 따뜻함을 느낀다. 손을 뻗을 때 뿌리치는 사람의 마음은 언젠간 다시 본인에게 되돌아온다. 손 내밀 때 한 손가락이라도 잡아주는 사람의 마음은 점점 커져가면서 손가락의 마디마디를 만나서 악수를 해주며 함께 나눔의 손길을 이어간다. 그 따뜻함 속에서 마음이 전달되고 서로와 서로의 연결이 만난다.

헌혈도 마찬가지다. 혈액이란 빨간색은 사람의 몸속에서 혈관을 통해서 다른 사람에게 전해주는 미묘한 액체이다. 혈액으로 삶을 살아가는 사람의 마음은 늘 사람의 작은 나눔의 혈액을 기다리고 있다. 혈액으로 새 생명을 간절하게 기다리고 있는 누군가에게는 목숨보다 더 귀한 선물이다.

살고 싶고, 살기 위해서, 살아가는 동안에 우리는 작은 실천 속에서 작은 나눔을 만난다. 그리고 그것을 기다리는 사람들과도 만난다. 어쩌면 기적이라는 것은 이미 알고 있지만, 쉽게 접할 수 없는 것이 아닐까? 하루하루 살아가면서 기적은 눈에 보이지는 않지만 지금도 어딘가에는 일어나고 있다. 18년 동안 헌혈하면서 제일 행복하고 뿌듯한 순간은 나로 인해서 함께 나누는 기쁨으로 헌혈증을 모아서 기부하는 사람들이 있다는 것이다.

인간은 나이가 들면 노화하고 언젠가는 세상을 떠난다. 나는 건강한 삶을 추구하면서 70세까지 건강하다면 헌혈동참을 하고, 마지막엔 장기 기증을 하고 생을 마감하고 싶다.

나의 최종 목표는 내 안에 있는 장기를 기증하는 것이다. 누군가 "꿈이 뭐에요?"라는 질문을 한다면, 나는 "죽기 전에 무엇을 하고 싶으세요?"라는 질문을 하고 싶다.

나눔이라는 단어는 아주 작은 모래알처럼 하나씩 모아서 탑처럼 쌓으면 한 덩어리의 돌처럼 기적이 생긴다. 내가 바라보는 세상에는 이런 돌처럼 반짝거리는 빛이 해맑은 미소를 띈 얼굴이었으면 한다.

작은 종이의 한 장이 생명을 살릴 수 있는 도구가 세상에 존재한다면 어떤 마음 감정이 생길까? 그건 바로 자기 자신에게 기적이 찾아오는 것을 알려준다. 그 기적으로 살아가는 사람의 마음을 전해주고 싶다.

02

체력의 터닝 포인트, 달리기

> 아픔은 피할수 없지만, 고통은 선택하기에 달렸다.
>
> -무라카미 하루키

처음 풀코스에 참가한다고 했을 때 사람들이 나를 미친놈으로 치부했다.

"어떻게 처음부터 마라톤을 풀코스부터 달릴 생각을 했니?"

내가 달리기 대회 참가한 첫 번째 코스는 풀코스(42.195km)였다.

마라톤 코스에는 기본적으로 4가지가 있다.

1. 풀코스(42.195km)

2. 하프코스 (21.095)

3. 10km

4.5km

난생 처음 달리기를 하는 사람들이 제일 걱정인 것은 '내가 5km 완주할 수 있을까?' 이다

그리고 달리기를 한 번도 안 해본 사람들이 말이 있다. '나도 달리기를 할 수 있을까?'

충분히 가능하다. 나도 했다. 그것도 풀코스를 완주 했던 초보 러너다. 체력이 좋아서 달리기를 시작한 건 아니다. 체력을 강화하기 위해서 어떤 운동을 할지 고민한 적이 있다. 달리기는 온전히 나와 대화하는 시간이 주어진다. 그 집중하는 시간은 누구에게도 구애받지 않는다. 내 자신과의 싸움을 시작하는 순간이다. 건강한 두 다리와 함께 온몸에서 나오는 땀을 만난다.

달리기를 배워본 적도 없고,훈련과 교육을 받아본 적도 없다. 그렇다고 해서 내가 마라톤 선수도 아니다. 그렇다면 어떻게 달리기를 시작했을까? 다들 궁금해 했다. 그리고 아주 결정적인 것은 첫 마라톤 첫 풀코스를 완주 했을 때 다들 놀라움을 감추지 못했다. 다른 사람이었다면 그것이 가능할까? 한다는 의지와 할 수 있다는 내 믿음이 있었기에 가능했다. 아무리 힘들다고 느껴지더라도 '포기' 라는 단어대신 '완주' 라는 단어만 내 머릿속에서 생각나도록 내 자신을

믿었다.

달리기를 2년 동안 하면서 사람들의 시선이 처음 했을 때와는 전혀 다르다.

"체력이 왜 이렇게 좋아졌니?"

"어떤 운동하니?"

이런 질문을 받았다. 당연히 나의 대답은 이러했다.

"달리기 하면 체력이 좋아집니다."

혼자 달릴 때도 있었지만 여럿이 함께 모여서 연습하고 대회에 참가하면 의미가 다르다. 함께 달리면서 완주하는 순간의 기쁨은 말로 표현할 수가 없다.

마라톤 완주를 버킷리스트로 정했다. 그리고 참가하기 위해서 일요일에 열리는 대회정보를 인터넷으로 검색해서 신청했다. 막상 신청하고 며칠 뒤에 배번표가 집으로 택배가 도착하면 가슴이 뛴다. 배번표를 달면 마라톤 선수인 마냥 기분이 들뜨면서, 당일이 되면 마음이 콩닥 콩닥 떨리면서 설렌다. 아무리 오랜 경력이 있다고 하더라도 마라톤 현장의 열기는 아직도 뜨겁다. 그 안에 내가 있다는 순간이 얼마나 가슴 뛰는지 경험하지 못한 사람은 알 수 없다. 경험하기 위해서는 현장을 찾는다. 만나기 위해서는 현장에서 발로 뛰고 땀도 흘려봐야 안다.

도로에 차만 달리는 게 아니다. 사람도 도로를 달릴 수 있는 것이 마라톤의 매력이다. 코스마다 다르지만 각종대회마다 열리는 코스가 있다.

1.여의도 나루역

2.뚝섬유원지

3.잠실종합운동장

이 3군데는 내가 2년 동안 마라톤하면서 달렸던 코스이다. 달리기를 만나면서 체력이 좋아졌고 15년 동안 마셨던 술을 하루아침에 끊었다. 이 말을 누가 믿을까? 그렇지만 사실이다. 가슴 뛰는 삶의 도전으로 한 청년의 인생이 바뀌기 시작했다. 말보다 행동으로 움직이고 그 움직임이 곧 경험이고 도전이다. '도전' 이란 살면서 해보지 못한 무한적인 경험을 실제로 직접적으로 몸으로 행동하는 것이다.

해보지도 않고 두려움을 의식하는 사람들이 있다. 해보기 전에는 아무것도 모른다. 달리기 전까지는 완주를 할 수 있을지 쓰러질지 예측 할 수 없다. 달려봐야 안다. 그리고 경험해봐야 안다. 아무리 눈으로 본다고 알 수 없다. 다른 사람이 완주를 했더라도 내가 하지 못하면 알 수 없다.

누구의 말보다 내 자신을 믿는 것이 중요하다. 선택도 내가 하는 것이고, 과정의 결과도 내가 선택한 곳에서 이루어지는 것이다. 자만하지 말아야 한다. 실수해도 괜찮다. 다시 시작하면 되고, 다시 일어나면 된다. 달리기는 누구를 이겨내는 운동이 아니다. 나를 만나는 달리기 여행이라고 생각하고 그 여행을 즐긴다고 생각하면 된다. 그 여행 속에서 나와 다른 사람들도 함께 즐기면서 그 사람만의 세계를 누린다. '피할수 없다면 즐겨라.' 라는 말이 있듯이 나는 즐기는 달리기를 만났다.

내가 가고자 하는 방향이 느리더라도 포기만 하지 말자. 느린 거북이라도 빠른 토끼처럼 상대를 보면 결국 지게 되고, 목표를 보고 달리던 거북이처럼 뒤도 보지 않고 목적지까지 서슴없이 한곳에 집중하면 결국 자신이 선택한 결과를 만나게 된다. 달리기도 마찬가지다. 혼자 하더라도 팀을 부러워하지 말고 나에게 집중하면서 그 순간의 모습을 기억하라. '나' 라는 사람이 왜 이곳에서 달리기를 하는지 그 이유를 알기 위해서는 그 순간의 모습을 즐기면 된다.

자신의 인생에서 터닝포인트의 종목을 만들어 보자. 그 순간 자기 위치가 얼마나 소중한 가치가 있는지 깨닫게 된다. 나의 체력 포인트는 달리기를 통해서 많은 변화를 가져왔다. 만약 달리기를 안 했더라면 어떤 운동으로 했을지는 상상이 안된다. 땀과 호흡이 만나고 건강한 다리를 튼튼하게 해주는 것은 물론이고, 정신적으로 삶속에서 느껴지는 희열을 보듬어주고 있다. 내가 달리기를 좋아하는 이유는 목적을 향해서 도달하는 순간의 과정이 인생을 비유하면서 거쳐가는 단계마다 무엇인가를 배울 수 있는 작은 도구를 만나서 한 층 한층 탑을 쌓는다면 기적 같은 삶을 만날 수 있기 때문이다.

03

나는 아직도 가슴 뛰는 삶에 도전한다

> 당신은 살아 있다. 행동하라. 인생의 과제와 윤리적 책임은 그리 복잡하지 않았다. 완전한 문장이 아닌 몇 단어로도 표현할수 있다. '보아라. 들어라. 선택하라. 행동하라.' 처럼
>
> –바바라 홀

'도전' 에는 유통기한이 없다. 무기한이다. 행동이 멈추는 순간에도 시간(시, 분, 초)은 365일 돌아간다. 33살 전까지만 해도 그냥 돈을 벌고 싶어서 12시간씩 일을 했다. 몸이 어떻게 되든 간에 돈부터 벌고 싶었다. 그리고 술도 마시면서 사람들도 소통하고 싶었다. 나는 사람들을 좋아한다. 어떻게 하면 사람들과 슬기로운 소통을 나눌 수 있을까? 꼭 술을 마셔야 소통이 가능할까?

도전하는 맛의 촉감은 입맛에서 나는 것이 아니라 행동에서 나온

다. 그리고 온몸에서 표출하게 만든다. 경험하지 않은 것도 한번쯤은 도전하는 것도 본인의 재능이고 선택이다. 무조건 도전 하는 것이 아니다. 도전의 폭은 넓은 사막에서 해쳐나가는 것과 똑같다고 한다.

사막에서 살아남기 위해서는 어떻게 해야 할까? 한 번도 사막에서 달린 적은 없지만 실제로 사막마라톤대회가 있다. 『사막을 달리는 간호사』라는 책이 있다. 저자는 남자 조무간호사로서 사막마라톤에서 완주를 했던 경험자이다. 만난 적은 없지만 페이스북에서 '페친'으로 연결되어서 가끔씩 브런치에 글을 올리면서 페이스북에 공유한다. 나와 비슷하게 가슴 뛰는 삶의 도전 속에서 생존 방식을 뛰어넘고 있다.

이처럼 각자 살아가는 방식에 따라 '도전' 이 나의 삶을 바꿀 수 있다.

헌혈동참을 하고 마라톤을 시작하고 새로운 도전을 만났다. 나는 아직도 가슴 뛰는 삶을 도전하고 있다. 일러스트, 정리수납 및 가구배치, 유튜브, 영상촬영과 편집, 작가 되기, 연극배우 등등. 앞으로 어떤 도전을 할지는 예상할 수가 없다. 어떤 종목을 선택을 콕 찍으면 시작하는 것이 우선이다. 처음부터 시작하기 어렵겠지만 처음부터 잘하는 사람은 없다. 배우면서 기본기부터 시작한다. 세상이 변했다. 지금은 자기 브랜드를 확장하면서 성장하는 시대다. 직장보다는 취미를 직업으로 삼는 시대가 찾아온다.

그중에서 지난 3월부터 시작한 알바가 있다. 바로 정리수납과 가구배치 작업이다. 지난 2월 말에 코로나로 권고사직 되었다. 마침 지인이 정리수납 및 가구배치 알바를 함께 하자는 제안을 했다. 처음 하는 일이지만 하다보면 익숙해질 거라는 긍정 하에 시작했다. 공간 컨설팅 전문가도 있었다. 내가 하는 일은 가구배치 담당이었다. 한마디로 가구이동 배치(조립, 분리, 쓰레기 버리기 등등)를 7개월째 하다 보니 구조가 뚜렷하게 보이기 시작했다. 매일 가구배치 하는 게 아니라 가끔씩 남자가 필요할 때만 일이 있는 터라, 불러준 것만으로도 감사했다. 어떤 도전이든 시작하기 전에는 모른다. 과정의 ing는 진행 중이다. 그리고 마지막 결과는 땀범벅이가 된 보상을 받는다.

지금은 새로운 가슴 뛰는 삶의 도전을 향해서 발판을 딛고 그 과정을 하나씩 하나씩 올라가고 있다. 오르막길도 있고 내리막길도 있다. 오르막길에는 헉헉대면서 거친 숨소리에 의지한다. 내리막길을 만났을 때는 언제 거친 숨소리를 냈는지 잠시 까먹는다. 그만큼 오르막보다는 내리막이 반가울 뿐이다. 그렇다고 해서 내리막만 좋을

순 없다. 오르막이 있어야 내리막이 있다. 그것이 인생의 순리이다.

'작가' 라는 타이틀도 나에게는 큰 도전이다. 한 번도 글을 쓰고 싶다는 생각을 해본 적이 없다. 어정쩡하게 몇 자 쓴다고 해서 그게 실력이 좋을 순 없다. 여러 작가들을 통해 배운 지식은 독서를 하는 것이다. 베스트셀러 작가로 유명한 분들의 공통점은 꾸준하게 지속적으로 메모와 독서를 하고 리뷰를 기록하는 것이다. 책만 보면 졸던 청년이 어떻게 '작가' 라는 획기적인 도전을 했을까? 글을 쓰고 책을 출간하고 싶은 사람들이 많아지고 있다. 작가 외에도 여러 타이틀에 도전을 진행하고 있다.

현재 극단에서 연극 활동을 하고 있다. 언제부터인가 무대에 오르고 싶다는 크나큰 욕심이 생겼다. 아직 데뷔작품은 없지만(지금은 연극두편 찍음) 자신감을 가지고 내가 맡은 역할에 충실히 임하고 있다. 나와 다른 캐릭터를 소화하고 그의 맞은 감정이입을 한다는 것도 쉽지 않다. 과연 나와 다른 캐릭터의 마음 감정은 어떤 기분일까? 언젠가는 작품을 통해서 인사드리고 싶은 작은 소망이 있다.

나는 스스로 독학을 하면서 배우는 것도 좋아한다. 이를테면, 유튜브 채널을 운영하면서 따로 교육과 컨설팅을 받아본 적이 없다. 그렇다고 해서 장비를 구입해서 활용한 것도 아니다. 장비라곤 스마트폰과 미니 삼각대가 전부이다. 내 방식대로 내가 원하는 촬영을 하여 편집하고 업로드한다. 컴퓨터나 노트북 대신 스마트폰 어플로 작업을 한다. 영상공부도 유튜브 채널을 활용했다. 유튜브에 나온 내용을 보고 손으로 만지작거리면서 나만의 색깔에 맞혀서 하는 편이다. 그렇게 구독자는 많지는 않다. 그렇다고 해서 급하게 갈 마음도 없다. 느리더라도 포기 하지 않으면 될 수밖에 없는 순간이 생긴다.

다양한 도전 속에서 깨달은 점은, 너무 급하게 직진하면 급경사를 만날 때 급브레이크를 밟은 순간에 넘어질 수 있다. 방향과 속도를 페이스조절에서 안정감 있게 유지하면 어려움이 있더라도 대처방안을 강구 할 수 있다. 때로는 위기가 닥쳐올 수도 있고 기회도 만난다. 그렇다고 해서 두려워하지 마라. 실패했다고 해서 인생이 끝난 것은 아니다. 다시 시작하면 된다. 인생의 주인공은 바로 '나' 자신이다. 누가 대신 살아주지는 않는다.

나는 건강한 삶을 살고 싶다. 그리고 도전 속에서 피어오르는 내 자신과 마주 보면서 이런 말을 하고 싶다.

"포기 하지 마, 지금도 충분히 잘하고 있어, 잘 될 거야. 할 수 있어."

04

헌혈러너보이,
피와 땀이 만났다

> 천재는 1퍼센트의 영감과 99퍼센트의 땀으로 되는 것이다.
>
> –에디슨

연결고리의 기적은 한 청년의 인생을 바뀌게 만든다. 생각해 본 적도 없었던 기부를 통해서 사람들에게 나눔을 행하고, 달리기를 만나서 체력이 좋아지고 있는 기적이 생긴다. 한 가지 공통점은 '건강' 이란 키워드이다.

학창시절, 나의 아버지는 당뇨합병증으로 인공신장실에서 투석을 하고 계셨다. 일주일에 4시간동안 이틀에 한 번씩 병원에 다니면서 12인승 차 뒷좌석을 개조해서 파지를 모으는 일을 하셨다. 아프신 분이 어떻게 그런 일을 할 수 있느냐고 하겠지만, 아버지는 꿋꿋하게 새벽 5시에 집을 나섰다. 한번은 새벽에 병원에 모셔다 드리려고 함께 운행을 한 적이 있다. 그 날도 투석하는 날이었다. 20분 거리였다. 병원에 도착한 지하 주차장에 주차를 하고 파지 모아놓은 곳에 가보니 수북하게 쌓여 있었다. 그리고 그것을 습관처럼 차로 옮겨 실어어만 했다. 아버지는 아침 7시에 투석실에 들어가신다. 그때까지 파지를 다 싣고 나서 편의점에서 김밥으로 식사를 대충 때우신다. 함께 온 아들은 컵라면으로 배를 채운다. 그리고 아버지는 인공실 투석실에서 4시간동안 혈액투석을 하신다. 얼마나 고된 시간을 자기 자신과의 싸움에서 혈투를 벌였을까?

아프고 싶은 사람은 절대로 없다. 다들 건강한 삶을 살고 싶어 한다. 한때 이런 생각을 한 적있었다.

'아버지처럼 살고 싶지 않다.'

왜 그런 생각을 했을까? 아버지는 술을 좋아하셨다. 나만큼 술을 좋아하셔서 내가 학창시절에 술 때문에 부부싸움도 한 적이 있다. 보는 내내 가슴이 아프면서도 저렇게 드시다가는 건강에 해롭지 않을까 하는 생각을 했다. 결국 내 생각이 현실이 되어 버렸다. 아버지는 자기 몸이 좋지 않다는 것을 알고 술을 끊으셨지만, 담배만은 끊지 못하셨다.

나는 현재 담배와 술을 하지 않는다. 담배는 원래 안피었지만, 술은 2018년 10월에 끊었다. 술을 끊은 결정적인 이유는 건강하고 싶었기 때문이다. 15년 동안 마셨던 술을 어떻게 한 번에 끊을 수 있을까? 다들 놀라면서 궁금해 한다. 나 스스로도 내가 그렇게 결단력이 있다는 것이 놀라웠다. 건강하기 위해서는 뭐든지 할 수 있다는 내 믿음이 있었기 때문일까? 아니면 아버지의 아픈 모습을 보았기 때문이었을까?

내가 건강 할 수밖에 없는 이유는 두 가지이다.

한 가지는 헌혈동참을 한 것과 마라톤을 시작한 것이다. 이 두 가지가 없었더라면 지금 나란 사람이 이 자리에 있을 수 있을까? 현재 헌혈은 140번 이상을 하면서 헌혈증을 기부를 하고 있다. 그리고 마라톤을 첫 풀코스를 완주하고 나서 또 다른 목표가 생겼다.

마라톤 코스별 완주 버킷리스트

생각만 해도 가슴 뛰는 삶의 도전이 아닌가? '버킷리스트' 라는 단어도 난생 처음 맞이하면서 나에게 의미 있는 시간을 만들어 주고 있다.

하나씩 하나씩 쌓다보면 보이지 않는 게 눈으로 보일 때도 있다. 보이지 않는 것이 보일 때는 희망의 기적을 만난다고 한다. 기적은 눈에 보이지 않은 곳에서 빛을 발한다.

누구와 경쟁하기 위해서 달리는 게 아니다. 내 자신의 희망과 내가 가고자 하는 길을 걷는 또 다른 나를 발견하기 위해서 달리는 시간 여행이 마라톤이다. 달리는 사람들의 공통점은 각자 달리는 속도가 정해져 있다는 점이다. 그리고 완주하는 목적도 다르다. 나도 마찬가지다. 달리기를 하면서 변화된 모습을 몸속 깊은 곳에서 보이기 시작했다.

땀을 흘리고 거친 호흡을 하면 내가 살아 있다는 느낌이 든다. 또 달리면서 가끔 하늘을 쳐다보면 나도 모르게 과거를 회상하는 현상이 일어난다. 그러니 나를 되돌아보게 만드는 달리기를 어찌 그만둘 수 있는가?

나의 숨소리가 연결고리가 되어 다른 사람들에게도 이어진다. 점들이 만나서 점점 가까워지면 선이 생기면서, 매끈하고 튼튼한 연결선이 완성된다. 그 줄을 잡을 듯이 나는 지평선을 향해서 달리고 싶다.

완주는 끝이 아닌 새로운 길을 안내해주는 네비게이션이다. 목적지에 도달하면 또 다른 길을 안내해준다. 다만 사람은 건강한 두 다리라는 도구를 이용한다.

1년에 24번의 헌혈 동참 및 헌혈증 기부

헌혈 동참을 하면서 한 가지를 기획하고 싶었다. 헌혈 릴레이 프로젝트이다. 혼자가 아닌 함께 나란히 헌혈하면서 헌혈증을 기부하고 싶었다. 함께 해야 더 따뜻해진다. 101번째부터 130번까지 하겠다는 목표가 생겼다. 1년에 24번까지는 헌혈이 가능했기 때문이다. 그게 과연 가능한가지 궁금해 하는 사람들도 있지만, 한 마디로 충분히 가능하다. 나에게는 이미 1년에 24번의 헌혈동참을 해왔던 기록이 있다. 그 누구보다 헌혈동참에 애착심이 강했기 때문에 내 몸속에 있는 혈액이 사람의 생명을 살릴 수 있는 기적을 바랄뿐이다.

스스로 이런 질문을 해본다.

"죽기 전에 하고 싶은게 있나요?"

나는 하고 싶은 것이 딱 하나 있다. 내 몸 안에 있는 장기를 전부 기증하고 죽고 싶다는 것이다. 언제 죽을지는 모르지만 나도 모르게 그런 생각을 했다. 내가 죽으면 살덩어리는 불타 없어지지만, 장기를 누군가의 목숨을 살린다. 그렇게 하면 내가 다시 태어나는 것이니, 내가 죽기 전에 꼭 장기를 기증하려 한다. 그러기 위해서 내 몸을 소중하게 관리하면서 나이가 들어서도 체력 관리를 할 것이다.

'헌혈 하면 김종민, 달리기 하면 김종민. 헌혈계의 기부청년, 러너

계의 도전하는 청년.' 이런 말을 자주 들으면서 다양한 도전을 시도하기 시작했다. 달리기를 포함해서 걷기대회도 처음 참가했다. 춘천에서 열리는 무박2일 100km 걷기 대회에서 무사히 완보했다. 그 이후에 종로구에서 열린 3.1절 기념 130km걷기대회(코로나로 인해서 코스는 103km로 단축되었다)에서도 완보를 했다. 짧은 코스는 42km, 20km를 완보를 했다.

내가 선택한 도전은 포기 하지 않았다. 가슴 뛰는 도전을 하고 싶었다. 그 도전 속에서 내가 거쳐가야 할 과정을 하나씩 하나씩 만들어가면서, 배운 경험을 바탕으로 도전을 두려워하는 사람들에게 동기부여를 만들어주고 싶다. 살면서 포기하고 싶은 순간이 분명히 찾아온다. 그것을 결코 무서워하지 말고 다시 한 번 리셋해 보자. 실패했다고 해서 그만두지 말고 다시 시작하면 된다. 삶의 주인은 바로 '자신' 이다. 누구의 허락보다는 내 자신의 허락 이 중요하고, 그것을 실천하기 위해서는 실행하는 것이다. 결과는 과정을 어떻게 하느냐에 따라서 결정된다.

05

코로나 덕분에 얻은 기회

> 매일밤 잠이 들 때 ,나는 죽는다. 다음 날 아침 깨어날 때, 나는 다시 태어난다.
>
> –마하트마 간디

지난 2월말에 코로나가 터지고 나서 어쩔 수 없이 권고사직을 당했다. 그러면서 자연스럽게 직장인에서 프리랜서가 되었다. 한번쯤은 그런 생각을 한 적이 있다.

'나도 프리랜서로 활동하고 싶다.'

혼자만의 중얼거림이 현실이 되었다. 직장을 잃는다는 건 슬픈 현실이지만, 또 다른 기회가 찾아올 것이라는 예시이기도 하다.

'쥐구멍에도 볕 들 날이 있다' 라는 속담이 있다. 몹시 고생을 하는 삶도 좋은 운수가 터지 날이 있다는 말이다.

어느 날, 백수가 된 나에게 기회가 찾아왔다. 그것도 한 개가 아닌 두 개씩이나. 한 가지는 정리수납과 가구배치 작업이었고, 또 한 가지는 새벽알바였다.

코로나19 확진자가 생기면서 낮에 활동하는 것보다는 다들 잠자는 야간에 활동하는 게 더 낫다는 생각을 했다. 코로나19 덕분에 지인의 소개로 밤샘알바를 시작했는데 킥보드 수거와 배치였다. 요즘 들어 자전거보다 킥보드를 타는 사람들이 많아졌다. 그래서인지 수량이 많아지면서 수입도 짭짤하다.

밤샘알바로 낮과 밤의 패턴이 바뀌면서 일상의 변화가 찾아왔다. 복잡한 아침 출근시간에 여유로움이 갑자기 생긴 것이다. 남들의 출근시간이 나에게는 퇴근시간이 되었다. 아침 6시나 7시에 퇴근하면 다른 사람들은 출근하면서 하루를 시작한다. 나는 저녁 9시에 하루를 시작한다. 밤샘을 하다보면 낮에 볼 수 없었던 광경을 목격하면서 더러 놀라기도 한다.

새벽 4시 30분에서 새벽 5시 30분 사이에 가산디지털역이나 남구로역을 지나다보면 인력사무실에 일자리를 찾는 사람들이 대기를 하고 있다. 그것을 본 순간 깜짝 놀랐다. 새벽 시간에 일자리를 찾는 사람들이 이렇게 많을 줄이야! 대기를 하면서 순번을 기다리고 있다가 차량이 도착하고 자신의 이름이 호명되면 차량의 탑승해서 일터로 이동한다. 한국사람 보다는 중국인분들이 많다. 한번은 이렇게 물어본 적이 있다.

"혹시 어디로 일하러 가시는 거예요?"

"저도 잘 몰라요."

알면서도 모른 척 할 수 있다. 아니면 말을 하기 싫을 수도 있다.

어쨌거나, 새벽에 일할 수 있는 기회가 어쩌면 또 다른 나를 만나는 여행일 수 있다. 꼭 멀리가야 여행이라고 생각하지는 않는다. 새로운 사람들과의 만남 속에서 사람 향기를 기다는 것도 여행이다. 요즘 같은 시기에 조심해야 한다는 뉴스속보를 들으면서 마음이 심란하지만, 기회를 잡으면 언젠가는 극복할 수 있다는 말을 라디오에서 들었다.

코로나19가 언제 사라질지 아무도 모른다. 만약 사라진다면 일상의 소중함을 그 누구보다 감사하게 생각할 것은 우리 자신이다.

'나' 라는 사람이 변화하기 위해서는 어떻게 해야 할까?

마스크 착용이 이제는 일상이 되었다. 마스크를 착용하지 않으면 의심쩍은 시선이 쏠린다. 완전히 세상이 변화되면서 오프라인에서 온라인으로 접어들이 시작했다. 그래도 나는 온라인보다는 오프라인 속에서 살고 있다.

'기회' 라는 것은 기다리는 게 아니라 타이밍을 잡는 것이다. 2020년이 두 달 정도가 남았다.

최근에 버킷리스트를 이룬 적이 있다. 연극무대에 올라가는 게 또 하나의 도전이었다. 한 번도 연기를 해본 적이 없는 나에게 기회가 생겼다. 이것을 뿌리치고 싶은 생각이 없어서 무작정 시작했다 .처음에는 '대사를 못 외우면 어떻게 하지?' 하는 걱정으로 막막해지기도 했지만, 무대 올라가기 전에 리딩부터 시작하면서 하나씩 단계를 밟았다. 그리고 대사 연습을 상대방과 함께 호흡하다 보니, 자연스럽게 그런 상황에 몰입할 수 있었다.

'그래, 연습만이 살 길이야!'

몇 개월 동안 연습을 거듭하는 동안 또 다른 기회가 찾아왔다. 후속작품을 또 하게 된 것이다. 이 얼마나 가슴 떨리는 순간인가! 나도 모르게 환호성을 질렀다. 그리고 데뷔작품의 계약서에 싸인을 했다. 그토록 기다렸던 연극배우라는 타이틀을 얻었다. 열심히 한 사람에게는 분명히 기회가 찾아온다. 급할수록 천천히 가라는 말이 있다. 너무 성급하게 달려가면 있는 자리도 도망을 간다. 나는 성격이 급하다. 운전할 때도 급격하게 달려서 사고를 낸 적이 있었다. 그래서 운전을 하는 걸 꺼려했다. 가끔씩 할 때는 조심스럽게 하려고 노력한다.

예전과 다르게 내가 많이 바뀌었다는 말을 자주 듣는다. 한 가지에 집중을 하면 그것을 몰입하는 게 습관이 생겼다. 책을 읽지 않던 사람이 갑자기 책을 읽고 글을 쓰고 작가가 된다? 그게 말이 될까? 하지만 현실이 되었다. 현재 글을 쓰고 작가가 되기 위해서 준비를 하고 있다. 무엇이 나를 바뀌게 만들었을까? 책만 보면 잠을 자던 것이 엊그제 같은데, 지금 생각해보면 믿을 수 없는 일이 생기고 있다.

다만 '믿는 도끼의 발등 찍힌다.' 라는 말이 있듯이, 내 자신을 믿으면서 내 스스로에게 배신을 하지 않기를 바라고 있다.

어떤 일을 시작하기 전에는 두려움을 안고 '내가 이것을 할 수 있을까?' 라고 생각한다. 그렇지만 두 번째 했을 때는 한번 시작한 덕분에 안심을 할 수 있다. 기회도 마찬가지이다. 한번 기회를 놓쳤다고 해서 찾아오지 않는 게 아니라. 다른 기회를 만날 수 있다. 그것을 어떻게 활용하거나 어떤 방법으로 받아드리는가에 따라서 달라진다. 내가 해보지 않는 것을 경험하는 것은 어쩌면 내 인생에서 그것을 만나기 위한 하나의 작은 습관의 일부가 아닐까? 나는 오늘도 기회를 얻기 위해서 도전을 하고 있다.

06

독서의 끝, 책쓰기

글쓰기는 재주만으로 하는 일이 아니다. 논리의 완벽함과 아름다움을 추구하는 고집, 미움 받기를 겁내지 않는 용기가 있어야 한다.

–유시민

2020년 기준으로 독서모임에 참석한지 2년이 넘었다. 그곳에서는 다양한 사람들을 알게 되면서 '책'이란 공통성을 교류하면서, 지식과 '독서'라는 배움을 깨닫게 해준다. 바로 한 달에 한 번씩 넷째 주 목요일에 진행하는 북터치 하루독서 모임이다. 다른 독서모임과 다르게 여기는 한 달에 한 번씩 도서를 선정해서 작가를 초청해서 그 책을 3분 동안 읽고 토론하는 '7분독서'를 진행한다. 그리고 7분후에는 한 사람씩 돌아가면서 읽은 부분과 챕터를 자기만의 생각과 느낌을 발표를 한다. 이후 작가와 함께 북토크를 진행한다. 궁금한 사항을 포스트잇에 적어 주면, 운영진과 함께 질문의 관한 내용을 답변해주는 방식이다.

그러다보니 여러 가지 생각들이 교차하면서 내가 몰랐던 책의 메시지를 알 수 있다. 또 한 가지는 투표를 통해서 VIP를 선정해 후원 선물을 증정하는 순서가 있다. 오늘 하루 어느 분이 리더로서의 자질이 있는지를 선정하여 소중한 시간 속에서 하는 이벤트이다. 선물을 준비하는 사람은 김PD라는 청년인데, 헌혈동참과 마라톤에서 받은 사은품으로 이곳에 기부를 하고 있다. 누가 시키지도 않았는데 이런 나눔을 기꺼이 해내는 사람이다. 사은품은 그다지 특별하지 않다. 크기와 상관없이 작은 것이라도 주는 마음의 정성이 담겨져 있다. 돈의 값어치 보다는 선물을 준비하는 마음이 중요하다. 선물을 준비하는 사람은 받는 사람의 환한 미소를 보면 얼굴의 화색이 돈다. 북터치 하루독서는 그런 곳이다.

독서모임을 통해서 삶의 일부분이 바뀐 청년

한 달에 한번 책을 읽었을 뿐인데, 인생이 바뀌고 삶의 일부분이 바뀐다?

누가 들으면 허풍이라고 생각할지도 모른다. 그것을 경험한 나는 현실로 받아들이고 있다. 한 달에 한 번 색다른 콘텐츠의 작가들을 만나서 책을 읽고 리뷰를 SNS에 기록한다. 이것을 본 지인들은 한 번 참석하고 싶다는 댓글을 달고 초대를 해준다. 책을 관심 있는 사람은 누구나 참석할 수 있고, 책의 관심이 없다고 하더라도 어떤 모임인지 궁금해 하는 사람들도 있다.

나는 학창시절, 수업시간만 되면 책을 보다가 잠만 자던 학생이었고, 공부도 지지리도 못했다. 중학교 졸업식 날에 더 이상 학교를 다니고 싶지 않았다. 돈을 벌고 싶었다. 그렇지만 고등학교 과정은 마쳐야 한다는 부모님의 뜻에 따라 어쩔 수 없이 고등학교를 다녔다. 공업고등학교를 다니면 3학년 후반 무렵에 실습하는 시간이 생긴다. 학교가 아닌 사회로부터 발을 디딜 수 있는 기회가 주어진다. 그리고 졸업식 날에만 학교에 오면 된다. 시간이 흘러서 고등학교 전공을 무시하고 다른 일을 하고 싶었다. 군대 가기 전까지는 알바를 하면서 생활을 했다. 21살 때 입대를 하고 23살 때 전역을 했다. 군대에서도 재미있는 에피소드가 있었는데, 그 이야기는 '작가와의 만남' 을 통해서 전해주고 싶다.

책을 처음 접하게 된 계기는 2017년이다. 다른 모임에서 알게 된 형님이 독서모임을 운영하고 있다는 소식을 듣고 한번은 참석하겠다고 했다. 그날이 목요일이었다. 퇴근시간에 맞추어 진행하기 때문에 시간이 얼추 맞출 수 있었다. 내가 처음 참석한 날 선정된 책은 이미향 작가의 『당신이 스토리텔링이다』였다. 이미향 작가는 하루 독서의 멤버이기도 하고 강연자이자 작가이다. 이를 계기로 한 달에 한번 씩은 독서모임의 참석하기로 굳게 약속했다. 살면서 사람의 인연은 누가 만들어가는 것이 아니라, 내가 스스로 그 사람과의 관계를 형성하면서 꽃이 피듯이 향기로운 사람의 마음을 들여다보는 것이다. 때론 사람 관계 과정에서 피치 못할 사정의 관계도 일어난다. 그것을 받아들이면서 또 다른 사람의 인연을 만난다.

2년 동안 이미향 작가님를 북터치에서 알고 지내면서 배울 점은 책에서 메시지를 강력하게 남겨주셨다. 아니라 다를까, 누구나 책을 쓰고 싶은 이유가 명백하게 드러나 있었다. 그리고 그 분들의 삶이 바뀐 이유가 책속에 고스란히 적혀 있다. 누구나 힘든 시절의 과거는 있다. 돌이킬 수 없는 세상 속에서 삶을 바뀌고 싶다는 외침이 어느덧 극복을 하고 세상에 나와서 '나' 라는 인간이 존재함으로써 빛을 내고 있다. 드라마를 보면 주인공이 있고, 조연이 있다. 배역이 있어야 브라운관에서 한 장면의 작품이 탄생한다. 책도 스토리가 있어야 글감이 생기고 한 사람의 인생 스토리가 탄생한다. 예전 같았으면 유명한 사람들이나 책을 출판하고 베스트셀러가 된다고 하지만, 지금은 시대가 바뀌었다. 누구나 쓸 수 있지만, 아무나 쓸 수 있는 것이 아니라고 한다. 본인만의 콘텐츠를 잘 활용하고 그것을 글로 담을 수 있는 그릇이 생긴다면 가능하다. 도전할만한 가치를 누릴 수 있다.

특히, 기록하는 습관을 통해서 리뷰를 쓰는 사람의 경우는 그동안 써왔던 글을 모아서 책으로 출판하기도 한다. 하루독서 멤버들 중에도 메모(기록)하는 사람들이 몇 분이 계신다. 그분들의 남긴 글을 보면 감탄사가 절로 나온다.

'어떻게 글을 이렇게 잘 쓸 수 있을까?'

글은 본인만의 생각과 느낌을 표현하는 작업이다. 글은 한사람이 심혈을 기울여서 적은 소통하는 언어이다.

나는 아직 배울게 무수히 많다. 나이가 많든 적든 배운다는 단어는 한사람의 인생을 리셋을 할 수 있는 기회를 선물해준다. 아마 북터치 하루독서가 내 인생의 삶을 리셋 해주고 있는 것이 아닌가 하는 생각을 한다. 사람과 사람이 만나서 정보를 공유하고, 지식을 통해서 배움을 경험하는 시간이 얼마나 큰 가치의 깨달음을 주는지….

글을 어떻게 써야 될지 몰랐던 지난 시간들. 하지만 이제는 자신감 있게 표현하는 방법을 글로 담을 수 있다. 글은 마음의 양식이다. 소리 내어 말하기 부끄럽다면 글로 표현해보자.

07

몸이 답이다

> 운동은 하루를 짧게 하지만 인생은 길게 한다.
>
> –엘리엇 p 조슬린

내 삶의 주인으로 살아가기 위한 몸과의 대화

"내가 언제 나를 사랑하고 보듬어 준 적이 있을까?"라는 질문을 다시 한 번 생각해본다. 살면서 늘 몸보다 돈을 먼저 생각했다. 직장생활을 할 때도 돈이 우선이었다. 무조건 돈부터 벌고 싶었다. 그땐 왜 그랬을까? 저 문장처럼 삶의 주인은 나인데… 왜 몸보다 돈부터 생각하고 끈질기게 나의 몸을 힘들게 했을까? 내 몸도 휴식이 필요하고 방전되기 전에 충전을 해야 한다. 나와 대화하는 법을 알고 싶었다. 내 몸이 진심으로 원하는 게 무엇일까? 어떻게 하면 나와 소통할 수 있을까? 지속적으로 나에게 질문을 한다. 나와 마주 앉은 시간이 나를 만나는 시간이다. 혼자 있는 시간을 만들어서 내가 원하는 대화를 하면 그것을 통해서 내 자신을 좀 더 알 수 있는 시간이 생긴다. 혼자 있는 시간이 외로운 게 아니라 나와 있는 생기는 것이다.

건강의 중요성과 운동의 매력을 알기 전까지 몸과 마음의 균형에는 큰 관심이 없었다.

건강과 운동은 특별한 관계를 맺고 있다. 건강하기 위해서는 꾸준하게 지속적으로 운동하는 것이 원칙이다. 한때 나는 꾸준하게 하지 못하는 사람이었다. 건강을 중요하다고 깨달은 것은 2018년 10월이다. 직장생활을 하면서 퇴근하고 밤새 음주가무를 즐기면서 스트레스를 풀었다. 몸과 마음이 취한 상태로 하루하루를 버티려고 했다. 하지만 다음날 내 몰골을 보니 내가 아니었다. 자신에게 타박을 했다. 한번이라서 다행이지만 그전에는 음주로 사고 난적도 있다. 그때의 괴로움은 말로 표현할 수가 없었다.

'내가 왜 그랬지? 이러면 안 되는데….' 하다가도 다시 예전생활로 되돌아가는 나를 어떻게든 붙잡고 싶었지만 쉽게 잡을 수 없었다. 그러나 운동을 시작하면서 내 안에 있는 내면의 습관을 바꾸기로 했다. 내가 왜 그랬을까? 하고 후회했지만, 지금이라도 시작해도 늦지 않다. 지금부터 시작하면 된다.

운동을 잘하고 싶거나 예쁘고 날씬해지기 위해 시작한 것이 아니다

운동으로 얻는 보상은 체력강화이다. 쉬운 운동보다는 땀 흘리는 것을 먼저 시작했다. 그것이 마라톤이었다. 운동을 잘하고 싶다는 생각보다는 내 체력을 체험하고 싶었다. 그러기 위해서는 행동으로 실천해야 한다. 내 몸은 뚱뚱하지도 않고 마르지도 않은 보통 체격이다. 작년에 한번 살찌고 싶다고 한 적이 있다. 이틀 동안 집 밖으로 안 나가고 방콕하면서 5끼를 먹었다. 하루가 지나고 또 하루가 지나서 몸무게를 재었더니 68kg였다. 목표치는 70kg였는데….

얼마나 살을 찌우고 싶었으면 그랬을까? 누구는 다이어트를 하고 싶어서 온갖 방법으로 시도하는데 누구는 살을 찌고 싶어 한다. 그냥 내 몸을 사랑하고 있는 그대로의 몸무게를 유지하면 될 것을…. 그날 이후 있는 그대로의 나를 받아들였다. 내 자신에게 헛된 행동을 하지 않기로 했다. 남자와 여자의 평생 숙제가 다이어트라고 한다. 한편으로는 공감되는 부분도 있다. 그럼에도 불구하고 다이어트를 해본 적이 없다. 군대 시절에 어쩌다 한번 찐 적이 있다. 제대후에는 자연스레 몸이 쫙 빠졌다. 활동이 많아서 가만히 있는 것 보다는 움직이는 성격이라서 자연적인 다이어트가 되어 버린 것이다. 누구나 자기 몸을 사랑하는 자신감을 가지려고 한다. '나' 라는 사람이 얼마나 소중한지 그 가치를 이미 알고 있다.

건강한 사람은 누구나 아름다움을 개인적으로 경험한다.
건강한 몸이 가져오는 변화는 경험해본자만이 알 수 있다.

남자와 여자는 누구나 아름다움을 추구한다. 개인적으로 내 자신에게 잘생겼다는 말을 하지 않는다. 거울을 보면서 내가 하는 말이 있다.

"오늘 하루도 건강하게 지내줘서 고마워."

이런 것이 아름다움의 경험언어가 아닐까? 꼭 여자만 아름다울 수는 없다. 내가 잘생겼다 라는 것은 아니다. 그냥 평범하게? 묘하게? 그냥 있는 그대로의 모습이다.

'경험이 스승' 이란 말이 있다. 생각해 보자. 경험하지 못한 도전은 없다. 어디서든 경험에서 나온 행동이 도전이 될 수 있다. 가만히 있으면 아무것도 안 일어나는 것처럼, 행동으로 시작해야 경험이며 누구에게든 떳떳하고 자신 있게 보여줄 수 있다. 자신감도 건강에 영향을 미치게 한다. 자신감으로 자기를 믿는 습관을 보여주면 어떤 경험이든 극복할 수 있는 나를 발견할 수 있다.

운동을 반복할수록 체력이 좋아지고, 통증이 감소되며, 에너지가 샘솟는다

운동하기 전과 운동하고 나서 체력의 변화를 느낀다. 이미 경험을 했기 때문에 이것을 지속적으로 하다보면 힘든 순간의 나를 발견한다. 힘들다고 그 자리에서 멈추면 안 된다. 운동 상태를 체크하면서 어느 정도에 체력적인 바탕이 밑거름이 되었는지 기록한다. 에너지 넘치는 삶과 건강한 삶을 살고 싶으면 운동을 먼저 시작하라. 어떤 작은 운동이든 시작이 우선이다. 하다보면 단계적으로 올라가는 시스템을 본인 스스로 만들 수 있다. 작은 운동의 효과는 꾸준함에서 단계적으로 성장한다. 사람들은 왜 땀 흘리는 운동을 꺼려할까? 이유는 힘들고 체력이 저하하기 때문이다. 누구나 운동하면 저질 체력에서 강인한 체력으로 상승 할 수 있다. 내 몸과 마음을 믿으면 가능하다. 믿음으로써 행동하는 운동 효과는 직접 실천해봐야 알 수 있다. 몸은 행동에서 나온다. 그것을 어떻게 하느냐에 따라서 순환하는 몸 상태에서 체력을 감소할 수 있다.

에필로그 | Epilogue

"나를 바꾼 북터치 하루독서의 힘"

인생에 꼭 한번은 위기가 온다. 사람마다 시기와 정도의 차이는 있지만, 위기를 어떻게 극복하고 어떻게 변화를 줄지 고민하게 된다. 그 방법을 찾기 위해 우선 책을 읽어본다. 또 멘토나 대가의 강의를 듣거나 과정에 직접 참여하여 배우기도 한다.

많은 사람들이 수업을 듣거나 책을 읽는 순간만큼은 인생이 바로 바뀔 것 같은 느낌을 받는다. 나도 그런 사람 중의 하나였다. 시간 날 때마다 많은 저자들의 강연회를 찾아다니고, 대가들이나 멘토의 수업과 코칭도 많이 들었다. 강연, 과정 수업 및 코칭을 받을 때만큼은 노트에 필기하며 집중해서 듣는다. 뭔가 얻고 배워가는 내용이 많아서 내심 뿌듯하다. 끝나고 집에 돌아오는 발걸음도 가볍다.

며칠이 지났다. 다시 제자리다. 아무것도 변하지 않았다. 뭐라도 해야 할 것 같은데, 불안하다. 다시 멘토의 강의나 책을 찾아서 듣고 읽는다. 이런 레퍼토리의 무한 반복이다. 이런 악순환이 또 어디 있을까? 멘토나 대가들의 자산만 늘려주지 않고 있는지 생각해보자.

왜 이런 일이 일어날까? 이 문제에 대해 오랫동안 고민했다. 해답을 찾기 위해 나 자신부터 돌아보기 시작했다. 자기계발을 열심히 하는 주변 지인이나 친구도 관찰했다. 100명 중에 95명은 자신의 인생을 원하지만 변하지 않는다.

자신의 인생을 "왜" 바꾸고 싶은지, 또 진정 내가 원하는 것이 무엇인지에 대한 고민이 없다는 것이다. 아무 생각 없이 성공한 멘토나 대가들의 모습만 보고, 그들이 제시하는 해법과 지름길만 따라하다가 생각보다 잘 되지 않으면 포기한다.

자신에게 부족한 점이 있다면 그것을 채우고 보충하거나 또 방법을 찾기 위해 배우는 자세는 아주 좋다. 다만 배우기 전에 내가 정말 궁극적으로 어떤 사람으로 살고 싶은지, 인생을 왜 바꾸고 싶은지에 질문부터 스스로에게 해보자. 그 답을 찾기 전까지는 무조건 책을 읽거나, 다른 멘토의 수업이나 강연을 섣불리 듣지 말자. 그 질문의 답을 먼저 알아야 그에 따른 인생의 방향도 결정된다. 내가 가고자 하는 방향이 명확하다면 부족한 부분만 찾아서 배우거나 독서를 통해 채우면 그만이다.

이런 나의 주장에 반문을 제기할 사람도 있다. 진정으로 내가 원하는 인생을 모르기 때문에 여러 강의를 들으며 답을 찾는다고 할 수 있다. 틀린 말은 아니다. 그러나 거꾸로 그 강의를 듣고 나서 한번이라도 적용하거나 생각은 해봤는지 물어보고 싶다. 아마도 강의를 듣고 후기까지 정성스럽게 쓰지만 다음날이 되면 싹 잊어버리지는 않았는지.

자신의 인생에 정말 변화를 원한다면 무작정 수업이나 강연만 듣지 말고 ①왜 변화를 원하는가? ②진짜 원하는 미래의 내 모습은 무엇인가? ③그 모습을 위해 어떤 노력을 해야 하는가?에 대한 답부터 먼저 고민해보자.

한 송이 아름다운 꽃을 피우기 위해서는 수만 번의 흔들림과 있어야 한다.

씨앗을 뿌려서 땅에 뿌리를 내리고 자라기 위해서는 맑은 날 햇빛을 본다. 비바람과 마주쳐서 끊임없이 흔들릴 때도 많다. 작가들이 한 권의 책, 화가들이 한 폭의 그림을 완성하기 위해서는 수천 번 수만번의 손이 떨리는 작업을 거쳐야 그 끝을 볼 수 있다. 이처럼 무언가를 하나 완성하기 위해서는 한 번에 완성하는 경우는 거의 없다. 몇 번의 실패를 겪더라도 다시 시도하고 도전해야 겨우 완성된다.

이 책에 나오는 6인의 저자는 우리 주변에서 흔히 볼 수 있는 평범한 사람들이다. 그들의 스토리를 보면서 여러분 각자가 가진 무기로 하고자 하는 목표를 향해 꾸준히 정진하다 보면 반드시 이룰 수 있다고 믿는다. 지금 인생이 힘들고 잘 풀리지 않는다면, 6인의 스토리를 기억하면서 한 걸음씩 조금씩 나아가보자. 그들 모두 어제보다 조금 더 나은 오늘을 생각하면서 한 발자국을 내딛고 올라갔다. 지치고 쓰러지고 싶던 순간도 있었지만, 더 나은 내일을 위해 오늘도 열심히 자신의 삶을 살아간다. 한 달에 한번 '하루독서' 에서 만나 책을 읽고 나눈다. 그 자리를 통해 혼자 책을 읽는 것보다 많은 것을 배운다. 한 권의 책으로 서로 다른 인생을 살고 있은 사람들의 이야기를 듣다보면 그것 자체로도 배움이 된다. 독서와 각자가 가진 무기가 합쳐지다 보니 시너지 효과가 생긴다. 한 달에 한 권 읽었을 뿐이지만, 서로 나누고 적용하다 보니 인생의 성장을 가져올 수 있었다. 한 권의 북터치가 나를 바꾸었다.

어느 독서든 다 소중하다. 서로 다른 인생일지라도 다 소중하고 귀한 것과 마찬가지다. 우리는 독서로 서로의 인생을 배웠다. 거기서 배운 것을 각자의 무기로 녹여내어 인생에 적용했다. 내 인생의 무대에서 주인공이 되어 책을 통해 오늘도 나아가는 중이다.

성장하다가도 순간의 실패는 누구에게나 찾아온다. 그 실패만으로 자신의 인생까지 패배한 것은 아니다. 시간이 걸릴 뿐이다. 실패의 경험을 기억하고 고쳐가면서 포기하지 않는 것이 중요하다. 될 때까지 최선을 다하면 결국 인생의 승리자가 될 수 있다. 실패는 어떤 식으로든 추후에 시간이 지나면 자신의 삶에 도움이 된다. 긴 인생에서 볼 때 인생은 하나의 성장과정이라고 생각하자. 목표를 이루거나 성공하기 위해서는 몇 번의 실패를 겪더라도 독서를 통해 다시 시도하고 도전하는 것이 가장 중요하다. 이 책이 여러분 인생의 성장에 조그만 도움이 되는 길잡이가 되었으면 한다.

Special 외전

01 | 신성대 대표가 말하는 북터치 하루독서 탄생 비화

사람을 만난다는 것은 좋기도 하지만 부담이 되는 것도 사실이다. 모든 사람의 마음을 다 포용하며 이해할 수도, 그 마음을 다 공감 할 수도 없기 때문이다. 그럼에도 나는 사람 만나는 것을 참 좋아한다. 한 사람을 만나 그 만남이 하나의 관계가 되고, 그 관계가 쌓이면 신뢰가 되고 우정이 되는 것이다. 공동체 역시 마찬가지다. 어떤 모임을 만들고 모임을 이끈다는 것은 여러 모로 신경이 쓰이지만 참 보람된 일이기도 하다. 이 또한 관계의 힘이다. 사람들을 만나고, 그들의 생각과 철학을 공유하며 책이라는 공통분모를 가지고 함께 한다는 것은 더 설레는 일임은 틀림없다. '북터치 하루독서' 도 독서를 통해 책을 나누고 지식을 공유하는 소소한 만남으로 출발했다.

이 책의 집필 배경을 알려면 '북터치하루독서' 의 탄생비화가 존재

해야하기에 서두에 그 이야기를 나누고자 한다. 2018년 4월 12일 첫 모임을 시작한지 어느덧 2년의 세월이 흘러, 지난 4월 23일 2주년 행사를 하루독서 패밀리들과 뜻 깊은 시간을 가졌다. 지나온 시간이 감사한 것은 부족함에도 불구하고 늘 신뢰해주며 애정을 가지고 매회 참여해주는 하루독서 멤버들이 있었기 때문이다. 첫 시작은 미약했지만 나중은 더 단단해지는 모임으로 발돋움하고 있기에 늘 감사하게 생각한다.

북터치하루독서를 함께 이끌고 있는 너무나 훌륭한 파트너 임정민 대표와 첫 만남은 우연이었다. '수요배나채' 라는 모임에서 처음 알게 되었는데 매주 좋은 정보와 지식을 채우는 플랫폼으로서 『머니프레임』의 작가인 신성진대표가 이끄는 모임이었다.

2017년 8월 수요배나채에서 우연히 옆자리에 앉게 된 것이 계기가 되어 인사를 나누게 되었다. 아나운서 출신이라 말씀도 잘하시고 겸손한 모습에 신뢰감이 가는 사람이었다.

그 후 몇 번을 더 보고 집도 같은 방향이라 여러 이야기를 나누며 좋은 관계를 쌓았다. 그러다가 임정민 대표에게 스피치 코칭을 받게 되면서 자연스레 공통관심사인 독서에 대한 이야기를 많이 나누게 되었다.

어느 날, 예전에 참여했던 서로의 독서모임에 대해 좋은 점과 아쉬운 점을 이야기했다.

어떤 모임은 너무 진지하고 무거운 주제, 어떤 모임은 1주일에 한 권의 책을 읽어야 되는 부담감 등의 이야기들을 허심탄회하게 나누었다. 좀 더 가벼운 그러면서도 책을 꼭 다 읽지 않아도 함께 참여할 수 있는 모임, 한 권의 책이 주는 한 줄의 내용이라도 마음에 새기고 적용하는 모임이면 좋겠다. 한 달에 하루만이라도 책 읽는 날로 만들면 좋겠다는 등 이런 저런 희망사항을 이야기 하다가 거의 동시에 나온 말이 있었다.

"그럼 우리가 한번 만들어 볼까요?"

그래서 그 자리에서 독서 모임을 한번 해보자는 결의를 다지게 되었다. 장소는 따로 빌릴 필요 없이 임정민 대표가 운영하는 교육원에서 한 달에 한번 저녁 교육 시간을 빼서 제공하는 걸로 하다 보니 가장 시급한 모임 장소의 고민이 사라진 것이다. 이제 가장 큰 문제인 장소가 해결되니까 그냥 시작만 하면 되었다. 그렇게 되자 즉석에서 독서모임 이름을 짓고 있었다. 아직 모임 프로그램도 올 사람도 정해져 있지도 않았는데 말이다. 하지만 이미 우리가 독서 모임을 만든다는 그 이유만으로 기대와 설렘을 갖고 있었던 것이 원동력이 되고 있었다.

그 첫모임은 2018년 4월12일 정호승 시인의 '수선화에게' 로 시작되었고, 21명의 작가와 세 분의 스페셜 작가를 모시고 북토크 및 강연회를 진행해 오고 있다. 많은 이들의 관심과 애정 덕분에 이 모임이 벌써 2주년이 되었고 그 의미 있는 시간들을 함께한 분들의 인생과 독서를 통한 성장 스토리를 이 한 권의 책으로 엮게 되었다.

사람을 만난다는 것은 늘 설레는 일이다. 그 만남이 다 좋을 수는 없지만 새로움이 주는 에너지는 알 수 없는 미래를 열고 인생을 바꿀 수도 있다는 것이다. 내게 사람이 온다는 것은 실로 어마어마한 일이다. 그 한 사람의 바른 정신이 새로운 내일을 준비하는 희망을 부르는 일이기 때문이다. 임정민 대표와의 좋은 만남이은 신뢰의 관계가 되었고 그 관계가 주는 시너지는 컸다.

독서모임은 한 두 사람의 열정만으로 해 나갈 수는 없다. 모이는 구성원들의 참여와 애정이 첨가 되었을 때 더 함께 하고 싶은 모임이 되는 것이다. 앞으로 함께 만들어 가는 북터치하루독서가 찾아오는 한 사람 한사람이 더 기대되는 모임이 되기를 바라본다.

방문객

정현종 시

사람이 온다는 건
실로 어마어마한 일이다.

그는
그 사람의 과거와
현재와
그리고
그의 미래가 함께 오는 것이다.
한사람의 일생이 오기 때문이다.

부서지기 쉬운
그래서 부서지기도 했을
마음이 오는 것이다.
그 갈피를
아마 바람은 더듬어볼 수 있을 마음.
내 마음이 그런 바람을 흉내 낸다면
필히 환대가 될 것이다.

02 소소하지만 소소하지 않은 손바닥글 "고들빼기"

페이스북을 하면서 사람들과 조금씩 일상 이야기를 나누었다. 일상을 나누다 뭔가 함께 소통하는 방·법이 없을까 생각하다가 짧은 글이지만 손바닥글을 시작하게 되었다. 대단한 글은 아니지만 불특정 다수에게 내놓은 글들은 나의 부끄러움을 드러내는 쑥스러운 용기이기도 했다. 그럼에도 글을 쓰고 싶은 욕심은 늘 꿈틀거린다. 마음에 위로가 되는 글이 좋고 시가 좋아 이렇게 끄적이며 글과 시를 쓰게 되었다. 굳이 누군가에게 감동을 주지 못해도 한 사람이라도 공감하고 그 마음이 하나 되면 좋겠다는 소박한 바람이었다.

한 편의 글이 주는 힘은 차갑기도 따뜻하기도 하다. 사람의 마음을 열게 하는 열쇠처럼 새로운 문을 열게 하고 삶의 방향을 바꾸며 살리기도 한다. 글과 하나 된다는 것은 마음으로 동화가 된다는 것이다. 마음으로 동화가 된다는 것은 내가 그곳에 이미 포함되었다는 것이고 진정한 자신과 가장 가까이 만났다는 것을 말하는 것이다. 진정성 있는 글의 힘은 누군가의 도전이 되고 희망이 되기 때문이다.

류시화 시인은 '눈사람'이란 시를 읽고 "눈사람의 마음을 가진 사람은 겨울이 춥지 않다. 어떤 옷으로도 자신을 감싸지 않고 오랫동안 추워 본 사람은 겨울이 불행하지 않다."고 소회를 적었다. 글도 마찬가지라는 생각이 들었다. 겨울이 춥지 않고 여름이 덥지 않으려면 겨울과 여름으로 하나 되는 감동 한 움큼씩 건넬 수 있는 글이면 좋겠다는 생각말이다. 그럼에도 늘 마음처럼 되지 않고 사막의 모래처럼 흩어져 마음만 앞선 채 메마른 아쉬움이 남을 때가 많았다. 그래서 그 메마른 마음을 조금이라도 적시고 싶어 그 소소함 들을 모아 글을 쓰고 싶었다. 쓰고 싶은 글 한줄, 표현을 함축하고픈 시 한줄이 누군가에게 따뜻한 위로가 되고 힘이 되면 얼마나 좋을까 생각하며 페이스북에 가끔 한 편의 시를 올리며 시작한 것이 손바닥 글이다.

아직도 글쓰기가 두렵지만 글을 쓴다는 것은 희망을 만드는 일이고 누군가의 생명을 자극하는 심장을 만지는 일이라는 생각은 변함이 없다. 손바닥 글을 쓴다는 것은 내 마음을 써내려 길을 만들어 가듯 글속에 들어가 발걸음을 옮기는 일이다. 긴 글은 아니지만 자음 한발, 모음 한발, 내 디디며 쉼표와 느낌표와 마침표를 반복하는 가슴 뛰는 걸음은 행복한 길이다. 그렇게 글에 진심과 진솔함이 물감을 묻혀 한 폭의 그림을 색칠하듯 정성을 기울이면 누군가의 희망이고 치유가 되고 용기가 되면 더 좋겠다는 마음의 글이다.

마음을 다지고 건네는 경험과 진정성 있는 한 편의 글이 누군가의 마음을 만지듯 손바닥 글도 그런 작은 마음으로 꺼내어 나무와 풀꽃을 바라 볼수 있으면 좋겠다. 그래서 함께하는 세상의 단면들을 알아가는 깨달음으로 하나의 언어로 하나의 글로 소소하지만 소소하지 않는 작은 고백들이 되기를 바라본다. 그런 마음으로 그동안 써왔던 손바닥 글 두 편을 골라 마음을 덧붙이는 형식으로 글을 꾸몄고 이 책에 실리는 영광을 얻었다.

고들빼기

노란 꽃잎이 고와
길을 멈추게 하는 꽃
겨울을 견딘 뿌리는
봄 햇살에 새순을 내고
제법 자란
뿌리와 잎사귀를 캐내어
나물을 무친다

어릴 때 싫어했던
씹히는 첫맛은 쓰고
씹으면 씹을수록
풋나물 맛이 나는 고들빼기
어른이 돼서는
입맛을 돋게 하고
먹으면 먹을수록
자꾸 입맛 당기는 약재 같은 나물
그 나물에 고운 꽃 필 줄은 몰랐다

길 가다 멈추게 하는 꽃
달래 냉이 씀바귀 노래 부르던
고들빼기 바람에 한들한들
사람 발걸음 붙잡는 노란 꽃
한참을 들여다봐도
참 이쁘고 기분이 좋다

두 개의 이름
고들빼기 씀바귀
쓰디쓴 나물에도

결국

아름다운 꽃이 핀다

어린 시절 싫어했던 반찬 중의 하나가 고들빼기나물이었다. 어머님이 정성스레 무친 고들빼기나물은 정말 먹음직스러웠다. 특히나 아버지가 정말 좋아하시는 반찬이었다. 어느 날 고들빼기나물 무침이 밥상에 올라왔을 때 먼저 젓가락질하는 아버지의 손은 빨랐고 얼굴은 흡족함을 드러내셨다. 맛이 어떠냐는 나의 말에 아버지는 맛나다는 대답을 하셨다. 그리고 한 입을 먹고 쓰디쓴 그 맛에 배신감(?)을 느끼며 그다음 부터 입에 한 번도 닿지 않았다. 그후 세월이 흘러 많이 자란 어른이 되어 고향 시골에 갔을 때였다. 마침 밥상에 먹음직한 어머니표 나물이 있어 한입 먹었더니 쌉쌀하고 쓴 게 입맛을 돋웠다. 어머니께 "이게 무슨 나물이야?" 물으니 "아 그거 고들빼기 나물 아이가"라는 답이 돌아왔다. 순간 어린 시절이 오버랩 되면서 새삼 묘한 기분이 들었다. 어린시절 그토록 싫어 쳐다보지도 않았는데 어른이 돼서야 참맛을 느낄수 있었다. 그때부터 고들빼기는 밥상에서 내 차지가 되었다. 그러던 어느 날 시골길을 가던 중 길 가던 내 눈을 훔치며 내 발걸음을 멈추게 하는 아름다운 꽃을 발견했다. 알고 보니 바로 그 꽃이 고들빼기였고 쓰디쓴 고들빼기가 이렇게 고운 꽃을 피운다는 사실을 알고 신선한 충격을 받았다. 비록 길거리

흔한 꽃일수도 있지만 아무리 쓴 나물일지라도 꽃이 핀다는 사실이 마치 우리의 인생을 닮았다는 생각이 들었다. 뿌리가 쓰고 처음엔 외면을 당해도 결국은 살아갈 삶의 과정 속에 입맛을 돋우듯 누군가의 삶에도 쓴 인내의 시간을 견뎌내면 결국 아름다운 꽃이 핀다는 것을 알게 되는 아침이었다.

03 | 소소하지만 소소하지 않은 손바닥글 "쓸모없는 생명은 없다"

어느 3월 봄날 퇴근하는 길거리에 야채 장사가 있어 발길을 멈춰 섰다. 뭘 살까? 이리저리 살피다가 마침 맛나 보이는 고구마가 있어 오천 원어치를 사 검은 비닐봉지에 담아 집으로 왔다. 봉지 속을 들여다보니 두 번은 삶아 먹어도 될 정도여서 아주 기분이 좋았다. 냄비에 물을 올려 계획대로 두 번을 삶아 먹고 애매하게 남은 고구마는 껍질을 깎아 생으로 먹으려고 비닐 채 한곳에 두었다. 그렇게 두고 잊어버린 2주 후 그 문제의 검정 봉지를 발견하고 저게 뭐지 하고 살피니 붉은 몸에 생명이 삐져나온 새순이 자리를 잡고 있었다. '에잇' 하고 버리려고 하는데 눈앞에 고구마가 들어갈 만한 물병을 하나 발견했다. 버리면 결국 썩어 없어질 텐데 물이나 부어 키워볼까 하고 양지바른 창가에 두었다. 그로부터 수일이 지나자 정말 신기하게 새순에 잎이 돋고 그 잎이 줄기를 내는 것이었다.

그 모습을 보고 뭔가 해낸 것 같은 생각이 들어 얼마나 뿌듯했는지 모른다. 그렇게 매일 창가에 고무마와 인사를 나누며 친구처럼 지내는 어느 날 문득 물병에 잘 자라는 고구마를 보다가 "세상에 버려진 생명은 있을지언정 쓸모없는 생명은 없구나"는 생각이 들었다. 세상에 잘난 사람 못난 사람 갈라놓아도 살아있는 모든 생명은 물병에 담긴 고구마처럼 언제나 고귀하다. 창가에 놓인 3월의 고구마는 8월의 막바지인 지금도 잎을 내고 또 내며 내 마음을 기쁘게 하고 있다. 그냥 버렸으면 기쁨을 느끼지 못했을 하찮은 고구마지만 생명의 물병에 들어갔을 때 제 역할로 기쁨을 안기듯 정말 '세상에 쓸모없는 생명' 은 없다.

쓸모없는 생명은 없다

얼마 전 삶다 남은 고구마 하나
검정 비닐봉지에 남겨 두고
나중에 발견했다
아뿔싸
봄물 움트는 계절이라
그새
파릇한 촉이
붉은 몸을 빠져나왔다

이제는 먹지 못할 고구마
버리기 아까워
방 한쪽 빈 물병에
물을 부어 키우기로 했다

과연 제대로 커 줄까 했는데
물병 속 고구마
두 주가 흘러
제 몫을 하는 잎사귀로 변했다

얼마 전 삶다 남은 고구마 하나
촉이 나서 못 쓸 줄 알았는데
빈 병에 물을 채워 담으니
생명을 얻었다
세상에 쓸모없는 생명은 없다
오늘도 내 하루의
빈 물병에 물을 채운다

04 하루독서를 말하고, 느끼다.

말리언스컴퍼니(Malliance Company), 전아영 대표

'행복한 우연을 만나려면 행복한 일을 하면서 기다려야 한다' 라는 말이 있다.

북터치하루독서는 독서와 글쓰기를 좋아했던 나에게 행복한 일 중 하나였다. 대게 저자를 초청해서 파워포인트 슬라이드 중심으로 강연이 진행되는 여느 독서 모임과 달리 북터치하루독서는 미니특강과 차별화된 저자북토크를 진행한다. 직접 저자와 소통을 하면서 책에서 깨닫고 실천할 수 있는 내용들도 전달받고, 질의응답 시간까지 갖는다.

한 권의 책을 끝까지 읽지 못하고 참여하는 분들을 위한 배려도 담겨있다. 책을 읽기 전 표지, 띠지 등을 보고 첫 느낌이 어땠는지도 자유롭게 의견을 나눠본다. 그리고 각자 책에서 원하는 부분을 7분 동안 몰입독서를 하고 참여자들이 3분 발표를 하면서 서로의 생각을 공유한다.

마지막에는 참여한 분들 중에서 깊은 인상을 남긴 '오늘의 리더(Leader)' 를 선정하는 시간도 있다. 오늘의 리더는 책을 쉽게 접하지 못했던 분들에게 '독서의 즐거움' 과 '독서모임에서의 또 다른 성장' 을 선물해주는 것과 다름 없었다. 특히 저자에게만 초점을 맞추지 않으며, 독서모임 참석이 처음인 분들을 위한 신성대 대표님, 임정민 대표님 두 운영진의 섬세한 배려가 느껴진다.

책은 혼자 읽으면서 배우고 깨닫는 부분도 있지만, 같은 책을 많은 분들과 함께 읽고 공유 할 때 다양한 접점에서 적용할 수 있는 아이디어를 얻는 경우도 있다. 한 달에 한 번 진행되는 하루독서를 2년 정도 참여하면서, 나도 지금 내가 하고 있는 일을 접목시킨 독서모임 운영의 꿈을 가질 수 있었다. 책을 읽고 나만 알고 싶고 적용하고 싶던 내용을 다른 이와 공유하는 치과전문인력을 위한 'Dental Book Study _ 책공' 을 운영하는 리더가 되었고, 올해 1월부터 발제 독서모임을 운영 중이다. 하루독서에서 내가 직접 보고 느꼈던 소중한 경험이 없었다면, 발제독서모임 운영을 시도조차 못했을 것이다.

단순히 책을 읽고 강연만 참여하는 게 아니라, 서로 다른 일을 하고 있는 많은 분들과 네트워킹을 할 수 있게 되었다. '혼자가면 빨리 가고 함께가면 멀리간다' 라는 아프리카 속담처럼, 앞으로도 하루독서에서 책을 읽고 나누며 성장하길 원하는 많은 분들과 행복한 우연을 만나며 함께 멀리가길 소망한다.

직장인, 일상혁명가 이준태

2018년 4월 하루독서 1회 모임에 처음 참석했다.

독서를 시작한 건 2014년 하반기부터 였는데 몇 년간 혼자서만 책을 읽다가 나의 생각을 다른 사람들에게 발표하는 것도 해봤으면 좋겠다는 생각이 들었다.

사람들 앞에서 나서는 걸 두려워하는 스타일이었고, 사회에서 살아남으려면 어느 정도 극복을 할 필요성도 간절히 느꼈던 터라

수줍음을 무릅쓰고 생애 첫 독서모임인 '북터치하루독서' 에 참여하게 되었다.

선정도서는 정호승 시인의 시화집인 '수선화에게' 였고, 그 이후로 매달 1번 씩 인문고전, 자기계발, 경제, 심리 등 다양한 장르의 책을 접했다.

분야별로 1권을 선정해서 북터치하루독서가 정기적으로 열리는

매월 넷째 주 목요일 저녁에 빠지지 않고 꾸준히 참여했다.

개인적으로 어떤 모임이든 오래 꾸준히 나가는 타입이 아닌데 북터치하루독서만의 특유의 편안한 분위기가 느껴지는 데다 지적 성장에 대한 간절함이 27번이 넘는 모임을 단 한 번도 빠지지 않고 나올 수 있었다.

그 중에는 어려운 분야의 책도 있었지만 세상 보는 눈이 넓어지는 듯 했고, 내가 아는 것이 전부가 아님은 물론 배우면 배울수록 겸손한 자세로 더 많이 배워야겠다는 태도를 가져야겠구나 마음도 먹게 해주었다.

책을 읽고 서로 나눔을 하는 진행방식은 유지하면서 하루독서 3회 때부터는 선정도서를 집필하신 저자님을 직접 모셨다. 각자의 생각, 소감 발표와 함께 저자에게 질문하고 그 자리에서 답변을 듣는 북토크쇼 형태로 발전되었다.

하루독서 멤버 한 분 한 분 더 많이 배워갈 수 있도록 애써주시는

신성대 기자님과 임정민 대표님, 열정적으로 꾸준히 참여하는 북터치하루독서 멤버분들 덕분에 많이 성장할 수 있었다.

자기계발 하는 직장인, 강정훈

2018년 어느 봄날 신성대 대표의 북터치 하루독서 모임을 만들었다는 소식을 하루 전날 전해 듣고 서는 설레는 마음과 기대에 찬 마음을 한가득 안고 모임날이 다가오기 만을 기다렸다.

드디어 2018년 4월 12일 날씨가 화창하고 따듯한 봄날 모임날의 태양이 힘차게 떠올랐다.

아침부터 설레는 가슴을 안고 출근을 하면서 하루내내 들뜬 마음으로 저녁 모임시간이 되기만을 기다리면서 퇴근시간이 되자 마자 처음 만나는 모임의 멋진 참석자분들을 만나기 위해 한달음에 달려갔다. 아니나 다를까 기대에 찬 내마음은 더욱더 내 가슴을 뛰게 만들었던 그 순간을 아직도 못 잊는다.

그렇게 시작한 첫 번째 독서모임은 정호승 시인의 〈수선화에게〉라는 책으로 시작의 팡파르가 뜨겁게 울려 퍼졌다. 그날의 첫 모임을 시작으로 2020년 11월 27회까지 계속 이어져 오고 있으며 모임 참석자분들의 서로의 책에 대한 소감과 7분 독서로 나날이 성장하는 나를 보면서 매달 북터치 하루독서 모임날이 오기만을 설레는 마음으로 항상 기다린다.

그리고, 북터치 하루독서에서 2019년 11월 하루독서 강연회에 초대되었던 과학탐험가 문경수 작가와의 만남을 계기로 떠난 멤버들과의 제주도 2박3일 탐사여행은 서로의 친목과 우정을 돈독히 하는 좋은 여행으로서 잊지 못할 평생의 추억이 될 것 같다.

북터치 하루독서의 영원한 발전과 평생 모임 이어지길 빌면서 북터치 하루독서의 소감을 간단하게 적어본다.

직장인, 행복한 북창고 수문장 허필선

익숙하지 않은 모임에 신성대 대표님의 소개로 처음으로 북터치 하루독서에 발을 들이던 날, 조금은 신기하고 조금은 색다른 모임이었다. 한 달에 한 번 책을 쓴 저자가 직접 강의를 하고 짧은 시간 동안 그 저자의 책을 읽어보는 시간을 갖는다. 그리고 질문을 통해 인터뷰를 한다.

독서? 강의? 대화? 사색? 내가 처음 느낀 북터치 하루독서의 느낌은 이런 여러가지의 느낌들이 공존하는, 뭐라고 하나로 명확히 정의

하기는 힘든 그런 모임이었다. 그 어느 모임보다 다채로웠고 다양한 프로그램들이 자유롭게 연결된 느낌이었다. 그리고 그 정의하기 힘든 모임에 그 다채로움의 매력이 있었다. 저자의 매력뿐만이 아니다. 북터치 하루독서의 가장 큰 매력은 사람에게서 풍겨오는 매력이었다.

몇 년 동안 이어진 이 모임의 사람 하나 하나의 매력이 좋았다. 운영자인 신성대 대표님, 임정민 대표님이 회원들을 대하는 자세, 그리고 회원들이 모임에 임하는 자세에서 삶에 대한 진지함이 있었다. 매번 모임을 가진 후 이어지는 뒷풀이에서 나누게 되는 대화 속에 그 회원들 한 명 한 명의 모습이 좋았다. 그렇게 만나게 된 사람들은 자연스럽게 나의 인맥이 되고 좋은 관계를 꾸준히 이어가고 있다.

우리는 흔히 이런 모임에서 자기 계발이나, 저자의 강연만을 기대하게 된다. 그리고 나 또한 다른 모임에서는 이런 인간적인 관계를 기대하지는 않았다. 그러나 북터치 하루독서는 자기계발을 기본으로 하는 인간미가 넘치는 그런 모임이다. 그렇게 한 번 모임에 참석한 사람들은 무언가 모를 끈끈한 연결을 가져간다. 그리고 그 연결은 결코 끊어지지 않는다.

요즘처럼 관계가 쉽고 단절도 쉬워진 사회에서 이런 모임이 주는 의미는 남다르다. 모임으로 맺어진 관계도 얼마나 소중하고 중요해질 수 있는 실험의 장과 같다. 그리고 그 실험의 장은 몇 년을 지속하고 있으며 계속해서 변해가고 있다. 지금처럼 앞으로도 북터치 하루독서의 행로가 궁금해진다. 그리고 나는 이 모임을 언제나 그렇듯 응원하고 있을 것이다. 나에게는 하루독서가 아닌 북터치 평생독서이다.

이 책을 만든 사람들

좌로부터 _ **전현미 임정민 이혜정 김종민 황상열 구자호**

이 책을 만든 여섯명의 저자는 우리 주변에서 흔히 볼 수 있는 평범한 사람들이다. 그들의 스토리를 보면서 여러분 각자가 가진 무기로 하고자 하는 목표를 향해 꾸준히 정진하다 보면 반드시 이룰 수 있다고 믿는다.

현재 여러분은 어떻게 살고 싶은가?
포로처럼 끌려다닐 것인가? 프로처럼 내 삶의 주인공이 되어
주도적으로 살 것인가? 지금 포로처럼 살고 있다면
당장 프로의 마인드로 세팅하자